PLÍNIO, O JOVEM

EPÍSTOLAS COMPLETAS

COLEÇÃO CLÁSSICOS COMENTADOS
Dirigida por João Angelo Oliva Neto
José de Paula Ramos Jr.

Ateliê Editorial

Editor
Plinio Martins Filho

MNĒMA

Editor
Marcelo Azevedo

PLANO DESTA OBRA
Volume 1: Livros I, II e III
Volume 2: Livros IV, V e VI
Volume 3: Livros VII, VIII e IX
Volume 4: Livro X

PLÍNIO, O JOVEM

EPÍSTOLAS COMPLETAS

Volume 2

Livros IV, V e VI

João Angelo Oliva Neto
Tradução, Introdução e Notas

Paulo Sérgio de Vasconcellos
Leitura Crítica

Edição Bilíngue

Ateliê Editorial

MNEMA

Dados Internacionais de Catalogação na Publicação (CIP)
(Câmara Brasileira do Livro, SP, Brasil)

Plínio, o Jovem: Epístolas Completas: volume 2: livros IV, V, VI / João Angelo Oliva Neto, tradução, introdução e notas; Paulo Sérgio de Vasconcellos, leitura crítica. – Cotia, SP: Ateliê Editorial; Editora Mnēma, 2024. – (Coleção Clássicos Comentados / coordenação João Angelo Oliva Neto e José de Paula Ramos Jr.)

Edição bilíngue: Português/Latim

ISBN 978-65-5580-142-2 (Ateliê Editorial)
ISBN 978-65-85066-16-7 (Editora Mnēma)

1. Literatura latina (Latim) 2. Literatura latina 3. Plínio, o Moço, *ca.* 61-*ca.* 114 – História e crítica 4. Roma – História – Império, 30 a.C.-284 d.C. I. Oliva Neto, João Angelo. II. Vasconcellos, Paulo Sérgio de. III. Série.

24-214537 CDD-937.07

Índices para catálogo sistemático:

1. Roma antiga: Alto império: História 937.07

Eliane de Freitas Leite – Bibliotecária – CRB-8/8415

ATELIÊ EDITORIAL
Estrada da Aldeia de Carapicuíba, 897
06709-300 – Cotia – SP – Brasil
Tel.: (11) 4702-5915
www.atelie.com.br
contato@atelie.com.br
facebook.com/atelieeditorial
blog.atelie.com.br

EDITORA MNĒMA
Alameda Antares, 45
Condomínio Lagoa Azul
18190-000 – Araçoiaba da Serra – SP
Tel.: (15) 3297-7249 | 99773-0927
www.editoramnema.com.br

Printed in Brazil 2024
Foi feito o depósito legal

Para Silvana, ...de novo.

"Já não sei andar só pelos caminhos,
porque já não posso andar só..."
FERNANDO PESSOA

Sumário

LIVRO V

Livro VI

Abreviaturas

CIG — *Corpus Inscriptionum Graecarum.* Auctoritate et impensis Academiae Litterarum Regia Borussicae edidit Augustus Boeckius. Berolini, ex Officina Academica, 1834.

CIL — *Corpus Inscriptionum Latinarum.* Berolini, *apud* Georgium Raimerum, 20 vols.

IGR — *Inscriptiones Graecae ad Res Romanas Pertinentes.* Auctoritate et impensis Academiae Inscriptionum et Litterarum Humaniorum collectae et editae; t. I: curavit R. Cagnat auxiliante J. Toxtain; t. III-IV curavit R. Cagnat auxiliante G. Lafaye. Indices composuerunt G. Lafaye et V. Henry. Paris, E. Leroux, 1901.

FO — *Fasti Ostienses.* Edendos, illustrandos, restituendos curavit Ladislav Vidman. 2 ed. Prague, Československá Akademie, 1982.

Houaiss — *Dicionário Houaiss da Língua Portuguesa.* Antônio Houaiss e Mauro de Salles Villar. 1. ed. Rio de Janeiro, Objetiva, 2001.

ILS — *Inscriptiones Latinae Selectae.* Edidit Hermann Dessau; vol. I, 1892; vol. II, pars 1, 1902; vol. pars 2, 1906; vol. 3, 1914-1916. Berolini, *apud* Weidmannos.

LSD — *Lewis-Short: a Latin Dictionary.* Ed. by Charlton Thomas Lewis and Charles Short. Founded on Ethan Allen

Andrews' edition on Freund's *Latin Dictionary*. Oxford, Claredon Press, 1962 (1879).

LSJ — *Liddel-Scott Jones, A Greek-English Lexicon*. Compiled by Henry George Liddell and Robert Scott. Revised and augmented by Henry Stuart Jones. Oxford, University Press, 1996.

OLD — *Oxford Latin Dictionary*. Ed. by Peter Geoffrey William Glare. Oxford, University Press, 1985.

PIR 1 PIR 2 — *Prosopographia Imperii Romani Saeculi I. Prosopographia Imperii Romani Saeculi II*. Edita consilio et auctoritate Academiae Scientiarum Regia Borussicae. Berolini, *apud* Georgium Raimerum, 1897.

RIC II — *Roman Imperial Coinage*. Volume 2: *Vespasian-Hadrian (69-138)*. Edited by Harold Mattingly and Edward Allen Sydenham. London, Spink, 1926.

SEG — *Supplementum Epigraphicum Graecum*. Leiden, J. C. Gieben, 1923-2006.

Prólogo ao Volume 2

Damos continuidade neste volume 2 à empresa de publicar em português os quatro volumes de todo o epistolário de Plínio, o Jovem, em edição bilíngue e anotada, o que ocorre pela primeira vez. O empreendimento foi possível graças ao inestimável apoio recebido do CNPq – Conselho Nacional de Desenvolvimento Científico e Tecnológico – por intermédio da Bolsa de Produtividade em Pesquisa – e graças à valentia da Ateliê Editorial e da Editora Mnēma, nas respectivas pessoas dos editores, professor Plinio Martins Filho e Marcelo Azevedo. Integram o volume 2 os livros IV, V e VI das epístolas de Plínio, o Jovem. O volume III conterá os livros VII, VIII e IX e o volume IV conterá as epístolas do livro X, que apresenta apenas a correspondência com Trajano (imperador entre 98 e 117 d.C.).

A edição utilizada é de Hubert Zehnacke e Nicole Méthy ("Les Belles Lettres", 2009-2017), cotejada com a de Anne-Marie Guillemin, que a de Zehnacke e Méthy substituiu na Collection Guillaume Budé (1927--1928), e cotejada ainda com as de M. Schuster & R. Hanslik (Teubner, 1958), R. A. B. Mynors (Oxford, 1963) e Betty Radice (Harvard, 1969). Consultei as próprias traduções de Guillemin, Radice e Zehnacke & Méthy, mas consultei igualmente as de P. G. Walsh (Oxford, 2006), Francesco Trisoglio (Utet, 1973), Luigi Rusca & Enrico Faella (Rizzoli, 2011) e em português as poucas de Maria Helena da Rocha Pereira (Coimbra, 1994).

LIVRO IV

EPISTULA I

Plinius, Tiferni Tiberini patronus

GAIUS PLINIUS

FABATO PROSOCERO SUO SALUTEM

1. *Cupis post longum tempus neptem tuam meque una uidere. Gratum est utrique nostrum quod cupis, mutuo mehercule.* 2. *Nam inuicem nos incredibili quodam desiderio uestri tenemur, quod non ultra differemus. Atque adeo iam sarcinulas adligamus, festinaturi quantum itineris ratio permiserit.* 3. *Erit una sed breuis mora: deflectemus in Tuscos, non ut agros remque familiarem oculis subiciamus (id enim postponi potest), sed ut fungamur necessario officio.* 4. *Oppidum est praediis nostris uicinum (nomen Tiferni Tiberini), quod me paene adhuc puerum patronum cooptauit, tanto maiore studio quanto minore iudicio. Aduentus meos celebrat, profectionibus angitur, honoribus gaudet.* 5. *In hoc ego, ut referrem gratiam (nam uinci in amore turpissimum est), templum pecunia mea exstruxi, cuius dedicationem, cum sit paratum, differre longius in-*

IV, 1. Data: 104-105 d.C.

1. Fabato: Lúcio Calpúrnio Fabato era avô paterno de Calpúrnia, a Jovem, segunda ou terceira esposa de Plínio (ver IV, 19). Seu epitáfio em Como (*CIL*, 5, 2, 5267 = *ILS*, 2721) informa que percorreu os vários graus da carreira militar de extração equestre: oficial brilhante, foi tribuno da 21ª Legião, a famosa *Legio Rapax*, Legião Rapace ("impetuosa"), e comandante de tropas auxiliares da 7ª Coorte Lusitana, mas terminou com um posto consular menor na África Proconsular por envolver-se, ainda que secundariamente, no processo por traição movido em 65 d.C. contra Lúcio Júnio Silano (Tácito, *Anais*, 16, 8; ver I, 17). Era rico proprietário de terras, inclusive na

EPÍSTOLA 1

Plínio, patrono de Tiferno Tiberino

CAIO PLÍNIO
A SEU QUERIDO FABATO[1], AVÔ DE SUA ESPOSA, SAUDAÇÕES

1. Depois de longo tempo desejas rever tua neta[2] e a mim junto com ela. Ficamos ambos gratos pelo teu desejo, que (por deus!) nós compartilhamos, **2.** pois de nossa parte estamos tomados por indizível saudade de ti, que não adiaremos por mais tempo. Sim, já estamos preparando nossa pequena bagagem com a pressa que a condição das estradas permitir. **3.** Haverá só um pequeno atraso: faremos desvio para minha vila na Túscia[3], não para inspecionar os campos e a propriedade familiar (isto pode ser adiado), mas para cumprir um dever obrigatório.

4. Vizinha à minha propriedade há uma cidade (chama-se Tiferno Tiberino[4]), que me escolheu, quando eu era ainda um menino, como patrono: fizeram-no com tanto mais afeto, quanto menos discernimento. A cidade costuma celebrar minha chegada, sofrer com minha par-

Túscia e na Campânia. Morreu octogenário, enquanto Plínio estava na Bitínia (ver x, 120, 2 e x, 121, 1). É destinatário das epístolas v, 11; vi, 12; vi, 30; vii, 11; vii, 16; vii, 23; vii, 32 e viii, 10. **2.** TUA NETA: *neptem tuam*. Calpúrnia, a Jovem, esposa de Plínio (ver vi, 4), filha do filho de Fabato. Para Calpúrnia Hispula, tia desta Calpúrnia, ver iv, 19. **3.** TÚSCIA: ver i, 9, 4; iii, 4, 2; iv, 6, 1; v, 6, 1 (VILA TUSCA); v, 18, 2; ix, 15, 1; ix, 36, 1 e ix, 40, 1. **4.** TIFERNO TIBERINO: ver em v, 6, a descrição da vila que Plínio ali possuía e as características da região; ver menções à vila e à cidade em i, 9, e iii, 4, 2.

religiosum est. **6.** *Erimus ergo ibi dedicationis die, quem epulo celebrare constitui. Subsistemus fortasse et sequenti, sed tanto magis uiam ipsam corripiemus. 7. Contingat modo te filiamque tuam fortes inuenire! Nam continget hilares, si nos incolumes receperitis. Vale.*

tida e regozijar-se com as honrarias que me prestam. 5. Nesta cidade, eu, para demonstrar gratidão (pois ficar devendo amizade é uma das atitudes mais vergonhosas), a minhas expensas fiz construir um templo[5], e adiar sua consagração[6] justo agora que está pronto será o ato mais afrontoso à religião. **6.** Estaremos lá no dia da consagração, dia que decidi celebrar oferecendo um banquete. Talvez permaneçamos também no dia seguinte, mas com mais pressa ainda retomaremos a viagem. 7. Tomara eu te encontre a ti e tua filha em boa saúde, pois ficareis felizes se estivermos saudáveis quando nos receberdes. Adeus.

5. FIZ CONSTRUIR UM TEMPLO: *templum exstruxi*. Plínio propôs a construção em 96-97 d.C. e dá a entender que já estava concluído há muito tempo; ver III, 4, 2 e X, 8, 2. **6.** CONSAGRAÇÃO: *dedicationis*, de *dedicatio*. É a inauguração oficial do templo; ver V, 11, 1.

EPISTULA II

Amor paternus Reguli scelesti

GAIUS PLINIUS

ATTIO CLEMENTI SUO SALUTEM

1. *Regulus filium amisit, hoc uno malo indignus, quod nescio an malum putet. Erat puer acris ingenii sed ambigui, qui tamen posset recta sectari, si patrem non referret.* 2. *Hunc Regulus emancipauit, ut heres matris exsisteret; mancipatum (ita uulgo ex moribus hominis loquebantur) foeda et insolita parentibus indulgentiae simulatione captabat. Incredibile, sed Regulum cogita. Amissum tamen luget insane.* 3. *Habebat puer mannulos multos et iunctos et solutos, habebat canes maiores minoresque, habebat luscinias, psittacos, merulas: omnes Regulus circa rogum trucidauit.*

4. *Nec dolor erat ille, sed ostentatio doloris. Conuenitur ad eum mira celebritate. Cuncti detestantur, oderunt, et quasi probent, quasi diligant, cursant, frequentant, utque breuiter quod sentio enuntiem, in Regulo*

IV, 2. Data: 104 d.C. A matéria da epístola continua na IV, 7.

1. ÁTIO CLEMENTE: desconhecido; ver I, 10. 2. EMANCIPOU: *emancipauit*. Um rapaz não poderia ser herdeiro enquanto estivesse sujeito ao pátrio poder (*patria potestas*). Entende-se que a mãe deixara herança ao filho desde que ele não estivesse sob pátrio poder. 3. TENDO VENDIDO O FILHO: *mancipatum*. Plínio faz jogo de palavras, explorando a paronomásia entre *emancipauit*, do verbo *emancipare* ("emancipar"), e *mancipatum*, do verbo cognato *mancipare* ("vender"), para dizer que Régulo, emancipando o filho, na verdade vendeu-o para ganhar dinheiro. 4. PÔNEIS DA GÁLIA: *mannulos*. Era moda entre os jovens; ver IX, 12, 1 e Lucrécio (*A Natureza*

EPÍSTOLA 2

O amor paterno do celerado Régulo

CAIO PLÍNIO

A SEU QUERIDO ÁTIO CLEMENTE[1], SAUDAÇÕES

1. Régulo perdeu o filho, único mal de que não é merecedor, se é que o considera um mal. Era um menino de engenho agudo, mas ambíguo, que poderia sim perseguir o bem se não saísse ao pai. 2. Régulo emancipou-o[2] do pátrio poder para que pudesse ser herdeiro da mãe. Tendo vendido o filho[3] (assim falavam aqueles que conheciam o caráter de Régulo), pôs-se a adulá-lo com uma simulação de afeto vergonhosa e insólita num pai ou numa mãe. Parece incrível! Mas pensa que se trata de Régulo! Entretanto, perdido o filho, chora-o como um louco. 3. O menino tinha muitos pôneis da Gália[4], para tração e para montaria, cães grandes e pequenos, rouxinóis, papagaios, melros[5]: a todos Régulo trucidou ao redor da pira[6]. 4. Aquilo não era dor, era ostentação de dor. Cerca-o incrível multidão: todos o execram, o odeiam e, como

das Coisas, 3, v. 1063); Salústio (*A Conjuração de Catilina*, 14, 6), Horácio (*Odes*, 3, 27, v. 7 e *Epístolas*, 1, 7, v. 77); Propércio (*Elegias*, 4, 18, v. 15). Quanto à enumeração dos animais de estimação, ver Horácio, *Arte Poética*, vv. 161-162. 5. CÃES, ROUXINÓIS, PAPAGAIOS, MELROS: *canes, luscinias, psittacos, merulas*; ver em Marcial (*Epigramas*, 7, 87) coleção semelhante de animais, como cobras, macacos, pegas. 6. TRUCIDOU AO REDOR DA PIRA: *circa rogum trucidauit*. A prática era antiga, atestada na *Ilíada* (23, vv. 165 e ss.) e na *Eneida* (2, vv. 185 e ss.).

demerendo Regulum imitantur. **5.** *Tenet se trans Tiberim in hortis, in quibus latissimum solum porticibus immensis, ripam statuis suis occupauit, ut est in summa auaritia sumptuosus, in summa infamia gloriosus.* **6.** *Vexat ergo ciuitatem insaluberrimo tempore et, quod uexat, solacium putat. Dicit se uelle ducere uxorem, hoc quoque sicut alia peruerse.* **7.** *Audies breui nuptias lugentis, nuptias senis; quorum alterum immaturum, alterum serum est. Unde hoc augurer quaeris?* **8.** *Non quia adfirmat ipse, quo mendacius nihil est, sed quia certum est Regulum esse facturum, quidquid fieri non oportet. Vale.*

se o estimassem, como se o amassem, desdobram-se por ele e o escoltam: dizendo numa palavra o que penso, para cortejar Régulo, imitam Régulo. 5. Recolheu-se aos seus jardins no outro lado do Tibre, cujos largos espaços ocupou com imensos pórticos, e a margem, com estátuas de si mesmo[7], já que no cúmulo da avareza é esbanjador e no cúmulo da vergonha é presunçoso. **6.** Assim, atormenta a todos os cidadãos na época mais insalubre[8], e o tormento ele considera consolo. Diz que quer casar de novo, e também aqui, como no resto, age mal. 7. Logo ouvirás falar sobre o casamento de um enlutado, sobre o casamento de um velho: um ocorre muito cedo; outro, muito tarde. Perguntas como posso prever? **8.** Não é porque o diga ele mesmo – ninguém é mais mentiroso –, mas porque é certo que Régulo há de fazer tudo aquilo que convém que não se faça. Adeus.

7. ESTÁTUAS DE SI MESMO: *statuis suis*; ver em VIII, 18, 11 atitude diferente de Domício Tulo, cujas propriedades são ornadas com estátuas muito antigas. Para importância das imagens, ver I, 16, 8 e remissões. **8.** ÉPOCA MAIS INSALUBRE: *insaluberrimo tempore.* É o verão.

EPISTULA III

Laus Arri Antonini poetae

GAIUS PLINIUS

ARRIO ANTONINO SUO SALUTEM

1. *Quod semel atque iterum consul fuisti similis antiquis, quod proconsul Asiae qualis ante te qualis post te uix unus aut alter (non sinit enim me uerecundia tua dicere nemo), quod sanctitate, quod auctoritate, aetate quoque princeps ciuitatis, est quidem uenerabile et pulchrum; ego tamen te uel magis in remissionibus miror.* 2. *Nam seueritatem istam pari iucunditate condire, summaeque grauitati tantum comitatis adiungere, non minus difficile quam magnum est. Id tu cum incredibili quadam suauitate sermonum, tum uel praecipue stilo adsequeris.* 3. *Nam et loquenti tibi illa Homerici senis mella profluere et, quae scribis, complere apes floribus et innectere uidentur. Ita certe sum adfectus ipse, cum Graeca epigrammata tua, cum mimiambos proxime legerem.* 4. *Quantum ibi humanitatis,*

IV, 3. Data: incerta.

1. Árrio Antonino: cônsul sufecto em 69 e 97 d.C. e figura importante no reino de Nerva. Era avô paterno de Antonino Pio (86-161 d.C.), imperador romano de 138 a 161 d.C. É destinatário de IV, 18 e V, 15, e as três epístolas devem ter datas aproximadas. Árrio Antonino devia ter setenta anos. 2. divertimentos poéticos: *remissionibus*. O termo prende-se a *remitto*, "afastar-se" (subentende-se que seja dos negócios no desfrute do ócio), assim como etimologicamente em português "divertir". Não há em latim o que corresponde a "poéticos"; ver sinônimos em IV, 14, §§8-9; V, 3, 2; VIII, 21, 2. 3. temperar severidade: *seueritatem condire*. É a função da

EPÍSTOLA 3

Elogio do poeta Árrio Antonino

CAIO PLÍNIO

A SEU QUERIDO ÁRRIO ANTONINO[1], SAUDAÇÕES

1. Que foste duas vezes cônsul, semelhante aos antigos; que, igual, a custo se acha um que outro procônsul na Ásia antes e depois de ti (tua modéstia não me permite dizer que não se acha nenhum); que pela honestidade, autoridade e até mesmo pela idade foste o primeiro entre os cidadãos é sim feito venerável e belo. Contudo, eu te admiro ainda mais por causa dos divertimentos poéticos[2], 2. pois temperar tal severidade[3] com facécia similar, unir a tamanha gravidade tanto de brandura não é menos difícil do que grandioso. Tu o consegues com precisa e incrível lhaneza no discurso, porém principalmente com teu estilo, 3. pois aquele célebre mel do velho de Homero[4] parece emanar profluente de tua fala, e o que escreves as abelhas parecem preencher de flores e trançá-las numa guirlanda. Essa foi a impressão que me causaram teus epigramas e mimiambos, que acabo de ler. 4. Quanto há ali de

poesia ligeira segundo Plínio, que o diz amiúde; ver IV, 14, 4; VII, 9, 9 (o mesmo *remitto*) e VIII, 21, 2. 4. AQUELE CÉLEBRE MEL DO VELHO DE HOMERO: *illa Homerici senis mella*. Alude-se à *Ilíada*, 1, vv. 247-249: τοῖσι δὲ Νέστωρ / ἡδυεπὴς ἀνόρουσε λιγὺς Πυλίων ἀγορητής, / τοῦ καὶ ἀπὸ γλώσσης μέλιτος γλυκίων ῥέεν αὐδή, "Alça-se o velho Nestor, o orador delicioso dos Pílios / de cuja boca fluíam, mais doces que o mel, as palavras". Tradução de Carlos Aberto Nunes (Homero, *Ilíada*, Rio de Janeiro, Ediouro, 2005, p. 82).

uenustatis, quam dulcia illa, quam amantia quam arguta quam recta! Callimachum me uel Heroden, uel si quid his melius, tenere credebam; quorum tamen neuter utrumque aut absoluit aut attigit. 5. *Hominemne Romanum tam Graece loqui? Non medius fidius ipsas Athenas tam Atticas dixerim. Quid multa? inuideo Graecis quod illorum lingua scribere maluisti. Neque enim coniectura eget, quid sermone patrio exprimere possis, cum hoc insiticio et inducto tam praeclara opera perfeceris. Vale.*

5. Ver em III, 15, resposta de Plínio a um poeta cujos versos não lhe agradaram. 6. CALÍMACO OU HERODAS: poetas gregos helenísticos do século III a.C. Calímaco de Cirene compôs elegias, epigramas, iambos, epos (um epílio e os hinos hexamétricos), lírica, mas não mimiambos, que, todavia, até onde sabemos, foi o único gênero que Herodas de Siracusa praticou, de que possuímos

humanidade, de encanto! Que suaves, que amoráveis, que argutos, que corretos![5] Acreditava ter em mãos Calímaco ou Herodas[6], ou o que for melhor que eles. E olha que nem um nem outro tentou os dois gêneros ou se distinguiu[7] em ambos! **5.** Como pode um homem de Roma falar tão à maneira grega? Eu diria com muita fé que nem a própria Atenas é tão ática. Por que falarei muito? Invejo os gregos porque preferiste escrever na língua deles. Nem é caso de conjecturar o que serias capaz de produzir na língua pátria tendo composto à perfeição, em língua estrangeira e aqui enxertada[8], obras tão notáveis. Adeus.

oito poemas. Mimiambos são poemas jocosos compostos em versos coliambos. **7.** SE DESTINGUIU: *absoluit*. Subjaz à crítica a emulação entre os praticantes de cada gênero; ver I, 2, §§2-3 e IV, 5, 3; para *absoluit*, ver IX, 22, 2. **8.** ENXERTADA: *insiticio*. O termo é do vocabulário da agricultura, como se lê em Varrão de Reate (Marco Terêncio Varrão), *Sobre as Coisas do Campo* (*De Re Rustica*), 1, 2, 5.

EPISTULA IV

Commendatio Varisidi Nepotis

GAIUS PLINIUS
SOSIO SENECIONI SUO SALUTEM

1. *Varisidium Nepotem ualdissime diligo, uirum industrium rectum disertum, quod apud me uel potentissimum est. Idem C. Caluisium, contubernalem meum amicum tuum, arta propinquitate complectitur; est enim filius sororis.* 2. *Hunc rogo semestri tribunatu splendidiorem et sibi et auunculo suo facias. Obligabis me, obligabis Caluisium nostrum, obligabis ipsum, non minus idoneum debitorem quam nos putas.* 3. *Multa beneficia in multos contulisti: ausim contendere nullum te melius, aeque bene unum aut alterum collocasse. Vale.*

IV, 4. Data: incerta, depois de 99 d.C.

1. SÓSIO SENECIÃO: ver I, 13. 2. VARISÍDIO NEPOS: desconhecido. 3. CAIO CALVÍSIO: Caio Calvísio Rufo; ver I, 12, 12. 4. TRIBUNATO SEMESTRAL: *semestri tribunatu*. Embora ocorrente em

EPÍSTOLA 4

Recomendação de Varisídio Nepos

CAIO PLÍNIO

A SEU QUERIDO SÓSIO SENECIÃO[1], SAUDAÇÕES

1. A Varisídio Nepos[2] estimo demais, homem dedicado, correto, eloquente, o que para mim é o que tem mais importância. É ligado a Caio Calvísio[3], meu companheiro de caserna e teu amigo, por estreito parentesco, pois é filho da irmã dele. 2. Peço-te que o distingas com o tribunato semestral[4], a ele e também ao tio. Vais obrigar a mim, vais obrigar nosso Calvísio, vais obrigar o próprio Varisídio, que não é devedor menos idôneo do que achas que nós somos. 3. Muitos benefícios prestaste para muitas pessoas. Ousaria afirmar que melhor não realizaste nenhum e igualmente bem realizaste um ou outro. Adeus.

várias inscrições, a natureza do cargo é obscura. Talvez fosse posto mais baixo, com meio salário, junto a um comando da cavalaria legionária.

EPISTULA V

Approbatio Traiani Panegyrici

GAIUS PLINIUS

IULIO SPARSO SUO SALUTEM

1. *Aeschinen aiunt petentibus Rhodiis legisse orationem suam, deinde Demosthenis, summis utramque clamoribus.* 2. *Quod tantorum uirorum scriptis contigisse non miror, cum orationem meam proxime doctissimi homines hoc studio, hoc assensu, hoc etiam labore per biduum audierint, quamuis intentionem eorum nulla hinc et inde collatio, nullum quasi certamen accenderet.* 3. *Nam Rhodii cum ipsis orationum uirtutibus tum etiam comparationis aculeis excitabantur, nostra oratio sine aemulationis gratia probabatur. An merito, scies cum legeris librum, cuius amplitudo non sinit me longiore epistula praeloqui.* 4. *Oportet enim nos in hac certe in qua possumus breues esse, quo sit excusatius quod librum ipsum, non tamen ultra causae amplitudinem, extendimus. Vale.*

IV, 5. Data: provavelmente início de 103 d.C. A matéria – recitação de um discurso importante – é a mesma das epístolas II, 19 e III, 18, em que Plínio fala do discurso contra Mário Prisco e do *Panegírico de Trajano*.

1. JÚLIO ESPARSO: cônsul sufecto em 88 d.C. (ou talvez seu filho, segundo os *Fasti Potentini* e o CIL, 16, 35). Pode ser o amigo a quem Marcial (*Epigramas*, 12, 57) explica por que não consegue dormir em meio aos ruídos de Roma. *Fasti Potentini* (*Fastos de Potência*) são uma lista incompleta de cônsules escrita num monumento erguido em Potência (atual Potenza), na Lucânia, provavelmente no início do século II d.C. Arrolam os cônsules de 86 a 93 e de 112 a 116 d.C.

EPÍSTOLA 5

Aprovação ao *Panegírico de Trajano*

CAIO PLÍNIO

A SEU QUERIDO JÚLIO ESPARSO[1], SAUDAÇÕES

1. Dizem que a pedido do povo de Rodes Ésquines[2] leu um discurso de sua autoria e em seguida um de Demóstenes[3], ambos muitíssimo aplaudidos. **2.** Não me admira que isso ocorra com escritos de homens tão grandiosos, já que recentemente pessoas doutíssimas ouviram com tal empenho, com tal anuência, até com tal sofrimento meu discurso por dois dias, embora nenhum confronto, nenhuma espécie de disputa lhes tenha aguçado a atenção. **3.** Pois, ao povo de Rodes incitavam-no não só as próprias virtudes dos discursos, como também a aguilhoada do confronto, enquanto meu discurso[4] foi aprovado sem a graça da emulação[5]. Se com mérito, saberás, quando leres o discurso, cuja amplitude não permite que eu to introduza com uma epístola mais longa, **4.** pois convém que nesta aqui, em que posso, eu seja breve, para ser mais desculpável que eu tenha alongado o próprio discurso[6], não, todavia, além da amplitude da matéria. Adeus.

2. Ésquines: orador ateniense (*c.* 390-314 a.C.), rival de Demóstenes; ver I, 20, 4. O fato é mencionado em II, 3, 10. **3.** Demóstenes: orador ateniense (384-322 a.C.), considerado o maior orador grego; ver I, 2, 2. **4.** MEU DISCURSO: *nostra oratio*. Pode ser o discurso contra os cúmplices de Cecílio Clássico (ver III, 9) ou do discurso a favor de Basso (ver IV, 9). **5.** EMULAÇÃO: *aemulationis*; ver I, 2, §§2-3 e acima, IV, 3, 4. **6.** EU TENHA ALONGADO O PRÓPRIO DISCURSO: *librum ipsum amplitudinem extendimus*; ver III, 18. 1.

EPISTULA VI

Varia tempestas in Plini possessiones

GAIUS PLINIUS

IULIO NASONI SUO SALUTEM

1. *Tusci grandine excussi, in regione Transpadana summa abundantia, sed par uilitas nuntiatur: solum mihi Laurentinum meum in reditu.* 2. *Nihil quidem ibi possideo praeter tectum et hortum statimque harenas, solum tamen mihi in reditu. Ibi enim plurimum scribo, nec agrum quem non habeo sed ipsum me studiis excolo; ac iam possum tibi ut aliis in locis horreum plenum, sic ibi scrinium ostendere.* 3. *Igitur tu quoque, si certa et fructuosa praedia concupiscis, aliquid in hoc litore para. Vale.*

IV, **6**. Data: incerta.

1. JÚLIO NASÃO : jovem, ainda não senador, irmão de Júlio Avito, questor, cuja morte prematura, mencionada por Plínio em V, 21, permite a Nasão candidatar-se ao cargo. Júlio Nasão é endereçado apenas aqui. A candidatura é mencionada em VI, 6 e VI, 9. A morte do irmão mais velho é mencionada em V, 21, 3. 2. TÚSCIA: ver I, 9, 4; III, 4; 2 e IV, 1, 3 e remissões. REGIÃO

EPÍSTOLA 6

Variedade do clima nas terras de Plínio

CAIO PLÍNIO
A SEU QUERIDO JÚLIO NASÃO[1], SAUDAÇÕES

1. Geada na Túscia! Colheita farta na região transpadana[2]! Mas ali anuncia-se também queda nos preços[3]: apenas minha vila laurentina[4] vai me dar renda. 2. Lá nada possuo além de uma casa, um jardim e ao lado dele a areia da praia!, mas é a única que me dará alguma renda. Lá escrevo muito: não cultivo o campo que não possuo, mas me cultivo a mim mesmo nos estudos[5]; e tal como em outros lugares te mostram um celeiro cheio, já posso te mostrar o estojo cheio de escritos. 3. Por isso, tu também, se desejas terras cuja renda é garantida, compra uma propriedade nessa mesma orla. Adeus.

TRANSPADANA: situada ao norte do tio Pado (atual Pó). É mencionada apenas aqui. 3. QUEDA NOS PREÇOS: *uilitas*; para variação de preços, ver VIII, 2, §§1-2. 4. MINHA VILA LAURENTINA: *Laurentinum meum*; ver I, 9, 4. 5. MEUS ESTUDOS: *studiis*; sobre o encanto das letras no campo, ver I, 9; I, 24 e II, 8.

EPISTULA VII

Magnificae exequiae Reguli fili

GAIUS PLINIUS

CATIO LEPIDO SUO SALUTEM

1. *Saepe tibi dico inesse uim Regulo. Mirum est quam efficiat in quod incubuit. Placuit ei lugere filium: luget ut nemo. Placuit statuas eius et imagines quam plurimas facere: hoc omnibus officinis agit, illum coloribus, illum cera, illum aere, illum argento, illum auro, ebore, marmore effingit.* 2. *Ipse uero nuper adhibito ingenti auditorio librum de uita eius recitauit; de uita pueri, recitauit tamen. Eundem in exemplaria mille transcriptum per totam Italiam prouinciasque dimisit. Scripsit publice, ut a decurionibus eligeretur uocalissimus aliquis ex ipsis, qui legeret eum populo: factum est.*

3. *Hanc ille uim, seu quo alio nomine uocanda est intentio quidquid uelis optinendi, si ad potiora uertisset, quantum boni efficere potuis-*

IV, 7. Data: 104 d.C., pouco depois da data da epístola IV, 2, de que esta é continuação.

1. Cácio Lépido: desconhecido, mencionado apenas aqui. 2. ESTÁTUAS E IMAGENS DO FILHO: *statuas eius et imagines*. As imagens costumavam retratar antepassados, o que pode ressaltar o desvelo de Régulo (ver, porém, V, 17, 6). Para importância das imagens, ver I, 16, 8 e remissões. 3. BIOGRAFIA: *uita*. *Vita*, em grego *bíos* (βίος) é uma das espécies da historiografia antiga. Em III, 10, 1, Plínio parece indicar que a espécie estava na moda. 4. TRANSCREVENDO-A EM MILHARES DE CÓPIAS: *in exemplaria mille transcriptum*. Para Sherwin-White (p. 271), este é um dos raros exemplos de edições "do autor" no período, caracterizado por editores profissionais. Parece-lhe semelhante à prática de Cícero antes de usar dos serviços qualificados de Ático; ver I, 2, 5.

EPÍSTOLA 7

As grandiosas exéquias do filho de Régulo

CAIO PLÍNIO

A SEU QUERIDO CÁCIO LÉPIDO[1], SAUDAÇÕES

1. Amiúde te digo que em Régulo há uma força própria dele. É admirável como é eficaz naquilo em que se mete. Decidiu enlutar-se pelo filho: ninguém demonstra luto como ele. Decidiu mandar fazer o maior número possível de estátuas e imagens do filho[2]: empenhou todos os ateliês nesta tarefa: mandou figurá-lo em cores, figurá-lo na cera, figurá-lo no bronze, em prata, em ouro, marfim, mármore. **2.** Mas ele mesmo, recentemente, depois de reunir um grande auditório, recitou a biografia[3] do filho. Imagina: biografia de um menino! Mas recitou-a mesmo assim. Transcrevendo-a em milhares de cópias[4], enviou-a a toda Itália e às províncias. Fez petição pública aos decuriões para que escolhessem dentre eles o mais articulado orador[5] que lesse o livro aos cidadãos. Assim se fez.

3. Esta força, ou se por qualquer outro nome se deve chamar a determinação de obter tudo que se quer, se ele a tivesse dirigido a coisas

Crê que, para obter-se tal quantidade de cópias, o livro era ditado simultaneamente para vários escribas. **5.** O MAIS ARTICULADO ORADOR: *uocalissimus aliquis*. Trata-se aqui de uma virtude da pronunciação oral do discurso, a *hypókrisis* (ὑπόκρισις) e em latim *pronuntiatio* ou *actio*. Para ação ou pronunciação, ver I, 16, 2; I, 20, 9; II, 3, 9; II, 14, 10; III, 14, 2; IV, 27, 1 e V, 19, 2.

set! Quamquam minor uis bonis quam malis inest, ac sicut ἀμαθία μὲν θράσος, λογισμὸς δὲ ὄκνον φέρει, ita recta ingenia debilitat uerecundia, peruersa confirmat audacia. **4.** *Exemplo est Regulus. Imbecillum latus, os confusum, haesitans lingua, tardissima inuentio, memoria nulla, nihil denique praeter ingenium insanum, et tamen eo impudentia ipsoque illo furore peruenit, ut orator habeatur.*

5. *Itaque Herennius Senecio mirifice Catonis illud de oratore in hunc e contrario uertit: "Orator est uir malus dicendi imperitus". Non mehercule Cato ipse tam bene uerum oratorem quam hic Regulum expressit.*

6. *Habesne quo tali epistulae parem gratiam referas? Habes, si scripseris num aliquis in municipio uestro ex sodalibus meis, num etiam ipse tu hunc luctuosum Reguli librum ut circulator in foro legeris, ἐπάρας scilicet, ut ait Demosthenes, τὴν φωνὴν καὶ γεγηθὼς καὶ λαρυγγίζων.* **7.** *Est enim tam ineptus ut risum magis possit exprimere quam gemitum: credas non de puero scriptum sed a puero. Vale.*

6. A FORÇA NOS HOMENS BONS É MENOR QUE NOS MAUS: ἀμαθία μὲν θράσος, λογισμὸς δὲ ὄκνον φέρει. A sentença é de Tucídides (*História da Guerra do Peloponeso*, 2, 40, 3), pronunciada por Péricles. **7.** HERÊNIO SENECIÃO: ver 1, 5, 3. **8.** O ORADOR É UM HOMEM MAU, IMPERITO EM DISCURSAR: *orator est uir malus dicendi imperitus*. Quintiliano (*Instituições Oratórias*, 12, 1, 1) foi quem conservou a definição de Catão, o Censor: *Sit ergo nobis orator quem constituimus is qui a*

mais importantes, quanto bem teria feito! Mas a força nos homens bons é menor que nos maus[6], e, tal como a ignorância traz coragem, e o raciocínio, hesitação, assim também o receio enfraquece as inteligências honestas, e a insolência fortalece as perversas. **4.** O exemplo é Régulo. Os pulmões são fracos; a voz, pouco articulada; a língua, hesitante; a invenção, lerdíssima, e a memória, nula: em suma, nada possui além de uma inteligência insana, e, no entanto, a tal ponto chegou por falta de vergonha e por aquela mesma loucura, que veio a ser considerado orador. **5.** Assim, foi admirável o modo como Herênio Senecião[7], para descrever Régulo, inverteu a famosa sentença de Catão sobre o orador: "o orador é um homem mau, imperito na arte de discursar"[8]. E garanto que nem o próprio Catão[9] definiu tão bem o verdadeiro orador quanto Herênio definiu Régulo.

6. Será que tens como retribuir o que há numa epístola como esta? Tens, se escreveres contando se acaso em tua cidade um de meus companheiros leu ou se tu mesmo leste para o povo o lutuoso livro de Régulo tal como um vendilhão na praça, erguendo a voz, como diz Demostenes[10], comprazendo-se em berrar. **7.** É que Régulo é tão inepto, que é capaz de suscitar riso em vez de dor: crerias tratar-se não de um livro escrito a respeito de uma criança, mas por uma criança. Adeus.

M. Catone finitur uir bonus dicendi peritus, uerum, id quod et ille posuit prius et ipsa natura potius ac maius est, utique uir bonus, "Seja, portanto, o orador que tenho em mente aquele definido por Marco Catão, *homem bom, perito em discursar*, mas que tenha a qualidade que ele pôs em primeiro lugar e que pela própria natureza é mais importante e a maior: ser um homem bom".

9. Catão: Marco Pórcio Catão, o Catão, o Censor ou Catão, o Velho (234-149 a.C.); ver I, 17, 3.

10. Demóstenes: ver I, 2, 2 e acima, IV, 5, 1.

EPISTULA VIII

Plini auguratus

GAIUS PLINIUS

MATURO ARRIANO SUO SALUTEM

1. *Gratularis mihi quod acceperim auguratum: iure gratularis, primum quod grauissimi principis iudicium in minoribus etiam rebus consequi pulchrum est, deinde quod sacerdotium ipsum cum priscum et religiosum tum hoc quoque sacrum plane et insigne est, quod non adimitur uiuenti.* 2. *Nam alia quamquam dignitate propemodum paria ut tribuuntur sic auferuntur; in hoc fortunae hactenus licet ut dari possit.* 3. *Mihi uero illud etiam gratulatione dignum uidetur, quod successi Iulio Frontino principi uiro, qui me nominationis die per hos continuos annos inter sacerdotes nominabat, tamquam in locum suum cooptaret; quod*

IV, **8**. Data: 103 d.C., provavelmente.

1. ARRIANO MATURO: ver I, 2. 2. AUGURATO: *auguratum*. Plínio solicitou que Trajano o nomeasse áugure ou septênviro, cargos que estavam vagos (ver X, 13, 1). A nomeação para áugure deve ter ocorrido em 103 d.C., quando Trajano estava ausente de Roma por causa da Primeira Guerra da Dácia (101-102 d.C.). Os áugures, os septênviros encarregados das cerimônias (*septemuiri epulonum*), os pontífices e os quindecênviros encarregados dos sacrifícios (*quindecimuiri sacrisfaciundis*), sendo as mais altas hierarquias sacerdotais de Roma, tiveram papel político importante na república, mas não no império, quando esses cargos foram reservados a senadores e ex-cônsules. A nomeação, vitalícia, era feita pelo Senado, que levava em conta as recomendações do Imperador; por isso, Plínio faz o pedido a Trajano. No império, diminuindo a função dos áugures nos comícios, a principal tarefa era gerir o *augurium salutis*, consulta que se destinava

EPÍSTOLA 8

O augurato de Plínio

CAIO PLÍNIO

A SEU QUERIDO MATURO ARRIANO[1], SAUDAÇÕES

1. Tu me felicitas porque recebi o augurato[2]: é com justiça que me felicitas, primeiro porque até nas menores coisas é belo obter reconhecimento de um príncipe tão eminente[3]; e, segundo, porque o próprio sacerdócio não só é antigo e venerando, como também, por isso mesmo, é profundamente sagrado e distinto por durar a vida toda. **2.** Com efeito, outras investiduras, embora quase iguais em dignidade, assim como são concedidas, assim também são retiradas, enquanto este sacerdócio a fortuna só permite que seja dado. **3.** Porém, creio que também é digno de felicitação o fato de que sucedi a Júlio Frontino[4], varão de primeira ordem, que por anos sucessivos no dia da nomeação propunha meu nome como que me indicando para seu lugar; o que ocorreu

a verificar se existiam condições para a oração anual pela saúde e salvação do povo romano. 3. PRÍNCIPE TÃO EMINENTE: *grauissimi principis*. É Trajano. 4. JÚLIO FRONTINO: Sexto Júlio Frontino. Cônsul em 73 ou 74 d.C., sucedeu Agrícola (sogro de Tácito) no governo da Britânia, foi supervisor do leito e das margens do Tibre (tal como Plínio seria depois; ver Introdução, I) e cônsul outras duas vezes sob Nerva e Trajano. Escreveu *Estratagemas* (*Stratagemata*), sobre a arte militar e escreveu ainda *Sobre o Aqueduto da Cidade de Roma* (*De Aquae Ductu Urbis Romae*) ou *Sobre as Águas da Cidade de Roma* (*De Aquis Urbis Romae*). Morreu por volta de 104 d.C. É mencionado em V, 1, 5 e IX, 19, 1.

nunc euentus ita comprobauit, ut non fortuitum uideretur. **4.** *Te quidem, ut scribis, ob hoc maxime delectat auguratus meus, quod M. Tullius augur fuit. Laetaris enim quod honoribus eius insistam, quem aemulari in studiis cupio.* **5.** *Sed utinam ut sacerdotium idem, ut consulatum multo etiam iuuenior quam ille sum consecutus, ita senex saltem ingenium eius aliqua ex parte adsequi possim!* **6.** *Sed nimirum quae sunt in manu hominum et mihi et multis contigerunt; illud uero ut adipisci arduum sic etiam sperare nimium est, quod dari non nisi a dis potest. Vale.*

agora parece comprovar que nada foi fortuito. **4.** E quanto a ti, meu augurato, conforme escreves, te alegra ao máximo sobretudo porque Cícero[5] foi áugure. E estás feliz porque hei de seguir nas honrarias os passos daquele mesmo com quem desejo emular nos estudos. **5.** Mas tomara que, tal como obtive o mesmo sacerdócio, tal como obtive o consulado muito mais jovem do que ele, assim possa eu, ao menos na velhice, possuir um pouco do engenho dele! **6.** Mas não há dúvida de que tudo que os homens podem conseguir coube a mim e a muitos outros também; porém, é árduo obter e até mesmo presunçoso esperar o que senão pelos deuses pode ser dado. Adeus.

5. Cícero: *M. Tullius*. É Marco Túlio Cícero (106-43 a.C.); ver i, 2, 4 e Introdução, iii.

EPISTULA IX

Iuli Bassi causa

GAIUS PLINIUS

CORNELIO URSO SUO SALUTEM

1. *Causam per hos dies dixit Iulius Bassus, homo laboriosus et aduersis suis clarus. Accusatus est sub Vespasiano a priuatis duobus; ad senatum remissus diu pependit, tandem absolutus uindicatusque.* 2. *Titum timuit ut Domitiani amicus, a Domitiano relegatus est; reuocatus a Nerua sortitusque Bithyniam rediit reus, accusatus non minus acriter quam fideliter defensus. Varias sententias habuit, plures tamen quasi mitiores.* 3. *Egit contra eum Pomponius Rufus, uir paratus et uehemens; Rufo suc-*

IV, 9. Data: início de 103 d.C.

1. Cornélio Urso: destinatário das epístolas V, 20; VI, 5 e VI, 13 (sobre processos de concussão) e da VIII, 9. Parece ser cavaleiro do círculo de Plínio, como os outros destinatários das epístolas sobre concussão (II, 11; II, 12; III, 4; III, 9; IV, 9; V, 4; V, 13; V, 20; VI, 10; VI, 13; VII, 6; VII, 33; VIII, 14 e IX, 13). 2. causa: *causam*. A epístola descreve a condução de um caso de extorsão em que se fez acusação de crueldade (*saeuitia*), que não foi, porém, levada adiante (V, 5, 16), e a questão foi reduzida à mera extorsão, bem o oposto do caso de Mário Prisco, tratado em II, 11, 2. 3. Júlio Basso: procônsul na Bitínia em 100-101 d.C. ou 101-102 d.C., acusado, segundo Sherwin-White (pp. 274-275), em meados de 101 ou de 102 d.C. É mencionado em V, 20, 1; VI, 29, 10 e X, 56, 4. 4. Tito: Tito Flávio César Vespasiano Augusto, 39-81 d.C., imperador entre 79 e 81 d.C.; ver I, 18, 3. 5. temia Tito: *Titum timuit.* Esta é a mais antiga evidência da antipatia de Domiciano por seu irmão Tito; ver Suetônio, *Vida dos Césares*, 11, "Tito", 9, 3 e 12, "Domiciano", 1-2. 6. Domiciano: Tito Flávio César Domiciano Augusto (51-96 d.C.), imperador de 81 a 96 d.C.; ver I, 5, 1. 7. Nerva: Marco Coceio Nerva (30-98 d.C.), foi imperador romano de 96 até a sua

EPÍSTOLA 9

O processo de Júlio Basso

CAIO PLÍNIO

A SEU QUERIDO CORNÉLIO URSO[1], SAUDAÇÕES

1. Há poucos dias julgou-se a causa[2] de Júlio Basso[3], homem sofrido e, por suas adversidades, também célebre. Sob Vespasiano foi acusado por dois cidadãos privados; o caso foi enviado ao Senado e por muito tempo ficou pendente, até que Basso enfim foi absolvido e reabilitado. **2.** Temia Tito[4] por ser amigo de Domiciano[5], e por Domiciano[6] foi exilado; chamado de volta por Nerva[7], obteve em sorteio a Bitínia, donde voltou como réu, acusado com dureza nada menor do que a firmeza com que foi defendido. Recebeu sentenças variadas, a maioria das quais, porém, equivalia praticamente à clemência. **3.** Processou-o Pompônio Rufo[8], homem preparado e veemente; a Rufo sucedeu Teófanes[9], um dos legados dos bitínios, instigador e origem da acusação.

morte em 98 d.C. Fora senador durante os reinados de Nero, Vespasiano, Tito e Domiciano. Membro do séquito imperial de Nero, destacou-se na descoberta da conspiração de Caio Calpúrnio Pisão contra o imperador em 65 d.C. Foi recompensado com dois consulados: sob Vespasiano em 71 d.C. e sob Domiciano em 90 d.C. Com o assassinato de Domiciano em 96 d.C., o Senado aclamou Nerva como imperador. Restaurou os direitos abolidos sob Domiciano, mas enfrentou problemas financeiros e dificuldades para tratar com as tropas. Nerva faleceu de morte natural a 27 de janeiro de 98 d.C. e foi sucedido pelo filho adotivo, Trajano. É mencionado em IV, 11, 14; IV, 17, 8; IV, 22, 4 e V, 3, 5, em que é lembrado como poeta; VII, 31, 4; VII, 33, 9 e X, 58, 6. **8.** POMPÔNIO RUFO; ver III, 9, 33. **9.** TEÓFANES: desconhecido. **10.** DINHEIRO: *in quaestu.* Se

cessit Theophanes, unus ex legatis, fax accusationis et origo. **4.** *Respondi ego, nam mihi Bassus iniunxerat, totius defensionis fundamenta iacerem, dicerem de ornamentis suis quae illi et ex generis claritate et ex periculis ipsis magna erant,* **5.** *dicerem de conspiratione delatorum quam in quaestu habebant, dicerem causas quibus factiosissimum quemque ut illum ipsum Theophanen offendisset. Eundem me uoluerat occurrere crimini quo maxime premebatur. In aliis enim quamuis auditu grauioribus non absolutionem modo uerum etiam laudem merebatur;* **6.** *hoc illum onerabat quod homo simplex et incautus quaedam a prouincialibus ut amicus acceperat (nam fuerat in eadem prouincia quaestor). Haec accusatores furta ac rapinas, ipse munera uocabat.*

7. *Sed lex munera quoque accipi uetat. Hic ego quid agerem, quod iter defensionis ingrederer? Negarem? Verebar ne plane furtum uideretur, quod confiteri timerem. Praeterea rem manifestam infitiari augentis erat crimen non diluentis, praesertim cum reus ipse nihil integrum aduocatis reliquisset. Multis enim atque etiam principi dixerat, sola se munuscula dumtaxat natali suo aut Saturnalibus accepisse et plerisque misisse.* **8.** *Veniam ergo peterem? Iugulassem reum, quem ita deliquisse concederem, ut seruari nisi uenia non posset. Tamquam recte factum tuerer? Non illi profuissem, sed ipse impudens exstitissem.* **9.** *In hac difficultate placuit medium quiddam tenere: uideor tenuisse.*

Actionem meam, ut proelia solet, nox diremit. Egeram horis tribus et dimidia, supererat sesquihora. Nam cum e lege accusator sex horas, nouem reus accepisset, ita diuiserat tempora reus inter me et eum qui dicturus post erat, ut ego quinque horis ille reliquis uteretur.

10. *Mihi successus actionis silentium finemque suadebat; temerarium est enim secundis non esse contentum. Ad hoc uerebar ne me corporis*

o acusado fosse condenado, previam-se prêmios (*praemia*) de até um quarto do valor dos bens confiscados. **11.** OUTRAS POR MAIS GRAVES: *aliis quamuis grauioribus*. Trata-se de acusações de crueldade, que parece não ter sido provada. **12.** QUESTOR: *questor*. Designava-se aos procônsules das províncias senatoriais um questor com funções majoritariamente financeiras. **13.** A LEI PROÍBE: *lex uetat*. Trata-se da *Lex Iulia de Repetundis* ou *Lex Iulia Rerum Repetundarum* e de outras sobre semelhantes extorsões, leis estas provindas da *Lex Acilia*, do século I a.C.; ver

4. Eu defendi Basso, já que ele me encarregara de lançar os fundamentos da defesa inteira, falando de suas distinções, que, vindas de nobre nascimento e dos perigos que viveu, lhe eram numerosas, **5.** falando da conspiração dos delatores, que agiam por dinheiro[10], falando dos motivos por que descontentou os sujeitos mais facciosos, como o próprio Teófanes. Queria que eu também o defendesse da acusação que mais o oprimia, pois nas outras, por mais graves que soassem[11], merecia não só absolvição, mas também até mesmo louvor. **6.** Pesava contra esse homem ingênuo e incauto a acusação de receber, na condição de amigo, algumas dádivas de habitantes da Bitínia (de fato fora questor[12] nessa mesma província). A elas os acusadores as chamavam de "furtos e rapinagem", ele mesmo as chamava "presentes".

7. Mas a lei[13] também proíbe receber presentes. Neste ponto o que eu poderia fazer, que caminho deveria trilhar para a defesa? Negar? Receava que acabasse parecendo um furto que eu temia confessar. Ademais, negar ação manifesta seria aumentar o crime, e não diminuir, sobretudo porque o réu não deixara nenhuma alternativa aos advogados, tendo contado a muitas pessoas, inclusive ao Príncipe, que só havia aceitado uns pequenos mimos por seu aniversário ou nas Saturnais![14], e que tinha ele mesmo presenteado muitas pessoas. **8.** Deveria eu, portanto, requerer clemência? Teria degolado o réu, porque eu admitiria que seu delito fora tão evidente, que sua única salvação era a clemência. Deveria sustentar que não agiu delituosamente? Não lhe teria sido útil e teria eu mesmo passado por impudente. **9.** Em tamanha dificuldade decidi tomar uma via intermediária: creio que consegui.

Minha sustentação, como costuma ocorrer com os combates, só foi interrompida pelo cair da noite. Falei por três horas e meia e restava-me uma hora e meia, pois, como a lei permite ao acusador falar por seis horas[15] e ao réu por nove, o réu dividiu o tempo entre mim e o advogado que deveria falar depois, de modo que eu ocupasse cinco horas, e ele as restantes. **10.** O sucesso da ação aconselhava-me a calar e findar, já que é

Digesto, 1, 16, 6, 3. **14.** SATURNAIS; ver II, 17, 24. **15.** SEIS HORAS: *sex horas*; ver II, 11, 14, em que se trata também de processo penal. Para tempo nos processos civis, ver IV, 16, 2 e VI, 2, 5.

uires iterato labore desererent, quem difficilius est repetere quam iungere. **11.** *Erat etiam periculum ne reliqua actio mea et frigus ut deposita et taedium ut resumpta pateretur. Ut enim faces ignem adsidua concussione custodiunt, dimissum aegerrime reparant, sic et dicentis calor et audientis intentio continuatione seruatur, intercapedine et quasi remissione languescit.* **12.** *Sed Bassus multis precibus, paene etiam lacrimis obsecrabat, implerem meum tempus. Parui utilitatemque eius praetuli meae. Bene cessit: inueni ita erectos animos senatus, ita recentes, ut priore actione incitati magis quam satiati uiderentur.*

13. *Successit mihi Lucceius Albinus, tam apte ut orationes nostrae uarietatem duarum, contextum unius habuisse credantur.* **14.** *Respondit Herennius Pollio instanter et grauiter, deinde Theophanes rursus. Fecit enim hoc quoque ut cetera impudentissime, quod post duos et consulares et disertos tempus sibi et quidem laxius uindicauit. Dixit in noctem atque etiam nocte inlatis lucernis.* **15.** *Postero die egerunt pro Basso Homullus et Fronto mirifice; quartum diem probationes occuparunt.*

16. *Censuit Baebius Macer, consul designatus, lege repetundarum Bassum teneri, Caepio Hispo salua dignitate iudices dandos; uterque recte. "Qui fieri potest", inquis, "cum tam diuersa censuerint?"* **17.** *Quia scilicet et Macro legem intuenti consentaneum fuit damnare eum qui contra legem munera acceperat, et Caepio cum putaret licere senatui (sicut licet) et mitigare leges et intendere, non sine ratione ueniam dedit facto uetito quidem, non tamen inusitato.* **18.** *Praeualuit sententia Caepionis, quin immo consurgenti ei ad censendum acclamatum est, quod solet*

16. ME FALTASSEM FORÇAS: *me uires desererent*; ver II, 11, 15. **17.** LUCEIO ALBINO: ver III, 9, 7. **18.** HERÊNIO POLIÃO: Marco Herênio Ânio Polião; cônsul sufecto em 85 d.C., segundo os *Fasti Ostienses* (FO), provavelmente hispânico. É mencionado apenas nesta epístola. **19.** DOIS EX-CÔNSULES: *duos consulares*; não se trata de Plínio e Luceio, que não era ex-cônsul, mas de Pompônio Rufo e Herênio Polião. **20.** HOMULO: deve ser Marco Júnio Homulo, o cônsul sufecto de 102 d.C. e depois governador da Capadócia e do Ponto, na Ásia Menor, e não Terêncio Estrabão Erúcio Homulo, cônsul em 83 d.C. É mencionado em V, 20, 6 e VI, 19, 3. **21.** FRONTÃO: Cátio Frontão; ver II, 11, 3. **22.** BÉBIO MACRO: ver III, 5. **23.** CEPIÃO HISPÃO: homem de muitos nomes. Se as inscrições forem relacionadas corretamente, é conhecido como Galeão Severo Marco Epuleio Próculo, filho de Lúcio Cépio Hispão (*Galleo Seuerus M. Eppuleius Proculus L. f. Ti. Caepio Hispo*), cisalpino que, depois de prefeito do erário militar, governou a Bética e a Ásia. Pode

temerário não se contentar com o que foi exitoso. Além disso, temia que pelo esforço contínuo me faltassem forças[16], já que é mais difícil reiniciar do que prosseguir. 11. pois havia o risco de que minha sustentação fosse recebida com frieza, quando interrompida, e com tédio, quando retomada. Assim como as tochas, agitadas de contínuo, preservam a chama e dificilmente a reavivam se abandonada, do mesmo modo o calor de quem discursa e a atenção de quem ouve se conservam pela continuidade e se quebram pela interrupção e relaxamento. 12. Entretanto, Basso com muitos rogos, quase chegando às lágrimas, implorava que eu gastasse meu tempo. Submeti-me e preferi o interesse dele ao meu. Fiz bem em ceder: encontrei os ânimos do Senado tão vivos, tão frescos, que pareciam mais incitados pela sustentação anterior do que saciados.

13. Sucedeu-me Luceio Albino[17] e foi tão apto, que se poderia dizer que nossos discursos tinham a variedade de dois e a coerência de um único. **14.** Quem replicou foi Herênio Polião[18] com veemência e gravidade, e em seguida novamente Teófanes. E ele, também desta vez, falou com a maior impudência, como sempre faz, porque depois de dois ex-cônsules[19], e eloquentes!, exigiu tempo para si e ainda se alongou. Falou até o cair da noite e noite adentro, trazidas as lucernas. **15.** No dia seguinte, a favor de Basso discursaram Homulo[20] e Frontão[21], admiravelmente; o quarto dia foi dedicado às provas.

16. Bébio Macro[22], cônsul designado, propôs que Basso fosse condenado nos termos da lei sobre extorsões; Cepião Hispão[23], que, conservado o cargo de senador, se apresentasse à comissão do Senado[24]; um e outro estavam corretos. "Como pode ser", perguntas, "que os pareceres sejam tão diferentes?". **17.** Ora, é que a Macro, tendo em mente a lei, pareceu correto condenar aquele que, contra a lei, aceitara presentes, e quanto a Cepião, uma vez que considerou que é lícito ao Senado[25] (e de fato é) restringir e estender as leis, não sem razão concedeu clemência a

ser o Próculo, cônsul sufecto de 101 d.C. Talvez seja sogro ou cunhado do famigerado Régulo; ver I, 5. **24.** COMISSÃO DO SENADO: *iudices*; ver II, 11, 2. A proposta de Cepião visava a proteger Basso de ter má fama (*infamia*), permitindo-lhe assim manter o cargo de senador. **25.** É LÍCITO

residentibus. Ex quo potes aestimare, quanto consensu sit exceptum, cum diceret, quod tam fauorabile fuit cum dicturus uideretur. **19.** *Sunt tamen ut in senatu ita in ciuitate in duas partes hominum iudicia diuisa. Nam quibus sententia Caepionis placuit, sententiam Macri ut rigidam duramque reprehendunt; quibus Macri, illam alteram dissolutam atque etiam incongruentem uocant; negant enim congruens esse retinere in senatu, cui iudices dederis.* **20.** *Fuit et tertia sententia: Valerius Paulinus adsensus Caepioni hoc amplius censuit, referendum de Theophane cum legationem renuntiasset. Arguebatur enim multa in accusatione fecisse, quae illa ipsa lege qua Bassum accusauerat tenerentur.* **21.** *Sed hanc sententiam consules, quamquam maximae parti senatus mire probabatur, non sunt persecuti. Paulinus tamen et iustitiae famam et constantiae tulit.* **22.** *Misso senatu Bassus magna hominum frequentia, magno clamore, magno gaudio exceptus est. Fecerat eum fauorabilem renouata discriminum uetus fama, notumque periculis nomen, et in procero corpore maesta et squalida senectus.*

23. *Habebis hanc interim epistulam ut πρόδρομον, exspectabis orationem plenam onustamque. Exspectabis diu; neque enim leuiter et cursim, ut de re tanta retractanda est. Vale.*

AO SENADO: *licere senatui.* No império, aumentou cada vez mais a autonomia legal do Senado relativa aos processos contra senadores. Em geral, por espírito corporativo, tendia-se, como aqui, a abrandar em vez de endurecer as leis; ver II, 11, §§ 19-20; II, 12, 2 e V, 13, §§4-5. 26. VALÉRIO PAULINO: ver II, 2. **27.** MUITAS AÇÕES DURANTE A ACUSAÇÃO: *multa in accusatione fecisse*: até mesmo quem tinha exigido ou aceitado dinheiro para acusar podia ser acusado de concussão; ver *Digesto*, 48, 11, 6, 2. **28.** BASSO FOI ACOLHIDO: *Bassus exceptus est.* A epístola X, 56, 4 informa que os atos de Basso foram invalidados e que mediante sentença se concedeu a todos aqueles que prejudicou a possibilidade de reabrir o caso em dois anos. Deduz-se que Basso deve ter sido absolvido da acusação de *saeuitia*, mas condenado por suborno. **29.** TRISTE E DESCOMPOSTA VELHICE: *maesta et squalida senectus.* Para Sherwin-White (p. 279), Basso não teria menos de 55 anos. Para Trisoglio (I, p. 448), há algo de espectral na descrição de Basso já que em VII, 27, 5, o fantasma que assombra uma casa é caracterizado como um "ancião abatido pela magreza e esqualidez". Mas Quintiliano (*Instituições Oratórias*, VI, 1, 30 e 33) ensina que não é de ignorar o efeito que produz no tribunal apresentar réus "andrajosos" (*squalidos*) e em desalinho (o cognato *squalorem*): *Non solum autem dicendo, sed etiam faciendo quaedam lacrimas mouemus, unde et producere ipsos qui periclitentur squalidos atque deformes et liberos eorum ac parentes institutum [...]. At sordes et squalorem et propinquorum quoque similem habitum scio profuisse [...]*, "Provocamos lágrimas não apenas discursando, mas também agindo, razão pela qual se instrui

uma ação proibida, sim, mas não inusitada. **18.** Prevaleceu a sentença de Cepião: com efeito, já ao levantar-se para proferir seu parecer, foi aclamado, o que costuma ocorrer quando quem terminou de falar vai retomar seu assento. Disto podes avaliar a enorme aprovação com que foi acolhido enquanto estava falando o que já agradava antes mesmo de falar. **19.** Ficou, porém, dividida em duas posições, tanto no Senado como em Roma, a opinião das pessoas. Quem assentiu com a sentença de Cepião censurou a de Macro por rigorosa e dura; quem assentiu com a de Macro, chamou a outra de desconexa e incongruente; afirmavam não ser congruente manter no Senado alguém submetido à comissão de juízes.

20. Houve também uma terceira sentença: Valério Paulino[26], assentindo com Cepião, foi ainda mais longe: dever-se-ia investigar outra vez Teófanes, assim que se encerrasse seu cargo de legado, pois, segundo argumentava[27] Valério, muitas ações de Teófanes durante a acusação eram imputáveis nos termos da mesma lei à luz da qual Basso era acusado. **21.** Mas esta sentença, embora aprovada por notável maioria do Senado, os cônsules não acolheram. Paulino manteve, todavia, a reputação de justo e constante. **22.** Encerrada a sessão do Senado, Basso foi acolhido[28] por grande multidão de pessoas, com grande clamor e grande júbilo. Tornaram-no benquisto a antiga fama, agora renovada, de seus reveses, seu nome, notório por causa dos perigos, e a triste e descomposta velhice[29] numa imponente estatura.

23. Esta epístola será por ora como um batedor[30], enquanto aguardas o discurso completo e abundante. Aguardarás por bom tempo, que não é com leveza e rapidez que se faz revisão de matéria tão importante. Adeus.

apresentar *andrajosos* e descompostos os réus periclitantes, assim como seus filhos e pais [...]. Mas sei que abatimento e *desalinho* e o apresentar parentes com atitude semelhante são úteis à defesa [...]". **30.** BATEDOR: πρόδρομον (*pródromon*). Plínio serviu-se de termo grego no lugar do latino *praecursor*. O português possui os derivados de ambos, "pródromo" e "precursor", que não empreguei porque sofreram catacrese e já não dão conta da metáfora: a epístola, como o soldado batedor que prepara e anuncia a chegada de alguém importante, prepara o envio do próprio discurso; ver adiante (IV, 13, 2) a mesma comparação com o adjetivo *praecursoria*.

EPISTULA X

Sabinae testamentum

GAIUS PLINIUS

STATIO SABINO SUO SALUTEM

1. *Scribis mihi Sabinam, quae nos reliquit heredes, Modestum seruum suum nusquam liberum esse iussisse, eidem tamen sic adscripsisse legatum: "Modesto quem liberum esse iussi". Quaeris quid sentiam.* 2. *Contuli cum peritis iuris. Conuenit inter omnes nec libertatem deberi quia non sit data, nec legatum quia seruo suo dederit. Sed mihi manifestus error uidetur, ideoque puto nobis quasi scripserit Sabina faciendum, quod ipsa scripsisse se credidit.* 3. *Confido accessurum te sententiae meae, cum religiosissime soleas custodire defunctorum uoluntatem, quam bonis heredibus intellexisse pro iure est. Neque enim minus apud nos honestas quam apud alios necessitas ualet.* 4. *Moretur ergo in libertate sinentibus nobis, fruatur legato quasi omnia diligentissime cauerit. Cauit enim, quae heredes bene elegit. Vale.*

IV, 10. Data: incerta.

1. ESTÁCIO SABINO: pode ser o mesmo Sabino, patrono nativo de Firmo, a quem são dirigidas as epístolas VI, 18 e IX, 2. 2. SABINA: não é a esposa de Estácio, mas uma parente. 3. NOS FEZ HERDEIROS: *nos reliquit heredes*. Duas enormes heranças deixadas a Plínio provieram de ricas matronas; ver V, 1. Como Sabina deve ter deixado herança a seu parente Sabino, o plural aqui

EPÍSTOLA 10

O testamento de Sabina

CAIO PLÍNIO

A SEU QUERIDO ESTÁCIO SABINO[1], SAUDAÇÕES

1. Escreves que Sabina[2], que nos fez herdeiros[3], em nenhum documento ordenou a libertação de Modesto, seu escravo, embora lhe tenha deixado um legado nestes termos: "A Modesto, que ordenei fosse libertado". Perguntas o que acho. **2.** Consultei juristas. Concordam todos que não se deve a Modesto nem a libertação, porque não lhe foi dada, nem o legado, porque foi feito a favor de um escravo. Mas para mim está claro que houve erro de Sabina, e por isso creio que devemos agir como se ela mesma tivesse escrito o que acreditava ter escrito. **3.** Tenho certeza de que concordarás com meu parecer, já que costumas respeitar escrupulosamente a vontade dos mortos, que para os bons herdeiros basta ter sido entendida para que valha como lei[4]. **4.** Com nossa permissão continue Modesto a ser livre, usufrua do legado como se Sabina tivesse diligentissimamente cuidado de tudo: cuidou, pois escolheu bem herdeiros. Adeus.

não é majestático, mas designa Sabino e Plínio, que também é herdeiro; ver em V, 7, 1 a mesma fórmula, *nos reliquit heredes*. 4. A VONTADE BASTA TER SIDO ENTENDIDA PARA QUE VALHA COMO LEI: *uoluntatem quam bonis heredibus intellexisse pro iure est*. Sherwin-White (p. 280) lembra que Plínio adota essa "doutrina heterodoxa" três vezes: aqui, em II, 16, 2 e em V, 7, 2.

EPISTULA XI

Corneliae uestalis supplicium

GAIUS PLINIUS

CORNELIO MINICIANO SUO SALUTEM

1. *Audistine Valerium Licinianum in Sicilia profiteri? Nondum te puto audisse: est enim recens nuntius. Praetorius hic modo inter eloquentissimos causarum actores habebatur; nunc eo decidit, ut exsul de senatore, rhetor de oratore fieret.* **2.** *Itaque ipse in praefatione dixit dolenter et grauiter: "Quos tibi, Fortuna, ludos facis? Facis enim ex senatoribus professores, ex professoribus senatores". Cui sententiae tantum bilis, tantum amaritudinis inest, ut mihi uideatur ideo professus ut hoc diceret.* **3.** *Idem cum Graeco pallio amictus intrasset (carent enim togae iure, quibus aqua et igni interdictum est), postquam se composuit circumspexitque habitum suumm, "Latine", inquit, "declamaturus sum".*

4. *Dices tristia et miseranda, dignum tamen illum qui haec ipsa studia incesti scelere macularit.* **5.** *Confessus est quidem incestum, sed incertum utrum quia uerum erat, an quia grauiora metuebat si negasset. Fremebat enim Domitianus aestuabatque in ingenti inuidia destitutus.* **6.** *Nam cum Corneliam Vestalium maximam defodere uiuam concu-*

IV, **11**. Data: incerta.

1. Cornélio Miniciano: ver III, 9. **2.** Valério Liciniano: pode tratar-se do Liciniano a quem Marcial dedica o epigrama I, 49; ver IV, 24, 3. **3.** ensina eloquência: apenas *profiteri* no origi-

EPÍSTOLA 11

Suplício da vestal Cornélia

CAIO PLÍNIO

A SEU QUERIDO CORNÉLIO MINICIANO[1], SAUDAÇÕES

1. Sabias que Valério Liciniano[2] ensina eloquência[3] na Sicília? Acho que ainda não sabias: é notícia recente. Este ex-pretor há pouco tempo era considerado um dos advogados mais eloquentes na sustentação oral de causas, e agora a tal ponto decaiu, que de senador se transformou num exilado, de orador se transformou em professor de eloquência[4]. 2. Tanto é, que no preâmbulo de seu curso[5] disse dolorosa e gravemente: "A que jogos, ó Fortuna, te entregas? Sim, de senadores fazes professores, de professores fazes senadores!" Na afirmação dele há tanta bile, tanta amargura, que creio que passou a ensinar apenas para poder fazer a afirmação. 3. Tendo feito sua entrada coberto com o pálio grego – pois não é permitido o uso de togas àqueles que foram banidos –, depois de paramentar-se e olhar a própria veste, "vou discursar em latim", falou.

4. Dirás que são fatos tristes, dignos de comiseração, e que, no entanto, ele os mereceu por ter maculado estes mesmos estudos oratórios com o crime de incesto. 5. Confessou ter cometido incesto com a vestal, mas não se sabe se confessou porque era verdade ou porque temia penas

nal. 4. PROFESSOR DE ELOQUÊNCIA: *rhetor*, literalmente "rétor". 5. PREÂMBULO DE SEU CURSO: apenas *praefatione* em latim. Sigo solução de Guillemin (II, p. 11).

pisset, ut qui inlustrari saeculum suum eiusmodi exemplis arbitraretur, pontificis maximi iure, seu potius immanitate tyranni, licentia domini reliquos pontifices non in Regiam sed in Albanam uillam conuocauit. Nec minore scelere quam quod ulcisci uidebatur, absentem inauditamque damnauit incesti, cum ipse fratris filiam incesto non polluisset solum uerum etiam occidisset, nam uidua abortu periit.

7. Missi statim pontifices qui defodiendam necandamque curarent. Illa nunc ad Vestam, nunc ad ceteros deos manus tendens, multa sed hoc frequentissime clamitabat: "Me Caesar incestam putat, qua sacra faciente uicit, triumphauit!" 8. Blandiens haec an inridens, ex fiducia sui an ex contemptu principis dixerit, dubium est. Dixit donec ad supplicium, nescio an innocens, certe tamquam innocens ducta est.

9. Quin etiam cum in illud subterraneum cubiculum demitteretur, haesissetque descendenti stola, uertit se ac recollegit, cumque ei manum carnifex daret, auersata est et resiluit foedumque contactum quasi labem a casto puroque corpore nouissima sanctitate reiecit omnibusque numeris

6. DOMICIANO: Tito Flávio César Domiciano Augusto (51-96 d.C.), imperador de 81 a 96 d.C.; ver I, 5, 1. 7. A MAIOR DAS VESTAIS: *Vestalium maximam*. Em Roma as virgens vestais gozavam de grande prestígio: não estavam sujeitas à autoridade paterna, podiam dispor dos próprios bens, fazer testamento e ser sepultadas no interior das muralhas da cidade. Mas estavam sujeitas a duras obrigações: acolhidas no sacerdócio antes de dez anos, tinham de permanecer ali por três anos, durante os quais viviam em quase reclusão no Átrio de Vesta, como guardiãs do fogo sagrado. A vestal que o deixava apagar-se era submetida a chibatadas; a que perdia a virgindade era enterrada viva no *Campus Sceleratus*, o Campo do Impiedade, como ocorre com Cornélia. Em tempos históricos as virgens vestais eram seis, a chefe das quais era a mais idosa, que também é o caso de Cornélia. 8. RÉGIA: literalmente "casa real", era um edifício que servia como residência ou quartel general dos antigos reis de Roma, mais tarde ocupado pelo Pontífice Máximo. Localizava-se no Fórum ao lado do templo de Vesta. 9. ALBA: cidade fundada segundo a lenda ou por Ascânio, filho de Eneias e Creúsa, ou por Sílvio Eneias, filho do herói e Lavínia. Situava-se provavelmente às margens do lago Albano, onde hoje se localiza Castel Gandolfo, no Lácio. Levando o julgamento a sua vila, Domiciano trata um caso público como se fosse privado. 10. SOBRINHA, FILHA DO IRMÃO: Júlia, filha de Tito, irmão de Domiciano. Até o tempo de Cláudio (imperador entre 41-54 d.C.), que desposou Agripina, filha de seu irmão Germânico, o matrimônio entre tio e sobrinha era considerado incesto (ver Tácito, *Anais*, 12, 6, 3). O caso de Júlia é narrado por Suetônio, *Vida dos Césares*, 12, "Domiciano", 22, 1. 11. MORREU EM DECORRÊNCIA DE ABORTO: *abortu periit*. O episódio é narrado por Suetônio, *Vida dos Césares*, 12, "Domiciano", 8, 3-5, em que deixa claro

mais graves se tivesse negado, pois que Domiciano[6] estava fora de si e fervia de raiva, vendo-se sozinho em meio ao ódio geral. **6.** Desejando a todo custo enterrar viva Cornélia, a maior das Vestais[7], porque julgava que com exemplos desse tipo tornaria notório seu reinado, Domiciano, com a prerrogativa de Pontífice Máximo ou antes com a crueldade de um tirano, convocou com aquele arbítrio próprio dos déspotas os demais pontífices não para ir à Régia[8], palácio do rei Numa, mas à sua vila em Alba[9]. Com delito não menor do aquele que simulava punir, condenou Cornélia ao crime de incesto sem que ela estivesse presente e sem que fosse ouvida, ao passo que ele mesmo não só havia conspurcado a sobrinha, filha do irmão[10], como também a havia matado, já que ela, depois de enviuvar, morreu em decorrência de aborto[11].

7. De imediato despachou pontífices para cuidar que Cornélia fosse enterrada viva e morresse. Ela, ora estendendo as mãos a Vesta, ora aos outros deuses, gritando dizia muitas coisas, mas em particular o seguinte: "César me considera incestuosa, a mim!, cujos sacrifícios o fizeram vencer guerras[12], desfilar triunfante". **8.** Afagava-o, escarnecia-o? Não se sabe se assim falava por confiar em si mesma ou por desprezar o Príncipe. Continuou a repeti-lo até ser conduzida ao suplício, não sei se inocente[13], mas decerto considerada inocente. **9.** E mais, enquanto era levada àquela famosa cela subterrânea[14], na descida, tendo a estola[15] ficado presa em algo, ela se voltou e a ajeitou, e quando o carrasco lhe estendeu a mão, virou o rosto, retraiu-se e num derradeiro gesto de integridade recusou aquele contato repugnante como se conspurcasse seu corpo casto e puro, e observando todas as regras do pudor, "teve muita prudência de cair com decoro[16]". **10.** Além disso, Célere[17], cavaleiro

que acredita na culpa da vestal. **12.** VENCER GUERRAS: *uicit.* Domiciano venceu os germânicos em 83 d.C. e os dácios em 89 d.C. **13.** NÃO SEI SE INOCENTE: *nescio an innocens.* Não apenas Plínio parece não acreditar na inocência de Cornélia, como é provável também que a culpa de Valério era aceita, já que Nerva não anulou a sentença dele. **14.** CELA SUBTERRÂNEA: o Campo da Impiedade, situado na Porta Colina em Roma. **15.** ESTOLA: peça que descia até os pés, com mangas curtas, apertada com uma faixa na cintura. **16.** TEVE MUITA PRUDÊNCIA DE CAIR COM DECORO: πολλὴν πρόνοιαν ἔσχεν εὐσχήμων πεσεῖν; é o verso 569 da tragédia *Hécuba*, de Eurípides. **17.** CÉLERE: desconhecido. Não é o Célere mencionado em I, 5, 8 e destinatário de VII, 17.

pudoris πολλὴν πρόνοιαν ἔσχεν εὐσχήμων πεσεῖν. **10.** *Praeterea Celer, eques Romanus, cui Cornelia obiciebatur, cum in comitio uirgis caederetur, in hac uoce perstiterat: "Quid feci? Nihil feci".*

11. *Ardebat ergo Domitianus et crudelitatis et iniquitatis infamia. Adripit Licinianum, quod in agris suis occultasset Corneliae libertam. Ille ab iis quibus erat curae praemonetur, si comitium et uirgas pati nollet, ad confessionem confugeret quasi ad ueniam. Fecit.* **12.** *Locutus est pro absente Herennius Senecio tale quiddam, quale est illud: κεῖται Πάτροκλος. Ait enim: "Ex aduocato nuntius factus sum; Licinianus recessit".* **13.** *Gratum hoc Domitiano adeo quidem, ut gaudio proderetur, diceretque: "Absoluit nos Licinianus". Adiecit etiam non esse uerecundiae eius instandum; ipsi uero permisit, si qua posset, ex rebus suis raperet, antequam bona publicarentur, exsiliumque molle uelut praemium dedit.* **14.** *Ex quo tamen postea clementia diui Neruae translatus est in Siciliam, ubi nunc profitetur seque de fortuna praefationibus uindicat.*

15. *Vides quam obsequenter paream tibi, qui non solum res urbanas uerum etiam peregrinas tam sedulo scribo, ut altius repetam. Et sane putabam te, quia tunc afuisti, nihil aliud de Liciniano audisse quam relegatum ob incestum. Summam enim rerum nuntiat fama, non ordinem.* **16.** *Mereor ut uicissim, quid in oppido tuo, quid in finitimis agatur (solent enim quaedam notabilia incidere) perscribas, denique quidquid uoles dum modo non minus longa epistula nuntia. Ego non paginas tantum sed uersus etiam syllabasque numerabo. Vale.*

18. Comício: *comitium*. Era o espaço original de reunião pública na Roma antiga. Localizado a noroeste do Fórum, tinha grande significado religioso e judicial. 19. Herênio Senecião: ver I, 5, 3. 20. Pátroclo jaz: κεῖται Πάτροκλος; são as palavras com que na *Ilíada*, 18, v. 20, Antíoco

romano, considerado cúmplice de Cornélia, quando era vergastado no Comício[18], resistia, dizendo: "O que eu fiz? Eu não fiz nada!"

11. Domiciano, portanto, inflamava ainda mais a má reputação de cruel e injusto que possuía. Mandou prender Liciniano, porque teria escondido em suas terras uma liberta de Cornélia. Liciniano foi avisado por aqueles que se incumbiam de sua guarda que, se não desejasse ser submetido ao Comício e às vergastadas, recorresse à confissão para obter perdão. Assim fez. **12.** A favor de Liciniano ausente discursou Herênio Senecião[19] de modo semelhante àquele "Pátroclo jaz[20]", pois com efeito falou: "De advogado transformei-me em mensageiro: Liciniano desistiu de defender-se". **13.** Isso na verdade a tal ponto agradou a Domiciano, que ele foi traído pela alegria e falou: "Liciniano me absolveu". Chegou a acrescentar que não se devia piorar a vergonha de Liciniano. Domiciano de fato permitiu-lhe carregar quanto pudesse de seus bens antes que se publicassem os confiscos e lhe deu exílio brando como se fosse uma recompensa. **14.** De lá, porém, graças à clemência do divino Nerva[21], foi transferido à Sicília, onde agora ensina e se vinga da Fortuna nos preâmbulos de seus cursos.

15. Estás vendo com quanto obséquio te obedeço, eu que não apenas escrevo relatando casos de Roma, mas também os de fora da Itália, com tamanha aplicação, que me faz voltar ao passado. E eu achava sim que tu, que na época estavas longe, nada mais tinhas ouvido sobre Liciniano do que o degredo por incesto, pois a notoriedade do caso nos informa o resumo dos eventos, não a ordem. **16.** Mereço de tua parte que escrevas sobre o que se passa em tua cidade, o que se passa nas redondezas (pois costumam ocorrer casos notáveis) e enfim narres o que desejares contanto que a epístola não seja menos longa: eu contarei não só as páginas, mas até mesmo as linhas e as sílabas. Adeus.

anuncia a Aquiles a morte de Pátroclo. **21.** NERVA: Marco Coceio Nerva (30-98 d.C.), imperador de 96 a 98 d.C.; ver IV, 9, 2.

EPISTULA XII

Laus Egnati Marcellini

GAIUS PLINIUS

MATURO ARRIANO SUO SALUTEM

1. Amas Egnatium Marcellinum atque etiam mihi saepe commendas; amabis magis commendabisque, si cognoueris eius recens factum. 2. Cum in prouinciam quaestor exisset, scribamque qui sorte obtigerat ante legitimum salarii tempus amisisset, quod acceperat scribae daturus, intellexit et statuit subsidere apud se non oportere. 3. Itaque reuersus Caesarem, deinde Caesare auctore senatum consuluit quid fieri de salario uellet. Parua quaestio sed tamen quaestio. Heredes scribae sibi, praefecti aerari populo uindicabant. 4. Acta causa est; dixit heredum aduocatus,

IV, 12. Data: entre 21 de junho e 20 de setembro (verão no hemisfério norte) de 105 d.C.
1. MATURO ARRIANO: ver I, 2. 2. EGNÁCIO MARCELINO: foi cônsul sufecto em 116 d.C., onze anos depois de ser questor (*FO* e *PIR*, 2 E 14, 24). Em Plínio, é mencionado apenas aqui. 3. ESCRIBA: *scribam*. Os funcionários empregados nas províncias integravam uma ordem reconhecida publicamente, logo abaixo da ordem equestre. Era vinculada ao erário de Saturno, e os postos eram designados por sorteio, assim como os da questura. 4. MANTER CONSIGO: *subsidere apud se*: a matéria era regulada pela *LEX IULIA DE RESIDUIS PECUNIIS*. Adolf Berger (*Encyclopedic Dictionary of Roman Law*, Philadelphia, American Philosophical Society, 1968, s.v. *Peculatus*) lembra que uma forma específica de peculato ocorre quando uma pessoa que recebeu dinheiro do tesouro para uma finalidade específica não o gastou (*pecuniae residuae*). É o que Egnácio Marcelino evitou. No final do mandato, todo magistrado devia apresentar contas (*professio*) ao tesouro e liquidar eventuais pendências no prazo de um ano. 5. CÉSAR: Trajano. Apesar da separação entre o erário (o tesouro central) e o fisco (administração das finanças imperiais) promovida pelos

EPÍSTOLA 12

Elogio de Egnácio Marcelino

CAIO PLÍNIO

A SEU QUERIDO MATURO ARRIANO[1], SAUDAÇÕES

1. Amas Egnácio Marcelino[2] e chegas a recomendar-mo com frequência; vais amá-lo e recomendá-lo ainda mais se souberes o que recentemente ele fez. **2.** Depois de partir como questor à província, o escriba[3] que por sorteio obtivera morreu antes do prazo legal para pagamento do salário. A quantia que Egnácio Marcelino recebera para pagar ao escriba ele entendeu e decidiu que não convinha manter[4] consigo. **3.** Assim, quando retornou, consultou César[5] e com sua autorização consultou o Senado sobre o que queriam fazer com o salário. É questão pequena, mas é uma questão. Os herdeiros do escriba reivindicavam o salário para si, os prefeitos do erário, para o povo. **4.** A causa foi a julgamento. Falou o advogado dos herdeiros, em seguida o do povo, um e outro com muita propriedade. Cecílio Estrabão[6] julgou

imperadores Flávios (Vespasiano, 69-79 d.C., Tito, 79-81 d.C. e Domiciano 81-96 d.C.), o Imperador ainda é considerado o supervisor geral do erário. Trajano pretendia afrouxar o controle, estabelecido sob os Flávios, que o Imperador tinha sobre o funcionamento do Senado (ver VI, 31, 6 e VII, 6, 1, 6), mas funcionários e provinciais da esfera senatorial continuaram a dirigir-se ao Imperador e não ao Senado; ver IV, 22, 1. **6.** CECÍLIO ESTRABÃO: Caio Cecílio Estrabão, cônsul sufecto a partir do nono dia (*nundinum*) de setembro 105 d.C. (FO) e membro dos Irmãos Arvais (PIR, 2 C 85). É mencionado em IV, 17, 1. Ele e Macro não são advogados das partes, que acabam de ser mencionadas, mas senadores que dão parecer. Bébio Macro, como ex-cônsul, devia ter

deinde populi, uterque percommode. Caecilius Strabo aerario censuit inferendum, Baebius Macer heredibus dandum: obtinuit Strabo.

5. Tu lauda Marcellinum, ut ego statim feci. Quamuis enim abunde sufficiat illi quod est et a principe et a senatu probatus, gaudebit tamen testimonio tuo. **6.** *Omnes enim qui gloria famaque ducuntur mirum in modum adsensio et laus a minoribus etiam profecta delectat. Te uero Marcellinus ita ueretur ut iudicio tuo plurimum tribuat. 7. Accedit his quod, si cognouerit factum suum isto usque penetrasse, necesse est laudis suae spatio et cursu et peregrinatione laetetur. Etenim nescio quo pacto uel magis homines iuuat gloria lata quam magna. Vale.*

precedência e, no entanto, quem fala primeiro é Estrabão, que, por conseguinte, devia ser cônsul designado, dadas as regras relativas à precedência nos debates (ver II, 11, §§19 e 20, em que os cônsules designados votam primeiro). Como Estrabão foi cônsul sufecto nos meses de setembro a dezembro de 105 d.C., o debate deve ter ocorrido após o início do verão (junho), período em

que a quantia devia ir ao erário, Bébio Macro[7], que devia ser dada aos herdeiros: venceu Estrabão.

5. Louva também tu a Marcelino, como de imediato eu mesmo fiz. Por mais que não seja pouco ser aprovado pelo Príncipe e pelo Senado, ficará feliz com tua manifestação. **6.** É que a todos que se deixam conduzir intensamente pela glória e pela fama até mesmo o assentimento e o louvor vindos de homens inferiores deleitam. Porém, Marcelino a tal ponto te respeita, que dá o máximo valor a tua opinião. 7. A isso acresce que, se souber que a fama do que fez chegou até aí onde estás[8], por força vai alegrar-se da distância que sua glória percorreu, e da rapidez, até o estrangeiro. Os homens, de fato, não sei por que se comprazem mais com uma glória difundida, do que com uma grandiosa. Adeus.

que os questores retornavam das províncias ultramarinas, antes das calendas de setembro (1º de setembro). 7. BÉBIO MACRO: ver III, 5. 8. ATÉ AÍ ONDE ESTÁS: *isto usque*. Maduro devia então estar no Egito com Víbio Máximo, a quem foi recomendado na epístola III, 2.

EPISTULA XIII

Ad Tacitum de pueris docendis Comi

GAIUS PLINIUS

CORNELIO TACITO SUO SALUTEM

1. *Saluum in urbem uenisse gaudeo; uenisti autem, si quando alias, nunc maxime mihi desideratus. Ipse pauculis adhuc diebus in Tusculano commorabor, ut opusculum quod est in manibus absoluam.* 2. *Vereor enim ne, si hanc intentionem iam in fine laxauero, aegre resumam. Interim ne quid festinationi meae pereat, quod sum praesens petiturus, hac quasi praecursoria epistula rogo. Sed prius accipe causas rogandi, deinde ipsum quod peto.*

3. *Proxime cum in patria mea fui, uenit ad me salutandum municipis mei filius praetextatus. Huic ego "Studes?" inquam. Respondit: "Etiam" "Ubi?" "Mediolani" "Cur non hic?" Et pater eius – erat enim una atque etiam ipse adduxerat puerum –: "Quia nullos hic praeceptores habemus".* 4. *"Quare nullos? Nam uehementer intererat uestra, qui patres estis" – et opportune complures patres audiebant – "liberos uestros hic potissimum discere. Ubi enim aut iucundius morarentur quam in patria aut pudicius*

IV, 13. Data: 104-105 d.C.

1. TÁCITO: o historiógrafo Públio Cornélio Tácito; ver I, 6. 2. LIVRINHO: *opusculum*. O diminutivo revela tratar-se de livro de poemas; ver IV, 14, nota introdutória e ocorrências em IV, 14, 5; VI, 6, 6; VII, 9, 13 e VIII, 21, 4. Para diminutivo em geral, ver V, 12, 1 e remissões. 3. BATEDOR: *praecursoria*; ver IV, 9, 23. 4. TOGA PRETEXTA: *praetextatus*. É a toga branca, franjada de púrpura, usada por jovens patrícios, filhos de senadores e de altos magistrados até atingirem

EPÍSTOLA 13

A Tácito sobre a necessidade de ensino em Como

CAIO PLÍNIO
A SEU QUERIDO TÁCITO[1], SAUDAÇÕES

1. Fico contente que tenhas chegado bem a Roma; se é que alguma vez foi diferente, desta vez vens muito a meu gosto. Há pouquinhos dias atrás, estava no meu sítio em Túsculo para terminar um livrinho[2] que tenho em mãos, **2.** pois temo que, se eu relaxar agora que estou no fim, dificilmente vou recomeçar. Entrementes, para que nada de minha pressa se perca, aquilo que vou solicitar na tua presença peço por esta epístola, que é, por assim dizer, um batedor[3]. Mas antes, ouve as razões do pedido, e em seguida aquilo mesmo que peço.

3. Recentemente, quando estive em minha terra, veio saudar-me o filho de um conterrâneo, que já tem idade de usar a toga pretexta[4]. Perguntei-lhe "Estudas[5]?". Respondeu-me: "Sim". "Onde?" "Mediolano[6]". "Por que não aqui?" E o pai dele – que estava ao lado e na verdade havia trazido o rapaz – "Porque aqui não temos nenhum professor". **4.** "Como nenhum? Pois é do vosso maior interesse, de vós que sois pais", – e muitos pais, oportunamente, estavam escutando – "que vossos filhos estudem bem aqui. Pois onde vão morar com mais alegria do que na terra natal, ser refreados com mais recato[7] do que sob o olhar dos pais

a idade adulta. 5. ESTUDAS: *studes*. Eram estudos retóricos, não gramaticais; ver II, 18, 1 e III, 3, §§ 3-4. 6. MEDIOLANO: *Mediolani*, atual Milão. 7. REFREADOS COM MAIS RECATO: *aut pudicius continerentur quam sub oculis parentum aut minore sumptu quam domi?* **5.** *Quantulum est ergo collata pecunia conducere praeceptores, quodque nunc in habitationes, in uiatica, in ea quae peregre emuntur – omnia autem peregre emuntur – impenditis, adicere mercedibus? Atque adeo ego, qui nondum liberos habeo, paratus sum pro re publica nostra, quasi pro filia uel parente, tertiam partem eius quod conferre uobis placebit dare.* **6.** *Totum etiam pollicerer, nisi timerem ne hoc munus meum quandoque ambitu corrumperetur, ut accidere multis in locis uideo, in quibus praeceptores publice conducuntur.* **7.** *Huic uitio occurri uno remedio potest, si parentibus solis ius conducendi relinquatur, isdemque religio recte iudicandi necessitate collationis addatur.* **8.** *Nam qui fortasse de alieno neglegentes, certe de suo diligentes erunt dabuntque operam, ne a me pecuniam non nisi dignus accipiat, si accepturus et ab ipsis erit.* **9.** *Proinde consentite, conspirate maioremque animum ex meo sumite, qui cupio esse quam plurimum, quod debeam conferre. Nihil honestius praestare liberis uestris, nihil gratius patriae potestis. Educentur hic qui hic nascuntur, statimque ab infantia natale solum amare frequentare consuescant. Atque utinam tam claros praeceptores inducatis, ut in finitimis oppidis studia hinc petantur, utque nunc liberi uestri aliena in loca ita mox alieni in hunc locum confluant!"*

10. *Haec putaui altius et quasi a fonte repetenda, quo magis scires, quam gratum mihi foret si susciperes quod iniungo. Iniungo autem et pro rei magnitudine rogo, ut ex copia studiosorum, quae ad te ex admiratione ingenii tui conuenit, circumspicias praeceptores, quos sollicitare possimus, sub ea tamen condicione ne cui fidem meam obstringam. Omnia enim libera parentibus seruo: illi iudicent, illi eligant, ego mihi curam tantum et impendium uindico.* **11.** *Proinde si quis fuerit repertus, qui ingenio suo fidat, eat illuc ea lege ut hinc nihil aliud certum quam fiduciam suam ferat. Vale.*

continerentur. Para perigos da escola, ver III, 3, §§3 e 4. **8.** PAGAM PRECEPTORES COM DINHEIRO PÚBLICO: *praeceptores publice conducuntur.* O sentido da afirmação de Plínio se esclarece nos §§7 e 8: teme o nepotismo na escolha dos professores, cuja rivalidade era comum; ver II, 18, 5. Em VII, 18, 2, tenta evitar o mau uso da quantia que doa. Domiciano corrigiu a corrupção no sistema dos Flávios (69-96 d.C.) mediante regra segundo a qual apenas os filhos nascidos livres deveriam ser educados por professores.

e com menor gasto do que em casa? **5.** Ora, quanto, se não pouco, custa reunir fundos para contratar preceptores, somando ao montante o que gastais em moradia, em viagens, naquilo que se compra nas viagens, pois tudo enfim se deve comprar nas viagens? Eu, que ainda não tenho filhos, estou disposto a dar, em prol de nossa comunidade, como se para uma filha ou um genitor, um terço da quantia que decidires juntar. **6.** Prometeria a quantia inteira se não temesse que minha munificência fosse um dia deturpada em favorecimento, como vejo ocorrer em muitos lugares em que se pagam preceptores com dinheiro público[8]. **7.** A esse vício só se pode curar com um remédio: deixar só aos pais o direito de recrutar os professores e lhes estimular a escrupulosa responsabilidade de avaliá-los corretamente mediante a obrigação de colaborar com os fundos. **8.** Com efeito, aqueles que talvez sejam negligentes quanto aos bens alheios decerto serão diligentes quanto aos próprios e se empenharão por que só recebam meu dinheiro quem o mereça, se este vier a receber também o deles. **9.** Por isso, entrai em acordo, harmonizai-vos e assumi uma disposição ainda maior que a que tenho eu, que desejo que minha colaboração seja a maior possível. Nada mais honroso podeis fazer a vossos filhos, nada mais grato à vossa terra. Eduquem-se aqui os que aqui nascerem, e logo acostumem-se a amar e celebrar desde a infância o solo natal. E oxalá busqueis professores tão notáveis, que as cidades vizinhas venham procurar aqui a sua formação, e tal como agora vossos filhos acorrem a terra estrangeira, assim os estrangeiros logo acorram a esta terra".

10. Achei melhor relatar-te lá de trás, começando como que na fonte, para que soubesses melhor quão grato me seria se acolhesses o projeto que ora abraço. Sim, abraço-o e pela grandeza do empreendimento peço que, do grupo de estudiosos que te cerca graças à admiração que nutrem pelo teu engenho, encontres professores que possamos empregar, sob a condição, porém, de que não haja nenhum compromisso de minha parte, pois deixo tudo ao arbítrio dos pais: eles é que devem avaliar, eles é que devem escolher; eu me reservo apenas a preocupação e o gasto. **11.** Portanto, se encontrares um professor que confie no próprio engenho, que ele vá para lá com a condição de não levar daqui nenhuma garantia senão a própria confiança. Adeus.

EPISTULA XIV

Plini hendecasyllabi

GAIUS PLINIUS

DECIMO PATERNO SUO SALUTEM

1. *Tu fortasse orationem, ut soles, et flagitas et exspectas; at ego quasi ex aliqua peregrina delicataque merce lusus meos tibi prodo.* **2.** *Accipies cum hac epistula hendecasyllabos nostros, quibus nos in uehiculo, in balineo, inter cenam oblectamus otium temporis.* **3.** *His iocamur, ludimus, amamus, dolemus, querimur, irascimur, describimus aliquid modo pressius modo elatius, atque ipsa uarietate temptamus efficere, ut alia aliis quaedam fortasse omnibus placeant.*

IV, 14. Data: incerta. As epístolas de Plínio sobre poesia começam no livro IV e continuam até o IX. As mais longas revelam certa ordem: aqui Plínio apresenta o primeiro volume de hendecassílabos; em V, 3 responde às críticas; em VII, 4 relata sua experiência como poeta e em VII, 9, §§9-14 trata do proveito que dedicar-se a poemas ligeiros traz aos trabalhos que considera mais sérios; em VIII, 21 anuncia o segundo volume de poemas. Há, intercaladas, referências mais curtas: IV,13, 1; IV, 18, 1; IV, 27, §§ 3-4; VI, 6, 6; IX, 10, 2; IX, 16, 2 e IX, 34, 1. Plínio não menciona seus versos nos livros I, II e III, embora ali comente que alguns amigos se dediquem à poesia, como Espurina em III, 1, 7 e Vergínio Rufo em V, 3, 5. Sherwin-White (p. 289) acredita que a proximidade com Espurina, Árrio e Antonino tenha levado Plínio aos versos; ver VII, 4, 8.

1. DÉCIMO PATERNO: ver I, 21. **2.** BRINCADEIRAS: *ludos*; ver adiante nota a INÉPCIAS. **3.** HENDECASSÍLABOS: *hendecasyllabos.* O termo significa "verso de onze sílabas" e é técnico: Catulo já o empregara para designar matéria obscena e mais exatamente iâmbica no poema 12, vv. 10-11: *aut hendecasyllabos trecentos / exspecta, aut mihi linteum remitte,* "ou aguarda trezentos hendecassílabos / ou me devolve o lenço". No poema 42, invoca os hendecassílabos, *Adeste, hendecasyllabi, quot estis,* "vinde, hendecassílabos, quantos sois", para que o ajudem a insultar uma jovem. Mas,

EPÍSTOLA 14

Os hendecassílabos de Plínio

CAIO PLÍNIO

A SEU QUERIDO DÉCIMO PATERNO[1], SAUDAÇÕES

1. Talvez reclames e aguardes um discurso, como costumas, mas eu, como se tirasse de um pacote estrangeiro e delicado, te ofereço minhas brincadeiras[2]. **2.** Receberás, com esta epístola, meus *Hendecassílabos*[3], com os quais no carro, no banho, no jantar, torno deleitoso o tempo livre[4]. **3.** Nestes versos, divirto-me, brinco[5], amo, sofro, queixo-me, iro-me, faço descrições, ora mais moderadas, ora mais elevadas, e na própria variedade tento fazer que umas coisas agradem a uns, outras a outros e algumas talvez a todos[6]. **4.** Porém, se algumas delas te parecerem

a julgar pelo emprego em Catulo, o termo *hendecasyllabi* aqui é também metro específico, o hendecassílabo falécio e assim como o amplo *uersiculi*, "versos ligeiros", inclui matéria iâmbica. O termo ocorre em v, 10, §§ 1-2 e VII, 4, §§ 1, 3 e 8. Para *uersiculi*, ver III, 21, 2 e remissões. **4.** TEMPO LIVRE: *otium temporis*; ver I, 3, 3. **5.** DIVIRTO-ME, BRINCO: *iocamur, ludimus*; ver V, 3, 2, VII, 9, 10 e VIII, 21, 2. É importante notar que os afetos não dizem respeito aos sentimentos de Plínio, mas à matéria respectiva de cada espécie de poema: "divertir-se", "brincar" respeita a epigramas jocosos e conviviais (*Antologia Palatina*, vol. 11); "amar" respeita a epigramas eróticos (*Antologia Palatina*, vols. 5 e 12); "descrever" respeita a epigramas descritivos (*Antologia Palatina*, vol. 2); "sofrer", "queixar-se" respeita a epigramas elegíacos; "irar-se" respeita a epigramas iâmbicos (epigramas propriamente ditos) e estão dispersos em todos os livros da *Antologia Palatina*; ver IX, 22, 2. **6.** UMAS COISAS AGRADEM A UNS, OUTRAS A OUTROS E ALGUMAS TALVEZ A: *ut alia aliis quaedam fortasse omnibus placeant*; ver estratégia semelhante de Plínio na oratória em II, 5, 7.

4. *Ex quibus tamen si non nulla tibi petulantiora paulo uidebuntur, erit eruditionis tuae cogitare summos illos et grauissimos uiros qui talia scripserunt non modo lasciuia rerum, sed ne uerbis quidem nudis abstinuisse; quae nos refugimus, non quia seueriores – unde enim? – sed quia timidiores sumus.* 5. *Scimus alioqui huius opusculi illam esse uerissimam legem, quam Catullus expressit:*

Nam castum esse decet pium poetam
ipsum, uersiculos nihil necesse est,
qui tunc denique habent salem et leporem
si sunt molliculi et parum pudici.

6. *Ego quanti faciam iudicium tuum, uel ex hoc potes aestimare, quod malui omnia a te pensitari quam electa laudari. Et sane quae sunt commodissima desinunt uideri, cum paria esse coeperunt.* 7. *Praeterea sapiens subtilisque lector debet non diuersis conferre diuersa, sed singula expendere, nec deterius alio putare quod est in suo genere perfectum.* 8. *Sed quid ego plura? Nam longa praefatione uel excusare uel commendare ineptias ineptissimum est. Vnum illud praedicendum uidetur, cogitare me has meas nugas ita inscribere "hendecasyllabi", qui titulus sola*

7. Este é o poema 16 de Catulo; ver I, 16, 5. A seguir a íntegra do poema em latim e em português: *Pedicabo ego uos et irrumabo, / Aureli pathice et cinaede Furi, / qui me ex uersiculis meis putastis, / quod sunt molliculi, parum pudicum. / Nam castum esse decet pium poetam / ipsum, uersiculos nihil necesse est, / qui tum denique habent salem ac leporem, / si sunt molliculi ac parum pudici /et quod pruriat incitare possunt, / non dico pueris, sed his pilosis, / qui duros nequeunt mouere lumbos. / Vos, quei milia multa basiorum / legistis, male me marem putatis? / Pedicabo ego uos et irrumabo,* "Meu pau no cu, na boca, eu vou meter-vos, / passivo Aurélio e Fúrio chupador, / que por meus versos breves, delicados, / me julgastes não ter nenhum pudor. / A um poeta pio convém ser casto / ele mesmo, a versinhos não há lei. / Estes só têm sabor e graça quando / são delicados, sem nenhum pudor, / e quando incitam o que excite não / digo os meninos, mas esses peludos / que jogo de cintura já não têm. / E vós, que muitos beijos (aos milhares!) / já lestes, me julgais não ser viril? / Meu pau no cu, na boca, eu vou meter-vos". 8. NÃO COMPARAR COMPOSIÇÕES DISSIMILARES: *non diuersis conferre diuersa.* O passo é tão importante quão difícil de verter. A rigor não ocorre a palavra correspondente a "composições", mas o neutro plural repetido do adjetivo *diuersus*, "dissimilar", o que ao pé da letra significa "a coisas dissimilares comparar coisas dissimilares [a elas]", ou seja, comparar coisas dissimilares entre si". Toda questão resume-se em identificar em que consistem dissimilaridade e similaridade, e isso se esclarece a seguir com *quod est in suo*

um pouco mais impudentes, será próprio de tua erudição considerar que homens sumamente ilustres e graves, que escreveram versos semelhantes, não se abstiveram da lascívia do assunto e nem mesmo de palavras cruas, que eu evitei, não porque sou mais severo (como, pois?), mas porque sou mais tímido. **5.** De resto, sei que para este livrinho é muitíssimo verdadeira a lei que Catulo[7] exprimiu:

> A um poeta pio convém ser casto
> ele mesmo, a versinhos não há lei.
> Estes só têm sabor e graça quando
> são delicados, sem nenhum pudor.

6. Podes avaliar o quanto considero tua opinião já que preferi teu julgamento do livro inteiro ao teu elogio de trechos seletos. E, decerto, as passagens mais agradáveis deixam de parecer assim quando começam a se repetir. **7.** Além disso, o leitor inteligente e sutil não deve comparar composições dissimilares[8] entre si, mas avaliá-las cada uma em si mesma e não considerar que é pior que outra aquela que está perfeita em seu gênero. **8.** Mas por que falar mais? Escusar ou recomendar inépcias[9] com um longo prefácio é o que há de mais inepto. Só mais este aviso preliminar creio que devo dar ainda: que pensei em chamar *Hendecassílabos* a estas nugas[10], título que se prende apenas à lei do me-

genere perfectum, "o que está perfeito em seu gênero"; assim, composições dissimilares são aquelas que pertencem a gêneros diferentes e por isso não podem ser comparadas, e, por óbvio, composições similares são as que pertencem ao mesmo gênero e por isso podem ser comparadas. **9.** INÉPCIAS: *ineptias*. O termo é técnico e refere-se à própria poesia supostamente ligeira; ver o mesmo Catulo, poema 14b, *Si qui forte mearum ineptiarum / lectores eritis*, "Se acaso vós leitores sois / das minhas inépcias". São, pois, equivalentes os termos que designam poesia ligeira, obscena e invectiva, na ordem de ocorrência: *lusus, nugae, hendecasyllabi, uersiculi, ineptiae, epigrammata, poematia*. Os termos *idyllia* e *eclogae*, que se prendem ao gênero bucólico, não equivalem aos outros, e seu emprego é o modo de Plínio significar que não está preocupado com designação; ver IV, 3, 1; V, 3, 2 e VIII, 21, 2. **10.** NUGAS: *nugas*; esta é uma de duas ocorrências do termo; a outra é em VII, 2, 2; conforme a lição que se adote em IX, 17, 2, pode haver três ocorrências. *Nugae* é outro termo que Catulo emprega (poema 1, v. 4) para referir a poesia ligeira, *tu solebas / meas esse aliquid putare nugas*, "Tu costumavas crer que havia alguma coisa em minhas nugas".

metri lege constringitur. **9.** *Proinde, siue epigrammata siue idyllia siue eclogas siue, ut multi, poematia seu quod aliud uocare malueris, licebit uoces; ego tantum hendecasyllabos praesto.* **10.** *A simplicitate tua peto, quod de libello meo dicturus es alii, mihi dicas; neque est difficile quod postulo. Nam si hoc opusculum nostrum aut potissimum esset aut solum, fortasse posset durum uideri dicere: "Quaere quod agas"; molle et humanum est: "Habes quod agas". Vale.*

11. LIVRINHO: *libello*. Para e *liber* e *libellus* como livro que contém um só discurso, ver I, 2, 1 e IV, 26, 1; para ocorrências do termo ver I, 2, 6; I, 9, 5; I, 10, 9; I, 22, 11; III, 14, 10; III, 15, 1; III, 18, 4; IV, 19, 2; V, 10, 2; V, 13, 6; VI, 5, 6; VI, 7, 1; VII, 4, 9; VII, 12, §§ 1 e 6; VII, 27, 14; VII, 30, 4; VIII, 1, 2; VIII, 13, 1; IX, 6, 1; IX, 15, 1; IX, 11, 2; IX, 18, 1; IX, 20, 1; X, 47, 2; X, 48, 1; X, 58, 3; X, 59, 1

tro. **9.** Por consequência, poderás chamá-las "epigramas", ou "idílios", ou "églogas", ou "poemetos", como muitos, ou qualquer outra coisa que queiras: eu endosso apenas *Hendecassílabos.* **10.** De ti peço a franqueza de me dizer o que vais dizer a outrem sobre meu livrinho[11], e o que solicito não é difícil, pois se este meu opúsculo fosse o predileto ou o único, talvez parecesse duro dizer-me "procura o que fazer". "Já tens o que fazer"[12] é suave e gentil. Adeus.

(*bis*); X, 60, 2; X, 81, §§ 5 e 6; X, 92, 1; X, 93, 1; X, 96, 5; X, 97, 2; X, 107, 1 (*bis*). **12.** JÁ TENS O QUE FAZER: *habes quod agas.* Plínio com certa jovialidade sugere a Paterno que, em caso de avaliação negativa dos poemas, tenha a delicadeza de levar em conta que ele é praticante de outros gêneros de estudos; ver VII, 4, 1; VIII, 21, 1 e IX, 29, 1.

EPISTULA XV

Commendatio Asini Bassi

GAIUS PLINIUS

MINICIO FUNDANO SUO SALUTEM

1. Si quid omnino, hoc certe iudicio facio, quod Asinium Rufum singulariter amo. Est homo eximius et bonorum amantissimus. Cur enim non me quoque inter bonos numerem? Idem Cornelium Tacitum (scis quem uirum) arta familiaritate complexus est. 2. Proinde si utrumque nostrum probas, de Rufo quoque necesse est idem sentias, cum sit ad conectendas amicitias uel tenacissimum uinculum morum similitudo. Sunt ei liberi plures. 3. Nam in hoc quoque functus est optimi ciuis officio, quod fecunditate uxoris large frui uoluit, eo saeculo quo plerisque etiam singulos

IV, 15. Data: 105 d.C.

1. MINÍCIO FUNDANO: ver I, 9. 2. ASÍNIO RUFO: talvez seja o Lúcio Asínio Rufo que foi legado do procônsul da África, Quinto Pompônio Rufo, em 109- 110 d.C., ou um de seus filhos. 3. CORNÉLIO TÁCITO: o historiógrafo Públio Cornélio Tácito; ver I, 6. 4. VANTAGENS DE NÃO TER FILHOS: *orbitatis praemia*. Sêneca, o Filósofo, na *Consolação à Márcia* (19, 2) censura o hábito de não ter filhos: *In ciuitate nostra plus gratiae orbitas confert quam eripit, adeoque senectutem solitudo, quae solebat destruere, ad potentiam ducit ut quidam odia filiorum simulent et liberos eiurent, orbitatem manu faciant*, "Numa cidade como a nossa não ter filhos dá mais favor do que tolhe, e a tal ponto, que a falta de herdeiros, que antes era a ruína da velhice, agora leva a tamanho prestígio, que algumas pessoas fingem odiar os filhos, renegam os descendentes e por seu próprio ato se fazem pessoas sem descendência". Sêneca alude aqui aos caçadores de herança (*heredipetae*), que cortejavam idosos solteiros ou sem filhos, fazendo-os sentir-se importantes, buscando na verdade tornar-se seus herdeiros, prática conhecida por *captatio*, que comparece nos satiristas

EPÍSTOLA 15

Recomendação de Asínio Basso

CAIO PLÍNIO

A SEU QUERIDO MINÍCIO FUNDANO[1], SAUDAÇÕES

1. Se há algo que prova que tenho discernimento é meu particular amor por Asínio Rufo[2]. É homem extraordinário, amantíssimo das pessoas de bem. E por que eu não me incluiria entre os homens de bem? Ele acolheu Cornélio Tácito[3] – sabes que homem é este – em estreita amizade. **2.** Por isso, se aprovas um de nós dois, obrigatoriamente pensas o mesmo de Rufo, porque a semelhança de caráter é o vínculo mais forte nas relações de amizade. **3.** Tem muitos filhos, e a bem dizer também nisso desempenhou o dever de excelente cidadão, porque quis aproveitar bem da fecundidade da esposa nesta época em que para a maioria das pessoas as vantagens de não ter filhos[4] tornam um fardo até mesmo um filho único. Desprezando tal atitude, quis também ser avô.

romanos como Horácio (*Sátiras*, 2, 5 inteira), Juvenal (*Sátiras*, 12, vv. 93-130), bem como nos capítulos finais do *Satíricon*, de Petrônio, e em epigramas de Marcial. Comparece também nos historiógrafos, como Tácito (*Histórias*, 1, 73, e *Anais*, 13, 51) e em Amiano Marcelino (*História de Roma*, 14, 6, 22): *Nunc uero inanes flatus quorundam uile esse quicquid extra urbis pomerium nascitur aestimant praeter orbos et caelibes, nec credi potest qua obsequiorum diuersitate coluntur homines sine liberis Romae*, "Mas agora, alguns na sua vã arrogância consideram sem valor o que quer que tenha nascido fora dos muros de Roma, exceto as pessoas sem filhos e solteiras, e é incrível com que variedade de gentilezas são cumulados em Roma os homens que não têm filhos".

filios orbitatis praemia graues faciunt. Quibus ille despectis, aui quoque nomen adsumpsit. Est enim auus, et quidem ex Saturio Firmo, quem diliges ut ego si ut ego propius inspexeris.

4. *Haec eo pertinent ut scias quam copiosam, quam numerosam domum uno beneficio sis obligaturus; ad quod petendum uoto primum, deinde bono quodam omine adducimur. Optamus enim tibi ominamurque in proximum annum consulatum; ita nos uirtutes tuae, ita iudicia principis augurari uolunt.* 6. *Concurrit autem ut sit eodem anno quaestor maximus ex liberis Rufi, Asinius Bassus, iuuenis (nescio an dicam quod me pater et sentire et dicere cupit, adulescentis uerecundia uetat) ipso patre melior.*

7. *Difficile est ut mihi de absente credas (quamquam credere soles omnia), tantum in illo industriae, probitatis, eruditionis, ingenii, studii, memoriae denique esse, quantum expertus inuenies.* 8. *Vellem tam ferax saeculum bonis artibus haberemus, ut aliquos Basso praeferre deberes: tum ego te primus hortarer moneremque, circumferres oculos ac diu pensitares, quem potissimum eligeres.* 9. *Nunc uero – sed nihil uolo de amico meo adrogantius dicere; hoc solum dico, dignum esse iuuenem quem more maiorum in filii locum adsumas.* 10. *Debent autem sapientes uiri, ut tu, tales quasi liberos a re publica accipere, quales a natura solemus optare. Decorus erit tibi consuli quaestor patre praetorio, propinquis consularibus, quibus iudicio ipsorum, quamquam adulescentulus adhuc, iam tamen inuicem ornamento est.*

11. *Proinde indulge precibus meis, obsequere consilio et ante omnia si festinare uideor ignosce, primum quia uotis suis amor plerumque praecurrit; deinde quod in ea ciuitate, in qua omnia quasi ab occupantibus aguntur, quae legitimum tempus exspectant, non matura sed sera sunt; in summa quod rerum, quas adsequi cupias, praesumptio ipsa iucunda est.*

5. SATÚRIO FIRMO: genro de Asínio Rufo, desconhecido. 6. PRÓXIMO ANO: *proximum annum*; o ano de 106 d.C. Fundano foi cônsul sufecto em 107 d.C., mas aqui trata-se da eleição ao consulado ordinário, situação em que Fundano pôde escolher os questores. 7. ASÍNIO BASSO: filho de Asínio Rufo, mencionado apenas aqui. 8. EXORTAR E ADVERTIR: *hortarer moneremque*. Para inversão da ordem lógica (advertir depois de exortar), ver I, 16, 7.

E de fato é avô, graças a Satúrio Firmo[5], a quem amarás tal como eu o amo, se, assim como eu, o conheceres intimamente.

4. Isso importa para que saibas como é grande, como é numerosa a família que, com um único favor teu, obrigarás a ser reconhecida a ti. Para que eu te faça tal pedido, deixo-me levar primeiro por desejo e depois por um bom presságio. **5.** Com efeito, para o próximo ano[6] desejo e pressagio que serás cônsul: assim consentem tuas virtudes, assim consente a consideração do Príncipe que eu preveja. **6.** E concorre para isto que no mesmo ano será questor máximo um dos filhos de Rufo, Asínio Basso[7], um jovem que é (não sei se digo, pois o pudor do jovem proíbe o que o pai deseja que eu assim pense e diga) melhor que o próprio pai. **7.** Embora tu costumes crer em tudo que te digo, é difícil que, só por minha palavra e sobre quem não conheces, creias que nele a dedicação, a probidade, a erudição, o engenho e enfim a memória são tão grandes quanto poderás verificar pela experiência. **8.** Gostaria que esta época fosse tão fértil nas boas artes, que te fosse obrigatório a Basso preferir outras pessoas: então eu seria o primeiro a te exortar e advertir[8] que olhasses em volta e ponderasses bem quem, mais que todos, deverias escolher. **9.** Porém, tal como as coisas são hoje (e não quero dizer nada muito insolente sobre um amigo meu), digo só o seguinte: que o rapaz merece que, segundo costume dos antepassados, o assumas como teu filho. **10.** Ora, devem os homens sábios como tu acolher da república, como se fossem seus filhos, aquelas pessoas que costumamos desejar que venham por descendência. Há de ser-te decoroso como cônsul ter um questor cujo pai é pretor, os parentes são ex-cônsules, aos quais, segundo pensam, ele, embora ainda seja só um rapaz, é, porém, de sua parte, motivo de honra.

11. Por isso, sê indulgente a meus rogos, segue meu conselho e mais que tudo, se pareço apressar-me, perdoa: primeiro porque o afeto se antecipa a seus desejos; em seguida porque numa administração em que tudo é realizado por quem, digamos assim, se apossa dos cargos, decisões que ficam aguardando o prazo legal não chegam na hora certa, mas acabam por chegar tarde, e enfim porque o próprio antegozo do

12. *Reuereatur iam te Bassus ut consulem, tu dilige illum ut quaestorem, nos denique utriusque uestrum amantissimi laetitia duplici perfruamur.*

13. *Etenim cum sic te, sic Bassum diligamus, ut et illum cuiuscumque et tuum quemcumque quaestorem in petendis honoribus omni ope labore gratia simus iuuaturi, perquam iucundum nobis erit, si in eundem iuuenem studium nostrum et amicitiae meae et consulatus tui ratio contulerit, si denique precibus meis tu potissimum adiutor accesseris, cuius et suffragio senatus libentissime indulgeat et testimonio plurimum credat. Vale.*

que desejas obter é prazeroso. **12.** Quanto a Basso, que ele já te reverencie como cônsul; quanto a ti, escolhe-o como teu questor; e enfim quanto a mim, que a ambos amo muitíssimo, que eu desfrute das duas alegrias. **13.** Pois, uma vez que eu te estimo a ti e a Basso a tal ponto, que com todos os meus recursos, esforços e prestígio hei de ajudar na obtenção de honrarias não só a ele, sob qualquer cônsul que esteja, como também a teu questor, quem quer que venha a ser, para mim será motivo de grande alegria se o peso de tua amizade por mim e de teu consulado se somarem a meu empenho em prol daquele rapaz e se enfim tu, mais qualquer outro, te unires a mim como apoiador de meus pedidos, para que o Senado por causa de tua aprovação os acolha com a maior boa vontade e dê máximo crédito a teu testemunho. Adeus.

EPISTULA XVI

Viuidus honor studiis

GAIUS PLINIUS

VALERIO PAULINO SUO SALUTEM

1. *Gaude meo, gaude tuo, gaude etiam publico nomine: adhuc honor studiis durat. Proxime cum dicturus apud centumuiros essem, adeundi mihi locus nisi a tribunali, nisi per ipsos iudices non fuit: tanta stipatione cetera tenebantur.* 2. *Ad hoc quidam ornatus adulescens scissis tunicis, ut in frequentia solet fieri, sola uelatus toga perstitit et quidem horis septem.* 3. *Nam tam diu dixi magno cum labore, maiore cum fructu. Studeamus ergo nec desidiae nostrae praetendamus alienam. Sunt qui audiant, sunt qui legant, nos modo dignum aliquid auribus, dignum chartis elaboremus. Vale.*

IV, **16**. Data:104-105 d.C.

1. VALÉRIO PAULINO: ver II, 2. **2**. DISCURSAR PARA OS CENTÚNVIROS: *dicturus apud centumuiros*; ver, II, 14, §§ 5-8 e V, 9, 2. Trata-se provavelmente da mesma causa referida em IV, 24, 1. **3**. TÚNICAS RASGADAS: *scissis tunicis*. Lenaz (I, p. 330) explica que a túnica, sem mangas ou com mangas

EPÍSTOLA 16

O vivo prestígio das letras

CAIO PLÍNIO

A SEU QUERIDO VALÉRIO PAULINO[1], SAUDAÇÕES

1. Alegra-te por mim, alegra-te por ti, alegra-te até mesmo pelo público: o prestígio das letras ainda hoje continua vivo. Recentemente, tendo que discursar para os centúnviros[2], eu não tinha como chegar a meu posto, senão pela tribuna, passando por entre os próprios juízes: tamanha era a lotação em toda parte. **2.** Não é só isso: um belo rapaz, de túnicas rasgadas[3], como costuma ocorrer em aglomerações, coberto só pela toga, ficou de pé e por sete horas! **3.** Falei de fato por todo esse tempo[4], com grande esforço, mas com maior proveito. Portanto, dediquemo-nos às letras e não justifiquemos nossa preguiça pela dos outros. Há quem ouça, há quem leia: quanto a nós, basta que elaboremos algo digno dos ouvidos, algo digno dos papiros. Adeus.

curtas, era usada sob a toga. O plural deve-se a que a partir do século II d.C. se passaram a usar duas túnicas. Não está claro como foram elas rasgadas e a toga não. 4. SETE HORAS... FALEI: *horis septem... dixi.* Em VI, 2, 5, Plínio lamenta nos colegas, que raramente falavam mais de uma hora e até menos, a pressa de concluir.

EPISTULA XVII

Corelliae causa

GAIUS PLINIUS

CLUSINIO GALLO SUO SALUTEM

1. Et admones et rogas, ut suscipiam causam Corelliae absentis contra C. Caecilium consulem designatum. Quod admones, gratias ago; quod rogas, queror. Admoneri enim debeo ut sciam, rogari non debeo ut faciam, quod mihi non facere turpissimum est. 2. An ego tueri Corelli filiam dubitem? Est quidem mihi cum isto, contra quem me aduocas, non plane familiaris sed tamen amicitia. 3. Accedit huc dignitas hominis atque hic ipse cui destinatus est honor, cuius nobis hoc maior agenda reuerentia est, quod iam illo functi sumus. Naturale est enim ut ea, quae quis adeptus est ipse, quam amplissima existimari uelit. 4. Sed mihi cogitanti adfuturum me Corelli filiae omnia ista frigida et inania uidentur.

Obuersatur oculis ille uir quo neminem aetas nostra grauiorem sanctiorem subtiliorem tulit, quem ego cum ex admiratione diligere coepissem, quod euenire contra solet, magis admiratus sum postquam penitus

IV, 17. Data: entre janeiro e agosto de 105 d.C.

1. Clusínio Galo: ver I, 7, 4, em que se menciona alguém que parece ser homônimo. 2. aconselhas e me solicitas: *admones et rogas*. É dever do amigo lembrar o amigo dos deveres que ele tem de cumprir; ver I, 19, 3. Para a fórmula *hortor et moneo*, ver I, 16. 7. 3. Corélia: Corélia Hispula, filha de Corélio Rufo. É endereçada em III, 3. 4. Caio Cecílio: Caio Cecílio Estrabão; ver IV, 12, 4. 5. Corélio: Corélio Rufo; ver I, 12, 1. 6. posição do homem: *dignitas hominis*. Cecílio era senador; ver IV, 12, 4.

EPÍSTOLA 17

A causa de Corélia

CAIO PLÍNIO

A SEU QUERIDO CLUSÍNIO GALO[1], SAUDAÇÕES

1. Tu me aconselhas e me solicitas[2] a assumir na ausência de Corélia[3] a causa dela contra Caio Cecílio[4], cônsul designado. Porque aconselhas, agradeço; porque pedes, protesto. Devo ser aconselhado para que eu saiba, não devo ser solicitado para que eu faça aquilo que seria para mim a coisa mais vergonhosa não fazer. **2.** Poderia eu, por acaso, hesitar em defender a filha de Corélio[5]? É bem verdade que, se não há entre mim e este contra quem me conclamas estreita amizade, há, porém, alguma amizade. **3.** Somam-se a isso a posição do homem[6] e o próprio cargo a que foi designado, que me cabe reverenciar ainda mais, porque já o desempenhei. Ora, é natural alguém querer que sejam cercadas da mais ampla estima as conquistas que ele mesmo alcançou. **4.** Mas tudo isso me parece fútil e vão quando penso que é a filha de Corélio que hei de defender.

Apresenta-se diante de meus olhos aquele homem notório, do qual nossa época não produziu pessoa mais grave, mais venerável, mais aguda, por quem, tendo começado a nutrir certo afeto nascido da admiração, ao contrário do que costuma ocorrer, passei a ter admiração ainda maior depois de conhecê-lo intimamente.

5. E de fato conheci-o intimamente: nada ocultava de mim, fosse coisa jocosa ou séria, fosse triste ou alegre. **6.** Eu era só um jovenzinho e

inspexi. **5.** *Inspexi enim penitus: nihil a me ille secretum, non ioculare non serium, non triste non laetum.*

6. *Adulescentulus eram, et iam mihi ab illo honor atque etiam (audebo dicere) reuerentia ut aequali habebatur. Ille meus in petendis honoribus suffragator et testis, ille in incohandis deductor et comes, ille in gerendis consiliator et rector, ille denique in omnibus officiis nostris, quamquam et imbecillus et senior, quasi iuuenis et ualidus conspiciebatur.* **7.** *Quantum ille famae meae domi in publico, quantum etiam apud principem adstruxit!* **8.** *Nam cum forte de bonis iuuenibus apud Neruam imperatorem sermo incidisset, et plerique me laudibus ferrent, paulisper se intra silentium tenuit, quod illi plurimum auctoritatis addebat; deinde grauitate quam noras: "Necesse est", inquit, "parcius laudem Secundum, quia nihil nisi ex consilio meo facit".* **9.** *Qua uoce tribuit mihi quantum petere uoto immodicum erat, nihil me facere non sapientissime, cum omnia ex consilio sapientissimi uiri facerem. Quin etiam moriens filiae suae (ipsa solet praedicare): "Multos quidem amicos tibi ut longiore uita paraui, praecipuos tamen Secundum et Cornutum".*

10. *Quod cum recordor, intellego mihi laborandum, ne qua parte uidear hanc de me fiduciam prouidentissimi uiri destituisse.* **11.** *Quare ego uero Corelliae adero promptissime nec subire offensas recusabo; quamquam non solum ueniam me uerum etiam laudem apud istum ipsum, a quo (ut ais) noua lis fortasse ut feminae intenditur, arbitror consecuturum, si haec eadem in actione, latius scilicet et uberius quam epistularum angustiae sinunt, uel in excusationem uel etiam commendationem meam dixero. Vale.*

7. APOIADOR: *suffragator*. Outro influente apoiador de Plínio foi Virgínio Rufo; ver II, 1, 8.
8. CERIMÔNIAS QUE ME DIZIAM RESPEITO: *officiis nostris*. Entendo com Guillemin (II, pp. 17-18, "mes réceptions officielles"), Rusca (I, p. 335, "le cerimonie che mi riguadavano") e Trisoglio (I, p. 477, "in tutte le manifestazioni ufficiali di omaggio verso di me") que *officium* significa "cerimônia", "rito" (*OLD*, 2c) e também "reunião de pessoas para demonstrar respeito" (*OLD*, 2b) em ocasiões extraordinárias – acepção que se coaduna melhor com a dificuldade que um ancião como Corélio teria de se fazer presente –, e não "cargo" (*OLD*, 5), como entenderam Radice (I, p. 293, "throughout my official carrier") e Walsh (p. 98, "in every office I held"). Sherwin-White

ele já me tratava com respeito e até mesmo (ouso dizer) com reverência, como a um igual. Foi meu apoiador[7] e testemunha quando pleitei cargos; foi assistente e companheiro quando os assumi; foi conselheiro e guia quando os desempenhei: enfim, em todas as cerimônias que me diziam respeito[8], embora já fraco e muito velho, mostrava-se jovem e vigoroso. **7.** Quanto agregou à minha reputação, na vida privada e também na pública, e até mesmo junto ao Príncipe! **8.** Com efeito, certa vez na presença do imperador Nerva[9], tendo a conversa por acaso incidido sobre jovens virtuosos e estando a maioria a cumular-me de elogios, por uns momentos guardou silêncio, o que lhe dava a máxima autoridade, e então, com a gravidade que conheces, "É preciso", disse, "que eu elogie Plínio com muita parcimônia porque nada faz sem meu conselho". **9.** Com aquelas palavras concedeu-me o que teria sido falta de modéstia minha desejar ouvir: que nunca agi senão com a maior sabedoria, pois tudo que fiz foi com o conselho de um dos homens mais sábios. E até mesmo às portas da morte disse à filha (ela mesma costuma contar): "Deixei-te muitos amigos, como é natural numa vida muito longa, mas os principais são Plínio e Cornuto[10]".

10. Quando me recordo disso, percebo que devo esforçar-me para não parecer que abandonei em parte alguma a confiança deste homem tão previdente. **11.** Por isso, assistirei Corélia com o maior empenho e não temerei enfrentar eventuais ressentimentos. Creio que granjearei não apenas favor mas também louvor da parte deste mesmo por quem, segundo dizes, é movido um "processo sem precedentes" (talvez porque seja contra uma mulher), se nesta mesma causa, com mais amplitude e abundância do que permitem os limites de uma epístola, eu conseguir discursar sobre o que aqui relatei, quer para escusar minha conduta, quer para recomendá-la. Adeus.

(p. 295), que não traduz, mas só comenta, assume posição mista: "deve referir-se à prefeitura do erário militar e talvez também à realização dos jogos pretorianos antes da morte de Domiciano".
9. Nerva: Marco Coceio Nerva (30-98 d.C.), imperador de 96 a 98 d.C.; ver IV, 9, 2. **10.** Cornuto tertulo: Gaio Júlio Cornuto Tertulo; ver II, 11, 19.

EPISTULA XVIII

Laus Arri Antonini, poetae

GAIUS PLINIUS

ARRIO ANTONINO SUO SALUTEM

1. Quemadmodum magis adprobare tibi possum, quanto opere mirer epigrammata tua Graeca, quam quod quaedam Latine aemulari et exprimere temptaui? in deterius tamen. Accidit hoc primum imbecillitate ingenii mei, deinde inopia ac potius, ut Lucretius ait, egestate patrii sermonis. 2. Quodsi haec, quae sunt et Latina et mea, habere tibi aliquid uenustatis uidebuntur, quantum putas inesse iis gratiae, quae et a te et Graece proferuntur! Vale.

IV, **18**. Data: 104-105 d.C.

1. ANTONINO: Árrio Antonino; ver IV, 3. **2.** ADMIRO TEUS EPIGRAMAS GREGOS: *mirer epigrammata tua Graeca*; ver IV, 14, 2. **3.** IMITAR: *aemulari.* O sentido primeiro de *aemulor* é "emular", "competir com" (OLD, 1), como se vê pelo sentido do substantivo cognato *aemulus*, "rival" (ver I, 2, §§2-3); assim, o objeto por excelência da ação do verbo é uma pessoa, aqui um poeta, aquele com quem o segundo poeta rivaliza por imitá-lo, por fazer-se congênere do outro ao praticar o mesmo gênero de escrito. Daí *aemulor* ganha o sentido secundário de "imitar" (OLD, 2 e 4); ver em IX, 22, 1, *exprimere* com sentido de "imitar". **4.** TRADUZINDO: *exprimere*, um dos termos técnicos para "traduzir", como em Catulo, 65, v. 16: *Sed tamen in tantis maeroribus, Ortale, mitto / haec expressa tibi carmina Battiadae*, "Em tanta dor porém, ó Hórtalo, te envio / estes versos *vertidos* do Batíada". Ver em IX, 26, 4 o verbo com sentido mesmo de "exprimir". É de notar que o ofício de traduzir integra a imitação, isto é, a prática do mesmo gênero, o que implica que, ao

EPÍSTOLA 18

Elogio do poeta Árrio Antonino

CAIO PLÍNIO

A SEU QUERIDO ANTONINO[1], SAUDAÇÕES

1. Que melhor maneira poderia ter de mostrar-te o quanto admiro teus epigramas gregos[2] do que tentar imitar[3] alguns, traduzindo-os[4] em latim? Fazendo pior, porém. Isso ocorre primeiro por causa da fraqueza de meu engenho; segundo, pela penúria, ou antes, como diz Lucrécio, pela indigência da língua latina[5]. 2. Mas se estes que estão em latim e são meus te parecerem possuir alguma beleza, podes imaginar que prazer encontro naqueles que vêm de ti e estão em grego! Adeus.

menos para Plínio, o Jovem, traduzir tem o mesmo estatuto da composição, bem entendido, da composição mimética, que é o modo compositivo explicitamente valorizado na Antiguidade a partir do período helenístico; ver em IV, 30, 10 outros sentidos técnicos do termo. 5. INDIGÊNCIA DA LÍNGUA LATINA: *egestate patrii sermonis*, a rigor, "indigência da língua pátria". Alusão a verso de Lucrécio, que diz (*A Natureza das Coisas*, 1, vv. 830-833): *Nunc et Anaxagorae scrutemur homoeomerian / quam Grai memorant nec nostra dicere lingua / concedit nobis patrii sermonis egestas, / sed tamen ipsam rem facilest exponere uerbis*, "Investiguemos agora em Anaxágoras a 'homeomeria': assim a chamam os gregos, mas a *pobreza do vocabulário pátrio* não nos permite nomeá-la em nossa língua, mas é fácil expor essa matéria por extenso". Lucrécio menciona a carência vocabular do latim também em 1, vv. 136-139, e 3, v. 260.

EPISTULA XIX

Laus Calpurniae, Plini uxoris

GAIUS PLINIUS

CALPURNIAE HISPULLAE SUAE SALUTEM

1. *Cum sis pietatis exemplum, fratremque optimum et amantissimum tui pari caritate dilexeris, filiamque eius ut tuam diligas, nec tantum amitae ei affectum uerum etiam patris amissi repraesentes, non dubito maximo tibi gaudio fore cum cognoueris dignam patre, dignam te, dignam auo euadere.* 2. *Summum est acumen summa frugalitas; amat me, quod castitatis indicium est. Accedit his studium litterarum, quod ex mei caritate concepit. Meos libellos habet, lectitat, ediscit etiam.* 3. *Qua illa sollicitudine cum uideor acturus, quanto cum egi gaudio afficitur! Disponit qui nuntient sibi quem assensum, quos clamores excitarim, quem iudicii tulerim. Eadem, si quando recito, in proximo discreta uelo sedet, laudesque nostras auidissimis auribus excipit.* 4. *Versus quidem meos cantat etiam formatque cithara non artifice aliquo docente, sed amore, qui magister est optimus.*

IV, 19. Data: 104-105 d.C.

1. CALPÚRNIA HISPULA: única filha sobrevivente de Calpúrnio Fabato, avô da mulher de Plínio, Calpúrnia, a Jovem. Calpúrnia Hispula, tia da esposa de Plínio, viveu com o avô até acompanhar Plínio e a sobrinha à Bitínia. É endereçada na epístola VIII, 11. 2. A FILHA DELE: *filiam eius*. É Calpúrnia, a Jovem, esposa de Plínio, sobrinha de Calpúrnia Hispula; ver VI, 4. Percebe-se por esta epístola que Calpúrnia não apenas é jovem, mas é muito mais jovem que Plínio. 3. PAI QUE ELA PERDEU: *patris amissi*. A morte foi recente; ver V, 11, 2; em VI, 12, 3 o filho ainda está vivo.

EPÍSTOLA 19

Louvor de Calpúrnia, esposa de Plínio

CAIO PLÍNIO

A SUA QUERIDA CALPÚRNIA HISPULA[1], SAUDAÇÕES

1. Como és exemplo de piedade, como sempre amaste com igual afeto teu excelente irmão que tanto te amou, como amas a filha dele[2] como tua e não apenas lhe dás afeto de tia, mas substitui o do pai que ela perdeu[3], não tenho dúvida de que terás a maior alegria quando souberes que ela se mostra digna do pai, digna de ti e digna do avô[4]. 2. É muito inteligente e muito equilibrada; tem afeto por mim, o que é sinal de pudor. Soma-se a isso o gosto pelas letras, que tomou por causa do afeto por mim. Leva meus livrinhos[5], que lê, relê e até os memoriza. 3. Que solicitude a toma, quando percebe que vou discursar no tribunal, e que enorme alegria, depois que discursei! Dá um jeito de que lhe contem quem assentiu comigo, que aplausos excitei, que resultado obtive no julgamento. Ela em pessoa, quando faço leituras públicas[6], senta-se bem perto, coberta por um véu, para ouvir com avidíssimos ouvidos os elogios que recebo. 4. Declama meus versos[7], chegando até a compor

4. AVÔ: *auo*. É Lúcio Calpúrnio Fabato, avô paterno da esposa de Plínio; ver IV, 1. 5. LIVRINHOS: *libellos*. Não está claro se se trata de discursos ou de versos. Para *liber* e *libellus* como livro que contém um só discurso, ver I, 2, 1 e IV, 26, 1; para ocorrências do termo, ver IV, 14, 10. 6. LEITURAS PÚBLICAS: *recito*, de *recitare*. Sobre a importância da recitação, ver VII, 17. 7. DECLAMA MEUS VERSOS: *uersus meos cantat*; ver VI, 7, 1.

5. His ex causis in spem certissimam adducor, perpetuam nobis maioremque in dies futuram esse concordiam. Non enim aetatem meam aut corpus, quae paulatim occidunt ac senescunt, sed gloriam diligit. **6.** *Nec aliud decet tuis manibus educatam, tuis praeceptis institutam, quae nihil in contubernio tuo uiderit, nisi sanctum honestumque, quae denique amare me ex tua praedicatione consueuerit. 7. Nam cum matrem meam parentis loco uererere, me a pueritia statim formare, laudare, talemque qualis nunc uxori meae uideor, ominari solebas.* **8.** *Certatim ergo tibi gratias agimus, ego quod illam mihi, illa quod me sibi dederis, quasi inuicem elegeris. Vale.*

8. MINHA MÃE: *matrem meam*. É Plínia, irmã de Plínio, o Velho, autor da *História Natural*; ver III, 5 (obras de Plínio, o Velho); VI, 16 e VI, 20 (ambas sobre sua morte na erupção do Vesúvio em 79 d.C.).

os próprios ao som da cítara sem que nenhum músico a ensine, mas com paixão, que é o melhor mestre.

5. Por estas razões, nutro a certíssima esperança de que a concórdia entre nós vai ser eterna e cada vez maior, pois ela não ama meu vigor ou meu corpo, que paulatinamente decaem envelhecidos, mas minha glória. 6. Embalada por tuas mãos, educada por teus ensinamentos, não era de esperar outra coisa dela, que na convivência contigo nada viu que não fosse puro e honesto e se habituou enfim a amar-me de tanto me enalteceres. 7. De fato, como respeitavas minha mãe[8] como se fosse tua, desde a infância costumavas orientar-me, elogiar-me e prever que eu seria tal como hoje minha mulher crê que sou. 8. Por isso, competimos em nossos agradecimentos a ti, eu porque me deste a mulher que tenho e ela porque lhe deste o marido que tem, como se nos tivesses escolhido um para o outro. Adeus.

EPISTULA XX

Laus cuncti operis

GAIUS PLINIUS

NOVIO MAXIMO SUO SALUTEM

1. *Quid senserim de singulis tuis libris, notum tibi ut quemque perlegeram feci; accipe nunc quid de uniuersis generaliter iudicem.* 2. *Est opus pulchrum, ualidum, acre, sublime, uarium, elegans, purum, figuratum, spatiosum etiam et cum magna tua laude diffusum, in quo tu ingenii simul dolorisque uelis latissime uectus es; et horum utrumque inuicem adiumento fuit.* 3. *Nam dolori sublimitatem et magnificentiam ingenium, ingenio uim et amaritudinem dolor addidit. Vale.*

IV, 20. Data: 105-105 d.C.

1. NÓVIO MAXIMO: homem de letras e talvez coetâneo de Plínio; pode ser irmão de Décimo Nônio Prisco; ver V, 5, 8, única outra epístola em que é mencionado. Para as várias pessoas com o nome de "Máximo", ver II, 14. 2. VEEMENTE: *acre*; ver termo retórico com acepção diferente em III, 21, 1. 3. FIGURADO: *figuratum*. Para que se reconsidere também o sentido retórico do termo vernáculo "figurado", permito-me citar o dicionário Houaiss (5): "que se caracteriza por uso abundante e sistemático das *figuras de palavra* (tropos), como a metáfora, a metonímia e a

EPÍSTOLA 20

Elogio de uma obra inteira

CAIO PLÍNIO

A SEU QUERIDO NÓVIO MAXIMO[1], SAUDAÇÕES

1. O que penso de cada um dos teus livros eu já te disse conforme ia lendo um a um. Aceita agora meu juízo sobre o conjunto inteiro. **2.** É trabalho belo, sólido, veemente[2], sublime, variado, elegante, sóbrio, figurado[3], longo e, para tua grande glória, copioso[4], no qual soltaste as velas do teu engenho e da tua dor e navegaste por amplidão imensa[5]; e cada um deles serve de apoio ao outro: **3.** à dor o engenho soma sublimidade e grandeza; ao engenho a dor soma força e severidade. Adeus.

sinédoque (diz-se da linguagem ou do estilo)"; itálicos dele. 4. COPIOSO: *diffusum*. O conjunto da obra contém abundância de matérias possibilitada pela extensão, quase a incidir na variedade já louvada, mas trata-se sobretudo da repetição e demora num dado tópico, como bem discute a epístola I, 20, §§1-6. 5. AMPLIDÃO IMENSA: *latissime*. Interpreto como sinônimo de "copioso" (*diffusum*), acima; ver I, 20, 19.

EPISTULA XXI

Heluidiarum sororum acerbus casus

GAIUS PLINIUS

VELIO CERIALI SUO SALUTEM

1. *Tristem et acerbum casum Heluidiarum sororum! Utraque a partu, utraque filiam enixa decessit.* 2. *Afficior dolore, nec tamen supra modum doleo: ita mihi luctuosum uidetur, quod puellas honestissimas in flore primo fecunditas abstulit. Angor infantium sorte, quae sunt parentibus statim et dum nascuntur orbatae, angor optimorum maritorum, angor etiam meo nomine.* 3. *Nam patrem illarum defunctum quoque perseuerantissime diligo, ut actione mea librisque testatum est; cui nunc unus ex tribus liberis superest, domumque pluribus adminiculis paulo ante fundatam desolatus fulcit ac sustinet.* 4. *Magno tamen fomento dolor meus acquiescit, si hunc saltem fortem et incolumem, paremque illi patri, illi auo fortuna seruauerit. Cuius ego pro salute, pro moribus, hoc sum magis anxius quod unicus factus est.* 5. *Nosti in amore mollitiam animi mei, nosti metus; quo minus te mirari oportebit, quod plurimum timeam, de quo plurimum spero. Vale.*

IV, 21. Data: provavelmente 105 d.C.

1. VÉLIO CERIAL: desconhecido, mencionado apenas aqui. 2. IRMÃS HELVÍDIAS: filhas de Helvídio Prisco, o Jovem; ver III, 11, 3. Devem ter morrido na faixa dos vinte anos, no primeiro parto.

EPÍSTOLA 21

A infelicidade das irmãs Helvídias

CAIO PLÍNIO

A SEU QUERIDO VÉLIO CERIAL[1], SAUDAÇÕES

1. Que caso infeliz e doloroso o das irmãs Helvídias![2] As duas, depois de dar à luz a uma menina, morreram. 2. Estou tomado de dor e, no entanto, não sofro além do limite: assim, creio que é triste que a gravidez tenha levado na flor da idade duas jovens honradíssimas. Aflijo-me pela sorte das crianças, que ao mesmo tempo logo ao nascer perderam as mães, aflijo-me pelos maridos, excelentes pessoas, e até por mim mesmo, 3. pois continuo a estimar o pai delas, mesmo já morto, como atestam meu discurso e meus livros. De três filhos, resta um só, que sozinho sustenta e mantém a casa que há pouco tinha tanto amparo. 4. Minha dor, porém, terá sossego com um grande lenitivo, se ao menos a ele a fortuna o conservar forte e inteiro, igual ao pai e igual ao avô. Pelo bem-estar dele e por seu caráter eu me angustio ainda mais, porque só ele restou. 5. Conheces como nos afetos tenho o coração mole, conheces meus temores; por isso, não deverás te admirar tanto se eu demonstrar o maior temor quanto àquele por quem tenho a maior esperança. Adeus.

EPISTULA XXII

Abolitio Vienensium agonum

GAIUS PLINIUS

SEMPRONIO RUFO SUO SALUTEM

1. Interfui principis optimi cognitioni in consilium adsumptus. Gymnicus agon apud Viennenses ex cuiusdam testamento celebratur. Hunc Trebonius Rufinus, uir egregius nobisque amicus, in duumuiratu tollendum abolendumque curauit. 2. Negabatur ex auctoritate publica fecisse. Egit ipse causam non minus feliciter quam diserte. Commendabat actionem, quod tamquam homo Romanus et bonus ciuis in negotio suo mature et grauiter loquebatur. 3. Cum sententiae perrogarentur, dixit Iunius Mauricus, quo uiro nihil firmius nihil uerius, non esse restituendum Viennensibus agona; adiecit "Vellem etiam Romae tolli posset".

4. Constanter, inquis, et fortiter; quidni? Sed hoc a Maurico nouum non est. Idem apud imperatorem Neruam non minus fortiter. Cenabat Nerua cum paucis; Veiento proximus atque etiam in sinu recumbebat:

IV, 22. Data: não anterior a 101-102 d.C.

1. SEMPRÔNIO RUFO: conhecido apenas como cônsul sufecto em 113 d.C. Talvez tivesse deixado a pretura em 104-105 d.C. É destinatário de V, 9, mas não deve ser o mesmo Rufo endereçado em VII, 22 e IX, 38. Há ainda um Rufo mencionado em VI, 30, 5. 2. INQUÉRITO INSTRUÍDO POR NOSSO PRÍNCIPE: *principis in consilium*; ver IV, 12, 3; VI, 22, 2 e principalmente VI, 31, 1. 3. PRÍNCIPE: *principis*. É Trajano. 4. VIENA: às margens do Ródano (atual Reno), era então capital da Gália Narbonense. 5. JOGOS ATLÉTICOS: *gymnicus agon*, disputas atléticas e musicais gregas. Na Itália preferiam-se combates de gladiador e contra feras; ver abaixo §7 e nota. 6. TRE-

EPÍSTOLA 22

Proibição dos jogos em Viena

CAIO PLÍNIO

A SEU QUERIDO SEMPRÔNIO RUFO[1], SAUDAÇÕES

1. Tomei parte, como consultor, num inquérito[2] instruído por nosso ótimo Príncipe[3]. Disputavam-se em Viena[4] jogos atléticos[5] pagos pelo espólio de um cidadão privado qualquer. Trebônio Rufino[6], homem notável e meu amigo, houve por bem suspendê-los e proibi-los de vez quando era duúnviro. 2. Disseram então que ele não tinha autoridade pública para isso. Ele sustentou o caso pessoalmente com não menos felicidade do que eloquência. Valorizava-o o fato de que como romano e cidadão de bem discursava com adequação e gravidade em assunto que lhe dizia respeito. 3. Quando se colhiam os depoimentos, Júnio Maurico[7], pessoa de quem não há ninguém mais verdadeiro nem mais firme, afirmou que os jogos atléticos de Viena não deviam ser restabelecidos e acrescentou: "Gostaria que fossem suprimidos até mesmo em Roma".

4. "Foi firme", dizes, "e corajoso". Por que não seria? Ora, da parte de Maurico isso não é novidade: diante do imperador Nerva[8] agia com não menor coragem. Nerva jantava com uns poucos amigos; Veientão[9]

BÔNIO RUFINO: são conhecidos Trebônios em Narbão e Nemauso, na Gália, e na própria Viena é nome de pessoas servis (*CIL*, 12, 2014; 3142 e 4394). 7. JÚNIOR MAURICO; ver I, 5, 10. 8. NERVA: Marco Coceio Nerva (30-98 d.C.), imperador de 96 a 98 d.C.; ver IV, 9, 2.

dixi omnia cum hominem nominaui. 5. *Incidit sermo de Catullo Messalino, qui luminibus orbatus ingenio saeuo mala caecitatis addiderat: non uerebatur, non erubescebat, non miserebatur; quo saepius a Domitiano non secus ac tela, quae et ipsa caeca et improuida feruntur, in optimum quemque contorquebatur.* 6. *De huius nequitia sanguinariisque sententiis in commune omnes super cenam loquebantur, cum ipse imperator: "Quid putamus passurum fuisse si uiueret?" Et Mauricus: "Nobiscum cenaret".*

7. *Longius abii, libens tamen. Placuit agona tolli, qui mores Viennensium infecerat, ut noster hic omnium. Nam Viennensium uitia intra ipsos residunt, nostra late uagantur, utque in corporibus sic in imperio grauissimus est morbus, qui a capite diffunditur. Vale.*

9. Veientão: Dídio Galo Fabrício Veientão, três vezes cônsul sob os Flávios (o segundo foi em 80 d.C. e o terceiro em 82 ou 83 d.C., mas não antes de 90 d.C., já que foi mencionado como tal por Estácio no poema *Sobre a Guerra Germânica* (*De Bello Germanico*, fr. 1, v. 2). Embora duras, as referências de Plínio, o Jovem, e Juvenal (*Sátiras*, 3, v. 185; 4, vv. 113-129 e 6, v. 113), somadas ao fato de não constar da lista de Tácito (*Vida de Agrícola*, 45), sugerem que ele, ao contrário de Aquílio Régulo (ver I, 1, 1), não era um dos delatores a serviço de Domiciano. Juvenal (*Sátiras*, 4, v. 113) diz que é prudente (*prudens*), e Aurélio Vitor no *Breviário sobre os Césares* (*Epitome de Caesaribus*, 12, 5) diz: *Veientonem consulari honore functum quidem apud Dominitianum, tamen multos occultis criminationibus persecutum*, "Veientão desempenhou de fato o cargo de cônsul no reinado de Domiciano, mas perseguiu muitas pessoas com acusações misteriosas". É mencionado em IX, 13, 13, onde, como aqui, se percebe que tem prestígio no Senado e perante Nerva. Sherwin-White (p. 300) conjectura que pode ter influído na sucessão de Trajano. **10.** Catulo Messalino: cônsul em 73 e 85 d.C., é citado por Tácito (*Vida de Agrícola*, 45, 2) como um dos instrumentos da tirania de Domiciano junto com os delatores Bébio Massa e Métio Caro.

pôs-se ao lado de Nerva e chegou quase a deitar-se em seu colo. Só de nomear o sujeito, dele já digo tudo. **5.** A conversa recaiu em Catulo Messalino[10], que, desprovido de visão, à sua índole cruel somava os males da cegueira: não tinha respeito, não tinha vergonha, não tinha comiseração. Por isso, Domiciano[11], contra quem quer que fosse pessoa excelente, costumava servir-se dele não diversamente que de lanças desferidas às cegas, de repente. **6.** Sobre a maldade de Catulo Messalino e sua fala sanguinária todos comentavam durante o jantar, quando o próprio Imperador perguntou: "O que cada um de nós acha que ele estaria fazendo, se ainda fosse vivo?" E Maurico respondeu: "jantando conosco".

7. Alonguei-me demais, mas não sem querer. Decidiu-se proibir os jogos, que haviam corrompido os costumes[12] dos vienenses, tal como os nossos corromperam os costumes de todos. Ora, os vícios dos vienenses permanecem entre eles, os de Roma espalham-se largamente, e, tal como no corpo, assim também no Império é a mais grave a doença que provém da cabeça. Adeus.

Juvenal (*Sátiras*, 4, vv. 113-122) nomeia-o junto a Veientão. Como membro do Conselho do Imperador (*consilium principis*) deve ter mostrado ferocidade nos últimos anos de Domiciano. 11. DOMICIANO: Tito Flávio César Domiciano Augusto (51-96 d.C.), imperador de 81 a 96 d.C.; ver I, 5, 1. 12. CORROMPIDO OS COSTUMES: *mores infecerat*. Segundo os opositores dos jogos, havia o perigo de relações homossexuais, *torpes amores*, como diz Tácito (*Anais*, 14, 20); ver Plínio, o Velho (*História Natural*, 15, 5, 19 e 29, 8, 26). Diz Tácito: *Ceterum abolitos paulatim patrios mores funditus euerti per accitam lasciuiam, ut quod usquam corrumpi et corrumpere queat in urbe uisatur, degeneretque studiis externis iuuentus, gymnasia et otia et* turpes amores *exercendo, principe et senatu auctoribus*, "Já os pátrios costumes estavam bem decaídos, e agora viriam finalmente a perder-se de todo por esta viciosa inovação, pois que com ela se veria dentro de Roma todo o gênero de corrupções e quanto as podia fomentar; fazendo-se com que a mocidade toda se perdesse com estes exercícios estrangeiros e se ocupasse na ginástica, no ócio e nos *torpes amores*, instigada pelo príncipe e pelo Senado". Tradução de J. L. Freire de Carvalho; Tácito, *Anais*, Rio de Janeiro, Jackson, 1952, p. 357.

EPISTULA XXIII

Honesta missio

GAIUS PLINIUS

POMPONIO BASSO SUO SALUTEM

1. *Magnam cepi uoluptatem, cum ex communibus amicis cognoui te, ut sapientia tua dignum est, et disponere otium et ferre, habitare amoenissime, et nunc terra, nunc mari corpus agitare, multum disputare, multum audire, multum lectitare, cumque plurimum scias, cotidie tamen aliquid addiscere.* 2. *Ita senescere oportet uirum, qui magistratus amplissimos gesserit, exercitus rexerit, totumque se rei publicae quam diu decebat obtulerit.* 3. *Nam et prima uitae tempora et media patriae, extrema nobis impertire debemus, ut ipsae leges monent, quae maiorem annis otio reddunt.* 4. *Quando mihi licebit, quando per aetatem honestum erit imitari istud pulcherrimae quietis exemplum? Quando secessus mei non desidiae nomen ac tranquillitatis accipient? Vale.*

IV, 23. Data: provavelmente 104-105 d.C.

1. POMPÔNIO BASSO: Tito Pompônio Basso começou a carreira como legado-procônsul do pai de Trajano na Ásia em 79-80 a.C., foi cônsul em 94 d.C. (*FO*) e legado na província militar Galácia-Capadócia, na Ásia Menor, de 95 a 100 d.C. Organizou as provisões (*alimenta*; ver I, 8, 10) de Trajano para a Itália central em 101 d.C. É endereçado apenas aqui. 2. DESFRUTAS TEU ÓCIO: *disponere otium*; ver em III, 1, o ócio de Espurina, outro aposentado. 3. OUVES MUITO, LÊS MUITO: *multum audire, multum lectitare.* Para Sherwin-White (p. 302), a expressão, somada à "tua sabedoria" (*tua sapientia*), sugere que Basso era filósofo diletante, como Minício Fundano; ver I, 9. 4. TODO DIA, PORÉM, APRENDES ALGUMA COISA: *cotidie aliquid addiscere.* É provável

EPÍSTOLA 23

A honrosa aposentadoria

CAIO PLÍNIO

A SEU QUERIDO POMPÔNIO BASSO[1], SAUDAÇÕES

1. Senti grande alegria quando soube por amigos comuns que tu, como convém a tua sabedoria, organizas e desfrutas teu ócio[2]; que resides em local agradabilíssimo e agora no solo e no mar exercitas o corpo, participas de muitas discussões, ouves muito, lês muito[3], e, embora tenhas grande conhecimento, todo dia, porém, aprendes alguma coisa[4]. 2. Assim convém que seja a velhice de um homem que exerceu as maiores magistraturas, comandou exércitos, se ofereceu inteiro à república pelo tempo que convinha. 3. De fato, a primeira fase da vida e a intermediária devemos devotar à pátria, e a fase final, a nós mesmos, conforme aconselham as próprias leis[5] que devolvem ao ócio a pessoa entrada em anos. 4. Quando me será possível, quando terei idade[6] para imitar com honradez este exemplo da mais bela aposentadoria? Quando meus retiros terão, não o nome de "preguiça", mas o de "tranquilidade"? Adeus.

alusão a verso do poeta elegíaco Sólon de Atenas (*c.* 630-*c.* 560 a.C.): "Envelheço mas sempre aprendo muitas coisas" (γηράσκω δ' αἰεὶ πολλὰ διδασκόμενος, fragmento 18). 5. CONFORME ACONSELHAM AS PRÓPRIAS LEIS: *ut ipsae leges monent.* Senadores idosos – a partir dos setenta anos, conforme disposição de Augusto, e a partir de 65 e depois sessenta anos, de acordo com leis posteriores – eram isentos da obrigação de assistir às sessões. 6. QUANDO ME SERÁ POSSÍVEL, QUANDO TEREI IDADE?: *quando mihi licebit... quando honestum erit?* Parece aludir a verso de Horácio (*Sátiras*, 2, 6, v. 60), *O rus, quando ego te aspiciam?*, "Ó campo, quando te verei?".

EPISTULA XXIV

Celeritas uitae

GAIUS PLINIUS

FABIO VALENTI SUO SALUTEM

1. *Proxime cum apud centumuiros in quadruplici iudicio dixissem, subiit recordatio egisse me iuuenem aeque in quadruplici.* 2. *Processit animus ut solet longius: coepi reputare quos in hoc iudicio, quos in illo socios laboris habuissem. Solus eram qui in utroque dixissem: tantas conuersiones aut fragilitas mortalitatis aut fortunae mobilitas facit.* 3. *Quidam ex iis qui tunc egerant decesserunt, exsulant alii; huic aetas et ualetudo silentium suasit, hic sponte beatissimo otio fruitur; alius exercitum regit, illum ciuilibus officiis principis amicitia exemit.* 4. *Circa nos ipsos quam multa mutata sunt! Studiis processimus, studiis periclitati sumus, rursusque processimus:* 5. *profuerunt nobis bonorum amicitiae, bonorum obfuerunt iterumque prosunt. Si computes annos, exiguum tempus; si ui-*

IV, 24. Data: 104 d.C.

1. FÁBIO VALENTE: talvez seja o mesmo que esteve a serviço de Plínio na Bitínia; ver X, 86b, 2. É incerta a relação com o homônimo, que foi legado do imperador Aulo Vitélio (15-69 d.C., imperador de abril a dezembro de 69 d.C.), citado por Tácito nas *Histórias* (1, 7 e *passim*) e na *PIR*, 2 F 69. 2. NOS QUATRO CONSELHOS: *quadruplici iudicio*. São as quatro sessões da Corte Centunviral; ver V, 9, 2. Trata-se provavelmente da mesma causa referida em IV, 16, 1. 3. OUTROS ESTÃO NO EXÍLIO: *exsulant alii*. O plural é retórico: Plínio refere-se a Valério Liciniano; ver IV, 11, 1. 4. AMIZADE DO PRÍNCIPE: *amicitia principis*. Os amigos do Príncipe eram uma espécie de conselho de gabinete (*consilium principis*). Quando eram de extração equestre, desempenhavam

EPÍSTOLA 24

A rapidez da vida

CAIO PLÍNIO

A SEU QUERIDO FÁBIO VALENTE[1], SAUDAÇÕES

1. Recentemente, quando discursei aos centúnviros nos quatro conselhos[2], veio-me a lembrança de que, quando jovem, também discursei naqueles quatro conselhos. **2.** Como de costume, meus pensamentos voam. Comecei a pensar nos advogados que trabalharam comigo neste processo e no antigo. Dos que discursaram nos dois processos sou o único que resta: tantas são as transformações que a fragilidade da condição ou as mudanças da fortuna provocam.

3. Alguns dos que haviam discursado já morreram, outros estão no exílio[3]; a uns a idade e a saúde aconselharam silêncio; outro de livre vontade desfruta do ócio mais feliz; um comanda um exército, àqueloutro a amizade do Príncipe[4] dispensou dos cargos públicos. **4.** E quanto a mim mesmo quanta coisa mudou! Com minha atividade progredi, com minha atividade corri riscos[5], depois de novo progredi: **5.** amiza-

cargos importantes na administração: o comando da guarda praetoriana e das sentinelas (*uigiles*), a supervisão dos suprimentos (*annona*), o comando da frota, os secretariados *ab epistulis*, que cuidavam da correspondência oficial do imperador, os secretariados *a rationibus*, que coordenavam a atividade financeira etc.; ver III, 5, 7. **5.** CORRI RISCOS: *periclitati sumus*. Plínio menciona os perigos que correu sob Domiciano por causa da relação com Herênio Senecião e Elvídio Prisco (ver III, 11, §§2 e 3) e da ameaça de delatores como Bébio Massa (ver III, 4, 4) e Métio Caro (ver I, 5, 3).

ces rerum, aeuum putes; **6.** *quod potest esse documento nihil desperare, nulli rei fidere, cum uideamus tot uarietates tam uolubili orbe circumagi.* **7.** *Mihi autem familiare est omnes cogitationes meas tecum communicare, isdemque te uel praeceptis uel exemplis monere, quibus ipse me moneo; quae ratio huius epistulae fuit. Vale.*

des com pessoas de bem ajudaram, depois atrapalharam-me e agora de novo ajudam. Se contares os anos, dirás que foi pouco tempo; se contares as vicissitudes, dirás que foi uma eternidade: **6.** isto pode servir de lição a que nunca desesperemos mas a que também não contemos com nada, já que percebemos que tantas mudanças ocorrem nessa roda-viva tão instável. **7.** Para mim é normal compartilhar contigo todos os meus pensamentos e aconselhar-te com os mesmos preceitos e exemplos com os quais eu mesmo me aconselho: esta foi a finalidade desta epístola. Adeus.

EPISTULA XXV

Tacita scurrilitas

GAIUS PLINIUS

MAESIO MAXIMO SUO SALUTEM

1. *Scripseram tibi uerendum esse, ne ex tacitis suffragiis uitium aliquod exsisteret. Factum est. Proximis comitiis in quibusdam tabellis multa iocularia atque etiam foeda dictu, in una uero pro candidatorum nominibus suffragatorum nomina inuenta sunt.* 2. *Excanduit senatus magnoque clamore ei qui scripsisset iratum principem est comprecatus. Ille tamen fefellit et latuit, fortasse etiam inter indignantes fuit.* 3. *Quid hunc putamus domi facere, qui in tanta re, tam serio tempore tam scurriliter ludat, qui denique omnino in senatu dicax et urbanus et bellus est?* 4. *Tantum licentiae prauis ingeniis adicit illa fiducia: "quis enim sciet?" Poposcit tabellas, stilum accepit, demisit caput, neminem ueretur, se contemnit.* 5. *Inde ista*

IV, 25. Data: primeiros meses de 105 d.C. Esta é uma das epístolas eleitorais; ver II, 9, nota introdutória.

1. MÉSIO MÁXIMO: homem dedicado à historiografia, a julgar por IV, 20, 10; ver II, 14. 2. EU TINHA ESCRITO: *scripseram*. É a epístola III, 20. 3. VOTO SECRETO: *tacitis suffragiis*; ver III, 20, 1. 4. ÚLTIMAS ELEIÇÕES: *proximis comitiis*. Provavelmente em janeiro de 105 d.C. Sobre o procedimento nas eleições, ver III, 20, 2. 5. GOZAÇÕES, OBSCENIDADES: *iocularia, foeda dictu*. Entendo que esses *iocularia*, embora sempre inoportunos segundo Plínio, ainda não descem ao intolerável baixo nível dos *foeda dictu*, "ditos torpes", "obscenidades", como está claro pela locução *atque etiam*, "e até mesmo". Essa torpeza os gregos chamavam *aiskrología* (αἰσχρολογία), que, segundo Guillemin (II, p. 25), os romanos acolhiam como *scurrilitas*, "escurrilidade": o conceito comparece no §3 na forma do advérbio *scurriliter*. 6. NO LUGAR DO NOME DOS CANDIDATOS

EPÍSTOLA 25

Secreta escurrilidade

CAIO PLÍNIO

A SEU QUERIDO MÉSIO[1], SAUDAÇÕES

1. Eu tinha escrito[2] dizendo que temia que o voto secreto[3] possibilitasse algum tipo de abuso. Foi o que aconteceu. Nas últimas eleições[4], em algumas tabuinhas liam-se muitas gozações e até obscenidades[5], e de fato numa delas no lugar do nome dos candidatos havia o dos apoiadores[6]. **2.** O Senado incendiou-se de fúria e com grande clamor atraiu a ira do Príncipe contra o autor das inscrições. Ele, porém, safou-se e ainda não foi identificado: talvez fosse até um dos que se indignavam. **3.** O que será que na vida privada faz alguém que numa causa tão importante, num momento tão grave, é capaz de tamanha escurrilidade, enfim, alguém que em pleno Senado é "dicaz, urbano e belo[7]"? **4.** As mentes depravadas concedem-se muita liberdade, garantida por aquele "ninguém vai saber?". O sujeito exigiu as tabuinhas, apanhou o estilete[8], baixou a cabeça: não tem temor por ninguém, nem respeito por si mesmo.

HAVIA O DOS APOIADORES: *pro candidatorum nominibus suffragatorum nomina inuenta sunt.* Sherwin-White (p. 305) lembra que, a menos que eleitores escrevessem o nome de todos os candidatos, o plural *nominibus* deve ser figurado. **7.** DICAZ, URBANO E BELO: *dicax et urbanus et bellus.* Plínio insere variação no verso 2 do poema 22 de Catulo: *homo est uenustus et dicax et urbanus*, "é mordaz, bem gracioso, tão urbano", dito, tal como aqui, com ironia. **8.** ESTILETE: *stilus*; ver I, 6, 1 e I, 8, 5.

ludibria scaena et pulpito digna. Quo te uertas? Quae remedia conquiras? Ubique uitia remediis fortiora. Ἀλλὰ ταῦτα τῷ ὑπὲρ ἡμᾶς μελήσει, cui multum cotidie uigiliarum, multum laboris adicit haec nostra iners et tamen effrenata petulantia. Vale.

5. Daí, esse escárnio, próprio dos palcos e dos teatros. Que fazer? Que remédios buscar? Em toda parte os vícios se fortalecem com os remédios. "Mas disso cuidará aquele que está acima de nós"[9], a quem todo dia esta nossa insípida mas desenfreada petulância acrescenta muitas noites em claro e muito trabalho. Adeus.

9. MAS DISSO CUIDARÁ AQUELE QUE ESTÁ ACIMA DE NÓS: ἀλλὰ ταῦτα τῷ ὑπὲρ ἡμᾶς μελήσει; sentença grega de autor ignorado.

EPISTULA XXVI

De Plini emendandis libellis

GAIUS PLINIUS
MAECILIO NEPOTI SUO SALUTEM

1. *Petis ut libellos meos, quos studiosissime comparasti, recognoscendos emendandosque curem. Faciam. Quid enim suscipere libentius debeo, te praesertim exigente?* 2. *Nam cum uir grauissimus, doctissimus, disertissimus, super haec occupatissimus, maximae prouinciae praefuturus, tanti putes scripta nostra circumferre tecum, quanto opere mihi prouidendum est, ne te haec pars sarcinarum tamquam superuacua offendat!* 3. *Adnitar ergo, primum ut comites istos quam commodissimos habeas, deinde ut reuersus inuenias, quos istis addere uelis. Neque enim mediocriter me ad noua opera tu lector hortaris. Vale.*

IV, 26. Data: primeiros meses de 105 d.C.

1. MECÍLIO NEPOS: ver II, 3. 2. LIVRINHOS: *libellos*. São discursos; ver I, 2, 1, *librum*; para ocorrências do termo *libellus*, ver IV, 19, 10. 3. MUITÍSSIMO ELOQUENTE: *disertissimus*; ver VI, 17, 2. 4. MUITÍSSIMO OCUPADO: *occupatissimus*. A disposição de ler em meio às ocupações não configura apenas gentileza (*humanitas*), mas supõe que as letras, sendo também *studium*, co-

EPÍSTOLA 26

Sobre a correção dos livrinhos de Plínio

CAIO PLÍNIO

A SEU QUERIDO MECÍLIO NEPOS[1], SAUDAÇÕES

1. Pedes-me que eu trate de rever e corrigir meus livrinhos[2], que com muito desvelo reuniste. Farei isso. Pois de quê eu me incumbiria de mais bom grado, se és tu precisamente que me pedes? 2. Quando tu – homem muitíssimo grave, muitíssimo douto, muitíssimo eloquente[3] e, além disso, muitíssimo ocupado[4] (futuro procônsul de uma província grandíssima[5]) – crês que vale a pena carregar contigo meus escritos, como é grande então meu dever de providenciar que esta parte da bagagem não te estorve como inútil! 3. Portanto, eu me empenharei, primeiro, para que meus livros sejam excelentes companheiros de viagem e também para que, de volta, encontres outros para juntar a eles: ter-te como leitor não é exortação pequena para que eu escreva novos trabalhos. Adeus.

laboram complementar e recreativamente para o desempenho das funções públicas de que alguém se ocupa; por isso, Mecílio crê que "vale a pena" (*tanti putes*) carregar os livrinhos; ver VII, 12, 5. O oposto disso ocorre em VII, 2, 1. 5. PROVÍNCIA GRANDÍSSIMA: *maximae prouinciae*. Os procônsules de maior prestígio assumiam províncias na Ásia e na África.

EPISTULA XXVII

Augurini Poematiorum recitatio

GAIUS PLINIUS

POMPEIO FALCONI SUO SALUTEM

1. *Tertius dies est quod audiui recitantem Sentium Augurinum cum summa mea uoluptate, immo etiam admiratione. Poematia adpellat. Multa tenuiter, multa sublimiter, multa uenuste, multa tenere, multa dulciter, multa cum bile.* **2.** *Aliquot annis puto nihil generis eiusdem absolutius scriptum, nisi forte me fallit aut amor eius aut quod ipsum me laudibus uexit.* **3.** *Nam lemma sibi sumpsit, quod ego interdum uersibus ludo. Atque adeo iudicii mei te iudicem faciam, si mihi ex hoc ipso lemmate secundus uersus occurrerit; nam ceteros teneo et iam explicui:*

IV, 27. Data: primeiros meses de 105 d.C.

1. POMPEU FALCÃO: Quinto Pompeu Falcão; ver I, 23. 2. SÊNCIO AUGURINO: Quinto Gélio Sêncio Augurino foi procônsul da Macedônia e senador pretoriano (*PIR*, 2 G 135; *ILS*, 5947 A) sob Adriano (imperador entre 117 e 138 d.C.). Augurino é endereçado em IX, 8, também sobre seus poemas. 3. *POEMETOS*: *Poematia*. Para Plínio como poeta e para outras denominações dos versos, ver IV, 14, §§2 e 8. 4. LIGEIROS, SUBLIMES, GRACIOSOS, DELICADOS, COM BILE: *tenuiter, sublimiter, uenuste, tenere, dulciter, cum bile*: a rigor, os termos são advérbios e caracterizariam a ação, que é recitar. Mas a récita – que é retoricamente a ação do orador (*actio*), ou pronunciação (*pronuntiatio*), mais conveniente à poesia, como aqui – é sempre adequada à matéria, de modo que ao dizer o modo como Augurino recita, Plínio diz também *o que* recita, isto é, a matéria que recita, o que diz respeito às espécies de epigramas que Augurino cultua (ver IV, 14, 3). Segundo

EPÍSTOLA 27

Recitação dos *Poemetos* de Augurino

CAIO PLÍNIO

A SEU QUERIDO POMPEU FALCÃO[1], SAUDAÇÕES

1. Dois dias atrás, para meu enorme deleite, ouvi Sêncio Augurino[2] a recitar; melhor dizendo, para minha enorme admiração! Recitou o que chama *Poemetos*[3]. Muitos são ligeiros, muitos são sublimes, muitos são graciosos, muitos delicados, muitos com bile[4]. **2.** Há alguns anos, creio, nada neste gênero foi escrito com mais perfeição, a não ser que porventura me engane minha amizade por Augurino[5] ou o ter ele coberto a mim de elogios, **3.** já que tomou por tema o fato de que vez ou outra eu me divirto compondo versos ligeiros[6]. Pois bem: agora te farei juiz de meu juízo, se me lembrar do segundo verso do epigrama, pois os outros eu sei e cito:

o mesmo conceito de decoro, a récita é outrossim adequada à elocução dos diferentes poemas. Ainda que a matéria amorosa pareça predominar, na mesma matéria amorosa, como se vê no fim, Augurino sabe ser elevado ("sublimes"), médio ("ligeiros", "graciosos", "delicados") e baixo ("com bile"). Para ação ou pronunciação (*actio* ou *pronuntiatio*), ver IV, 27, 2 e remissões. **5.** AMIZADE POR AUGURINO: *amor eius*. O pronome *eius* pode ser genitivo masculino de *is*, "ele", que se refere, então, a Augurino, como entendi com Radice (I, p. 313), Walsh (p. 104), Trisoglio (I, p. 497), Rusca (I, p. 353) e Méthy (II, p. 38), ou genitivo neutro de *id*, "isso", e refere-se a *generis*, cuja tradução seria "meu amor por este gênero de poemas", que é o entendimento de Guillemin (II, p. 47). **6.** VEZ OU OUTRA EU ME DIVIRTO COMPONDO VERSOS LIGEIROS: *ego interdum uersibus ludo*; ver IV, 14.

4. Canto carmina uersibus minutis,
his olim quibus et meus Catullus
et Caluus ueteresque. Sed quid ad me?
Unus Plinius est mihi priores:
mauolt uersiculos foro relicto
et quaerit quod amet, putetque amari.
Ille o Plinius, ille quot Catones!
I nunc, quisquis amas, amare noli.

5. Vides quam acuta omnia, quam apta quam expressa. Ad hunc gustum totum librum repromitto, quem tibi, ut primum publicauerit, exhibebo. Interim ama iuuenem et temporibus nostris gratulare pro ingenio tali, quod ille moribus adornat. Viuit cum Spurinna, uiuit cum Antonino, quorum alteri adfinis, utrique contubernalis est. **6.** *Possis ex hoc facere coniecturam, quam sit emendatus adulescens, qui a grauissimis senibus sic amatur. Est enim illud uerissimum:*

γινώσκων ὅτι
τοιοῦτός ἐστιν, οἷσπερ ἥδεται συνών.

Vale.

7. VERSOS DIMINUTOS: *uersibus minutis*. São versos pequenos e por sinédoque poemas breves, designando epigramas, o que implica que são também "pequenos", "menores" na matéria e elocução, como é o caso aqui por causa do tema amoroso. **8.** CATULO, CALVO; ver I, 2, 2 e I, 16, 5. **9.** PLÍNIO, SOZINHO: *Unus Plinius*. Antímaco já se servira da hipérbole quando segundo Cícero (*Bruto*, 51, 191) disse: *legam [...] nihilo minus: Plato enim mihi unus instar est centum milium*, "nada mais lerei, pois Platão, sozinho, vale cem mil filósofos". E segundo Sêneca, o Filósofo (*Cartas a Lucílio*, 7, 11), também Demócrito: *Democritus ait, 'unus mihi pro populo est, et populus pro uno'*, "Demócrito diz 'para mim um só vale o povo inteiro e o povo inteiro vale um só". E Lucano (*Farsália*, 3, v. 108), *omnia Caesar erat*, "César era tudo". **10.** O poema, a despeito da acerbidade com que Radice o trata (I, p. 313), reúne adrede passagens, locuções, temas, tópicas de outros poetas, como é comum na poesia emulatória e imitativa. Guillemin (II, p. 48) adverte que se assemelha a Marcial, *Epigramas*, 8, 73: *Instanti, quo nec sincerior alter habetur / pectore nec niuea simplicitate prior, / si dare uis nostrae uires animosque Thaliae / et uictura petis carmina, da quod*

4. Canto canções em versos diminutos[7],
sim, quais cantou outrora meu Catulo
e Calvo[8] e outros anciães: mas e daí?
Plínio, sozinho, dá-me os precedentes[9]:
deixa o fórum, quer mais versos ligeiros;
busca quem ame e o faça crer-se amado:
Grande Plínio, que vale mil Catões!
Tu, que amas, cuida bem: deixa de amar[10].

5. Podes perceber como tudo é agudo, como é apropriado, como é bem disposto. Dou minha palavra[11]: em conformidade com esta amostragem, está o livro inteiro, que te mandarei assim que for publicado[12]. Entrementes, ama este jovem e congratula-te com nossa época por possuir um tal engenho, que ele incrementa com o próprio caráter. Augurino tem estreita amizade com Espurina[13] e também com Antonino; é parente daquele, e companheiro de ambos. **6.** Disso podes conjecturar quão correto é o rapaz, amado por anciães gravíssimos. Como diz o ditado:

Dize-me com quem andas
e eu te direi quem és[14].

Adeus.

amem. / Cynthia te uatem fecit, lasciue Properti; / ingenium Galli pulchra Lycoris erat; / fama est arguti Nemesis formosa Tibulli; / Lesbia dictauit, docte Catulle, tibi: / non me Paeligni nec spernet Mantua uatem, / si qua Corinna mihi, si quis Alexis erit, "Instâncio, ó tu, de quem não há mais verdadeiro / coração nem mais cândida franqueza. / Se queres força e afã dar à minha Talia*, / e vivedouros cantos, faz que eu ame. / Cíntia te fez poeta, lascivo Propércio; / De Galo o engenho foi Licóris linda. / A fama de Tibulo arguto é a bela Nêmesis. / Lésbia, douto Catulo, a ti ditou. / Nem Pelignos nem Mântua dirão que não sou vate, / se uma Corina eu tenha, algum Aléxis".
* TALIA: uma das nove Musas, consagrada à poesia cômica e epigramática. **11.** DOU MINHA PALAVRA: *repromitto*. O termo é jurídico e solene, e designa a garantia de algo vai ocorrer (OLD, 1 e 2). **12.** PUBLICADO: *publicauerit*; ver I, 2, 6 e II, 10, 6. **13.** ESPURINA: Tito Vestrício Espurina; ver I, 5, 8. **14.** O texto grego é de Eurípides (fragmento 812, 8-9, A. Nauck, *Tragicorum Graecorum Fragmenta*, Leipzig, Teubner, 1889, reimpr. 1964) e literalmente diz: "sabes quem é alguém, segundo aqueles com quem convive".

EPISTULA XXVIII

Imagines egregiorum hominum in Biblioteca

GAIUS PLINIUS

VIBIO SEVERO SUO SALUTEM

1. Herennius Seuerus uir doctissimus magni aestimat in bibliotheca sua ponere imagines municipum tuorum Corneli Nepotis et Titi Cati petitque, si sunt istic, ut esse credibile est, exscribendas pingendasque delegem. 2. Quam curam tibi potissimum iniungo, primum quia desideriis meis amicissime obsequeris, deinde quia tibi studiorum summa reuerentia, summus amor studiosorum, postremo quod patriam tuam omnesque, qui nomen eius auxerunt, ut patriam ipsam ueneraris et diligis. Peto autem, ut pictorem quam diligentissimum adsumas. 3. Nam cum est arduum similitudinem effingere ex uero, tum longe difficillima est imitationis imitatio; a qua rogo ut artificem quem elegeris ne in melius quidem sinas aberrare. Vale.

IV, 28. Data: incerta.

1. VÍBIO SEVERO: ver III, 18. 2. EM SUA BIBLIOTECA: *in bibliotheca.* Lenaz (I, p. 356) afirma, sem indicar fontes, que na primeira biblioteca pública de Roma havia imagens de escritores gregos e latinos. 3. IMAGENS: *imagines.* Trata-se de pinturas, como se verá a seguir e como atesta Plínio, o Velho (*História Natural*, 35, 36, 90 e ss.); ver I, 16, 8. Sobre serem pinturas, ver I, 17, 3, e para a importância das imagens, ver I, 16, 8 e remissões. 4. CORNÉLIO NEPOS: o historiógrafo. A origem cisalpina de Nepos (*c.* 100-*c.* 27 a.C.) é atestada por Ausônio (XVI *Epístula a Probo*) e Plínio, o Velho (*História Natural*, 3, 18, 127). Era amigo de Catulo, de Cícero e de seu correspondente Tito Pompônio Ático. Plínio, o Velho (*História Natural*, 9, 63, 137), afirma que morreu durante o principado de Augusto. Escreveu *Crônicas* (*Chronica*), epítome de história universal; *Exemplos* (*Exempla*), coleção de modelos éticos de imitação, retirados dos primeiros romanos; *Vida dos*

EPÍSTOLA 28

Imagens de homens notáveis na biblioteca

CAIO PLÍNIO

A SEU QUERIDO VÍBIO SEVERO[1], SAUDAÇÕES

1. Herênio Severo, homem doutíssimo, julga de grande valia ter em sua biblioteca[2] imagens[3] de teus concidadãos Cornélio Nepos[4] e Tito Cátio[5], e pede, se lá estiverem, como é de crer que estão, que delas eu mande fazer cópias pintadas[6]. 2. Incumbência que, mais do que a ninguém, encarrego a ti, primeiro porque atendes a meus desejos com a máxima amizade, em seguida porque tens o maior respeito pelos estudos e o maior amor pelos estudiosos e, enfim, porque veneras e amas tua pátria e, tal como a própria pátria, todos os que aumentaram o renome dela. Peço que escolhas um pintor o mais habilidoso possível, 3. pois se é árduo figurar a semelhança a partir do verdadeiro, muito mais difícil é a imitação da imitação, da qual peço não permitas afastar-se o artesão que escolheres, nem mesmo para melhor. Adeus.

Homens Ilustres (*De Viris Illustribus*) e *Epístolas a Cícero* (*Epistulae ad Ciceronem*). É mencionado como poeta em v, 3, 6. 5. TEUS CONCIDADÃOS: *municipum tuorum*. Cornélio Nepos e Tito Cátio eram da Gália Cisalpina, pátria do poeta Caio Valério Catulo, que no poema 1 dedica o livro a Cornélio Nepos. 6. CÓPIAS PINTADAS: *exscribendas pingendasque*, "copiadas e pintadas", hendíade que desfiz na tradução. O hábito de manter reproduções pintadas em bibliotecas é atestado por Plínio, o Jovem em I, 16, 8 e III, 7, 8. Eram frequentes Homero, Platão, Virgílio e Tito Lívio, como atesta Suetônio, *Vida dos Doze Césares*, 4, "Calígula", 34, 2; ver também Juvenal (*Sátiras*, 7, v. 29) e Marcial (*Epigramas*, 7, 84). Plínio, o Velho (*História Natural*, 35, 2, 9-11) informa que as bibliotecas podiam ter também bustos de ouro, prata e bronze.

EPISTULA XXIX

Licini Nepotis seueritas

GAIUS PLINIUS

ROMATIO FIRMO SUO SALUTEM

1. *Heia tu! Cum proxime res agentur, quoquo modo ad iudicandum ueni: nihil est quod in dextram aurem fiducia mei dormias. Non impune cessatur.* 2. *Ecce Licinius Nepos praetor! Acer et fortis et praetor, multam dixit etiam senatori. Egit ille in senatu causam suam, egit autem sic ut deprecaretur. Remissa est multa, sed timuit, sed rogauit, sed opus uenia fuit.* 3. *Dices: "Non omnes praetores tam seueri". Falleris; nam uel instituere uel reducere eiusmodi exemplum non nisi seueri, institutum reductumue exercere etiam lenissimi possunt. Vale.*

IV, 29. Data: início de 105 d.C., porque a epístola, assim como V, 9; V, 4 e V, 13, trata da pretura de Licínio Nepos nesse ano.

1. ROMÁCIO FIRMO: *iudex selectus*, "juiz escolhido, seleto", que integra uma das *decuriae iudicum*, decúrias de juízes. Sobre *iudex selectus* e a escolha de que é objeto, Sherwin-White (p. 308) explica: "os jurados do sistema da *quaestio* criminal e os juízes do Direito Civil provinham de três decúrias equestres, que a *Tabula Hebana*, do tempo de Tibério, linhas 7-8, descreve assim: *equites omnium decuriarum quae iudiciorum publicorum causa constitutae sunt, erunt*, 'os cavaleiros de todas as decúrias que são ou forem constituídas para juízos públicos...'. Os primeiros, a cujo corpo Romácio pertence, eram conhecidos como *iudices selecti*, 'juízes escolhidos' – como se vê nas inscrições – porque as decúrias eram recrutadas pelo Imperador, não pelo pretor".

EPÍSTOLA 29

A severidade de Licínio Nepos

CAIO PLÍNIO

A SEU QUERIDO ROMÁCIO FIRMO[1], SAUDAÇÕES

1. Presta atenção: quando houver o próximo julgamento, arranja um modo de seres um dos juízes[2]. Nem penses em dormir sobre tuas orelhas, fiando-te em mim[3]. Não te ausentarás sem pesar. 2. Pois que Licínio Nepos[4] é o pretor. Rígido e corajoso, na condição de mero pretor chegou a punir um senador. O senador defendeu-se no Senado, mas defendeu-se só para pedir perdão. A punição foi revogada, mas ele teve medo! Teve de implorar e foi necessário indulgência! 3. Dirás: "Nem todos os pretores são tão severos". Estás enganado, pois só os severos podem estabelecer ou reintroduzir um precedente desse tipo, mas aplicar o que foi estabelecido ou reintroduzido até os mais lenientes conseguem. Adeus.

Romácio Firmo é destinatário da epístola I, 19. 2. SERES UM DOS JUÍZES: *iudicandum ueni*. Juízes para as causas civis e as criminais eram escolhidos dentre três decúrias estabelecidas pela *Tabula Hebana*. Eram formadas por senadores, cavaleiros e tribunos do erário. Essas eram as decúrias dos juízes escolhidos. Havia ainda mais duas decúrias de nível inferior. Augusto depois criaria a quarta, e Calígula, a quinta. 3. DORMIR SOBRE TUAS ORELHAS: *in dextram aurem dormias*, literalmente "dormires sobre tua orelha direita". É coloquialismo em latim. 4. LICÍNIO NEPOS: pretor de extrema severidade, mencionado em V, 4, 2; V, 9, 2; V, 13, 1 e VI, 5, 1. Plínio, o Jovem, é o único autor que dele faz menção, já que pelas datas é improvável que seja o Marco Licínio Nepos, cônsul substituto em 127 d.C. e 139 d.C.

EPISTULA XXX

Mirus prope Larium lacum fons

GAIUS PLINIUS

LICINIO SURAE SUO SALUTEM

1. *Attuli tibi ex patria mea pro munusculo quaestionem altissima ista eruditione dignissimam.* **2.** *Fons oritur in monte, per saxa decurrit, excipitur cenatiuncula manu facta; ibi paulum retentus in Larium lacum decidit. Huius mira natura: ter in die statis auctibus ac diminutionibus crescit decrescitque,* **3.** *cernitur id palam et cum summa uoluptate deprenditur. Iuxta recumbis et uesceris, atque etiam ex ipso fonte (nam est frigidissimus) potas; interim ille certis dimensisque momentis uel subtrahitur uel adsurgit.* **4.** *Anulum seu quid aliud ponis in sicco, adluitur sensim ac nouissime operitur, detegitur rursus paulatimque deseritur. Si diutius obserues, utrumque iterum ac tertio uideas.*

IV, 30. Data: fim de 104, início de 105 d.C.

1. Lúcio Licínio Sura: endereçado na epístola VII, 27, é chamado por Marcial (*Epigramas*, 7, 47, v. 1) *doctorum celeberrime uirorum*, "mais famoso dos homens sábios". Por isso, Plínio diz que a questão é "muitíssimo digna dessa tua profundíssima erudição" (*altissima ista eruditione dignissimam*, §1) e "pois tens cabedal" (*potes enim*, §11). De origem hispânica, foi braço direito de Trajano até morrer, em 108 d.C. Foi cônsul três vezes, governador da Gália Bélgica e autor de discursos de Trajano. Amigo do Imperador, teve uma estátua sua erguida por ordem dele, e no local onde era sua vila, Trajano mandou construir as Termas de Sura. Foi representado no

EPÍSTOLA 30

A maravilhosa fonte vizinha ao lago Lário

CAIO PLÍNIO
A SEU QUERIDO LICÍNIO SURA[1], SAUDAÇÕES

1. Trouxe-te de minha terra natal como lembrancinha uma questão muitíssimo digna dessa tua profundíssima erudição. 2. Uma fonte nasce numa colina, a água desce por entre as pedras e chega a uma pequenina sala de jantar, feita por mão humana; depois de retida ali um pouco, dá no lago Lário[2]. É admirável a natureza do arroio[3]: três vezes ao dia cresce e decresce com cheias e vazões, 3. o que é observado com facilidade e grande prazer. Podes ao lado te pôr à mesa e cear e beber da própria fonte, pois é fresquíssima. Enquanto isso, a intervalos precisos e regulares a corrente recua e volta. 4. Se deixas um anel ou qualquer outro objeto no seco, pouco a pouco ele é tocado pela água até ser enfim de todo coberto, e depois de novo é descoberto pela água e paulatinamente deixado no seco. Se observares com maior frequência, verás que isso se repete duas e até três vezes.

mármore da Coluna de Trajano, esculpida entre 107 e 113 d.C., numa cena na qual ele aparece conversando com o Imperador. 2. LAGO LÁRIO: *Larium lacum*; ver II, 8, 1. 3. É ADMIRÁVEL A NATUREZA DO ARROIO: *huius mira natura*. Para interesse de Plínio por fenômenos naturais, ver VI, 16 e VI, 20 (erupção do Vesúvio); VII, 27 (os fantasmas); VIII, 8 (as fontes de Clitumno), VIII, 20 (ilhas flutuantes no lago de Vadimão) e IX, 33 (o golfinho de Hipona).

5. *Spiritusne aliquis occultior os fontis et fauces modo laxat, modo includit, prout inlatus occurrit aut decessit expulsus?* 6. *Quod in ampullis ceterisque generis eiusdem uidemus accidere, quibus non hians nec statim patens exitus. Nam illa quoque, quamquam prona atque uergentia, per quasdam obluctantis animae moras crebris quasi singultibus sistunt quod effundunt.* 7. *An, quae oceano natura, fonti quoque, quaque ille ratione aut impellitur aut resorbetur, hac modicus hic umor uicibus alternis supprimitur, egeritur?* 8. *An ut flumina, quae in mare deferuntur, aduersantibus uentis obuioque aestu retorquentur, ita est aliquid quod huius fontis excursum repercutiat?* 9. *An latentibus uenis certa mensura, quae dum colligit quod exhauserat, minor riuus et pigrior; cum collegit, agilior maiorque profertur?* 10. *An nescio quod libramentum abditum et caecum, quod cum exinanitum est, suscitat et elicit fontem; cum repletum, moratur et strangulat?* 11. *Scrutare tu causas (potes enim), quae tantum miraculum efficiunt: mihi abunde est, si satis expressi quod efficitur. Vale.*

4. RECIPIENTE: *libramentum*. É termo técnico da hidráulica. Plínio, o Velho (*História Natural*, 31, 31, 57), usa-o para designar a distância entre a cabeceira e o pé de um reservatório. Guillemin (II, p. 30) traduz por "régulateur" ("regulador"); Luigi Rusca (I, p. 360) traduz por "bacino regolatore" ("reservatório regulador"); Radice traduz por "force of water" ("pressão da água").
5. DESCREVER-TE: *expressi*, de *exprimire*, que aqui é termo da écfrase. Em III, 10, 6 é termo da estatuária; em IV, 18, 1 significa "traduzir".

5. Será que há uma corrente de ar oculta que ora abre, ora fecha a nascente e as passagens, conforme penetra, empurrando a água, e depois escapa, empurrada por ela? **6.** É o que vemos ocorrer nas ampolas e outros dispositivos do gênero, cuja abertura não é larga nem de imediato visível. Pois neles também, embora inclinados e emborcados, por causa da retenção devida à resistência do ar, o líquido se detém e só escorre como que por frequentes soluços. **7.** Ou será que a natureza dessa fonte é como a do oceano e, tal como ele com regularidade ora avança, ora reflui, assim também esse arroio alternadamente ora se recolhe, ora flui? **8.** Ou será que tal como os rios que deságuam no mar são impelidos de volta por causa de ventos opostos ou da maré contrária, assim também alguma coisa inverte o curso desta fonte? **9.** Ou será que em veios ocultos há certa capacidade que, enquanto recolhe o que lhe escorre, o fluxo é menor e lento e, depois que já recolheu, o fluxo é mais rápido e maior? **10.** Ou será que há algum recipiente[4] oculto e invisível que, quando se esvazia, desperta e impele o arroio e, quando está cheio, o detém e o estrangula? **11.** Examina tu as causas (pois tens cabedal), que produzem tamanho prodígio: já é bastante que eu tenha conseguido descrever-te[5] o que ocorre. Adeus.

Detalhe da Coluna de Trajano (cena IX): no centro, Trajano; à direita, Sura; à esquerda, ou o prefeito pretoriano Tibério Cláudio Liviano ou o jovem Adriano.

LIVRO V

EPISTULA I

Exheredatus heres

GAIUS PLINIUS

ANNIO SEVERO SUO SALUTEM

1. *Legatum mihi obuenit modicum sed amplissimo gratius. Cur amplissimo gratius? Pomponia Galla exheredato filio Asudio Curiano heredem reliquerat me, dederat coheredes Sertorium Seuerum praetorium uirum aliosque splendidos equites Romanos.* 2. *Curianus orabat, ut sibi donarem portionem meam seque praeiudicio iuuarem; eandem tacita conuentione saluam mihi pollicebatur.* 3. *Respondebam non conuenire moribus meis aliud palam aliud agere secreto; praeterea non esse satis honestum donare et locupleti et orbo; in summa non profuturum ei si donassem, profuturum si cessissem, esse autem me paratum cedere si inique exheredatum mihi liqueret.* 4. *Ad hoc ille: "Rogo cognoscas". Cuncta-*

V, 1. Data: depois da morte de Frontino (§5), em 104 d.C.

1. ÂNIO SEVERO: ver II, 16. 2. RECEBI UM MÓDICO LEGADO: *legatum mihi obuenit modicum*. Duas enormes heranças deixadas a Plínio provieram de ricas matronas; ver IV, 10, 1. 3. POMPÔNIA GALA: provavelmente a filha do ex-pretor Pompônio Galo; ver II, 17. 4. ASÚDIO CURIANO, SERTÓRIO SEVERO: desconhecidos, mencionados apenas aqui. 5. PRECEDENTE: *praeiudicio* (ver OLD, 2, "precedent"). Parece ser este o sentido de *praeiudicium* aqui, conforme Guillemin (II, p. 54, "préjudice"), Radice (I, p. 322, "precedent"), Trisoglio (I, p. 507, "precedente"), Rusca (I, p. 363, "precedent") e Méthy (II, p. 43, "présomption"): sobre este *preiudicium* trata Quintiliano (*Instituições Oratórias*, 5, 2, 1). Mas Walsh (p. 108) entende que se trata de outro sentido de *praeiudicium* (ver OLD, 1, "preliminary inquiry"): o inquérito preliminar ao julgamento da causa,

EPÍSTOLA 1

O herdeiro deserdado

CAIO PLÍNIO
A SEU QUERIDO ÂNIO SEVERO[1], SAUDAÇÕES

1. Recebi um módico legado[2], porém mais grato do que se fosse imenso. E por que mais grato do que se fosse imenso? Pompônia Gala[3], tendo deserdado o filho, Asúdio Curiano[4], fizera-me herdeiro e nomeou coerdeiros Sertório Severo, antigo pretoriano, e outros notáveis cavaleiros romanos. 2. Curiano me pedia que lhe desse minha parte, estabelecendo assim precedente[5] a seu favor; prometia-me, por meio de acordo secreto[6], que a deixaria intacta. 3. Respondi-lhe que não era próprio de meu caráter agir de um modo publicamente e de outro em segredo; que ademais não era muito honesto fazer doação a pessoa abastada e sem filhos; e enfim que não lhe aproveitaria que eu doasse, mas lhe aproveitaria que eu renunciasse[7], e que eu estava disposto a renunciar se me constasse que ele fora deserdado injustamente. 4. Ao que

que é o sentido que de fato tem abaixo o verbo *cognoscas*, "faças o inquérito". Este sentido não se coaduna com a passagem anterior, *ut donarem portionem meam*, "que lhe desse minha parte", que é do que Curiano queria persuadir os juízes. 6. ACORDO SECRETO: *tacita conuentione*. Uma doação podia estar submetida a uma condição imposta ao donatário, como o compromisso de realizar determinado ato, que eventualmente lhe podia ser oneroso; ver II, 4, 3. 7. QUE EU RENUNCIASSE: *si cessissem*. Por lei o legatário devia declarar em prazo certo, amiúde estabelecido no testamento, a aceitação (*cretio*), já que nem sempre era vantajoso herdar, como no caso de propriedade onerada de dívidas.

tus paulum, "Faciam", inquam; "neque enim uideo cur ipse me minorem putem, quam tibi uideor. Sed iam nunc memento non defuturam mihi constantiam, si ita fides duxerit, secundum matrem tuam pronuntiandi". 5. *"Ut uoles", ait; "uoles enim quod aequissimum". Adhibui in consilium duos quos tunc ciuitas nostra spectatissimos habuit, Corellium et Frontinum. His circumdatus in cubiculo meo sedi. Dixit Curianus quae pro se putabat.* 6. *Respondi paucis ego (neque enim aderat alius, qui defunctae pudorem tueretur), deinde secessi, et ex consilii sententia "Videtur", inquam, "Curiane, mater tua iustas habuisse causas irascendi tibi".*

Post hoc ille cum ceteris subscripsit centumuirale iudicium, non subscripsit mecum. Adpetebat iudicii dies. 7. *Coheredes mei componere et transigere cupiebant non diffidentia causae, sed metu temporum. Verebantur quod uidebant multis accidisse, ne ex centumuirali iudicio capitis rei exirent.* 8. *Et erant quidam in illis, quibus obici et Gratillae amicitia et Rustici posset. Rogant me ut cum Curiano loquar.* 9. *Conuenimus in aedem Concordiae. Ibi ego "Si mater", inquam, "te ex parte quarta scripsisset heredem, num queri posses? Quid si heredem quidem instituisset ex asse, sed legatis ita exhausisset ut non amplius apud te quam quarta remaneret? Igitur sufficere tibi debet, si exheredatus a matre quartam partem ab heredibus eius accipias, quam tamen ego augebo.*

8. Corélio: Corélio Rufo; ver I, 12, 1. 9. Frontino: Sexto Júlio Frontino; ver IV, 8, 3. 10. apresentou citação à corte centunviral: *subscripsit centumuirale iudicium.* Curiano acredita ter sido deserdado sem justa causa. Assim, move contra os herdeiros estabelecidos pelo testamento de sua mãe ação judicial chamada *querella inofficiosi testamenti.* Em caso de vitória, o autor obteria não apenas a quarta parte da herança, mas tudo que como filho normalmente receberia em caso de sucessão *ab intestato*, isto é, sem testamento. Devia, portanto, acionar todos os herdeiros para que cada um deles lhe desse uma parte do que haviam obtido na herança. O testamento podia ser contestado por todos os descendentes deserdados e parentes não instituídos na herança: era preciso provar que o testador, tendo a mente perturbada, havia disposto de modo injusto sobre seu patrimônio; para esse tipo de ação, ver VI, 33, 2; para a Corte Centunviral, ver V, 9, 2 e remissões. 11. pena capital: *capitis rei.* Trisoglio (I, p. 508) afirma: "Em tempos em que campeavam delatores, era fácil para um dos litigantes, vendo-se numa disputa perdida, compensar a desvantagem acusando o adversário de traição e levando-o assim à ruína certa. O próprio Plínio evitou, graças à especial 'assistência divina' e a sua excepcional capacidade, cair nesse abismo (ver I, 5, §§3-7), mas não o evitou o rígido Erênio Senecião (ver VII, 33, 7)". 12. Gratila: Verulana Gratila: ver III, 11, 3. 13. rústico: Quinto Júnio Aruleno Rústico;

ele me disse: "Faças, peço-te, o inquérito". Depois de hesitar um pouco, eu lhe disse: "Assim farei pois não vejo por que eu nessa matéria deveria ter de mim mesmo uma opinião inferior à que tens. Mas desde já tem em mente que não me faltará coragem se tiver convicção de que devo pronunciar-me segundo a vontade de tua mãe". **5.** "Como quiseres", disse-me; "hás de querer o que for o mais justo". Reuni em conselho dois homens que nossa cidade considerava preparadíssimos, Corélio[8] e Frontino[9]. Acompanhado deles, sentei-me em meu gabinete. Curiano falou o que considerava a seu favor. **6.** Dei-lhe resposta breve (pois não havia mais ninguém que pudesse defender a reputação da falecida); em seguida afastei-me e conforme parecer do conselho falei: "Parece, Curiano, que tua mãe tinha justa razão de irar-se contigo".

Depois disso, apresentou citação à Corte Centunviral[10] contra todos os outros herdeiros, mas não contra mim. Estava próximo o dia do julgamento. **7.** Meus coerdeiros desejavam fazer acordo e ceder, não por não confiar na causa, mas por temer os tempos. Receavam o que viram ocorrer a muitos, que na Corte Centunviral saíssem condenados à pena capital[11]. **8.** E havia alguns entre os coerdeiros a quem podia prejudicar a amizade de Gratila[12] e de Rústico[13]. Pediram-me que me entendesse com Curiano. **9.** Reunimo-nos no Templo da Concórdia. Lá, "Se tua mãe", eu disse, "te deixasse um quarto da herança[14], poderias te queixar? E se ela te tivesse nomeado único herdeiro[15], mas te gravasse com tantos legados, que não te sobrasse nada além da quarta parte[16]? Portanto, deve ser-te suficiente que, deserdado por tua mãe, recebas dos herdeiros dela a quarta parte, que eu, no entanto, complementarei.

ver I, 5, 2. **14.** UM QUARTO DA HERANÇA: *ex parte quarta... heredem*. Nesse caso Curiano teria obtido a quarta parte na sucessão sem testamento (*ab intestato*), que coincidia com a quarta parte de todo o espólio, já que ele era o único herdeiro direto. **15.** ÚNICO HERDEIRO: *heredem ex asse*. Nas heranças e outras questões monetárias em que se fazia divisão, o asse e suas frações eram usados para designar as partes. Assim *haeres ex asse*, "único herdeiro"; *haeres ex semisse*, "herdeiro da metade da herança" etc. **16.** NADA ALÉM DA QUARTA PARTE: *non amplius... quam quarta*. Aqui Plínio refere-se a outra quarta parte legal, prevista pela *LEX FALCIDIA*, de 40 a.C., segundo a qual o testador não podia deixar mais de três quartos do patrimônio para legados.

10. *Scis te non subscripsisse mecum, et iam biennium transisse omniaque me usu cepisse. Sed ut te coheredes mei tractabiliorem experiantur, utque tibi nihil abstulerit reuerentia mei, offero pro mea parte tantundem". Tuli fructum non conscientiae modo uerum etiam famae.* **11.** *Ille ergo Curianus legatum mihi reliquit et factum meum, nisi forte blandior mihi antiquum, notabili honore signauit.*

12. *Haec tibi scripsi, quia de omnibus quae me uel delectant uel angunt, non aliter tecum quam mecum loqui soleo; deinde quod durum existimabam, te amantissimum mei fraudare uoluptate quam ipse capiebam.* **13.** *Neque enim sum tam sapiens ut nihil mea intersit, an iis quae honeste fecisse me credo, testificatio quaedam et quasi praemium accedat. Vale.*

10. Sabes que não apresentaste citação contra mim e que, tendo-se passado dois anos, tudo me pertence por usucapião. Mas para que meus coerdeiros vejam em ti alguém mais disposto a ceder e para que nada te seja tirado pela reverência que demonstraste quanto a mim, ofereço de minha parte a mesma quantia". Colhi os frutos não só de minha consciência, mas também de minha reputação. **11.** Sim, foi esse Curiano que me deixou o legado e prestou grande honra à minha atitude, digna, se não estou a lisonjear-me, dos antigos.

12. Escrevi estas coisas, porque de tudo que me deleita ou me angustia costumo conversar contigo de modo não diferente do que comigo mesmo, e também porque julgava cruel furtar-te a ti, amabilíssimo que és comigo, o mesmo prazer que senti, **13.** pois não sou tão sábio, que em nada me interesse se àquilo que creio ter feito honestamente se dê algum reconhecimento ou uma espécie de recompensa. Adeus.

EPISTULA II

Turdi

GAIUS PLINIUS

CALPURNIO FLACCO SUO SALUTEM

1. *Accepi pulcherrimos turdos, cum quibus parem calculum ponere nec urbis copiis ex Laurentino nec maris tam turbidis tempestatibus possum.* 2. *Recipies ergo epistulas steriles et simpliciter ingratas, ac ne illam quidem sollertiam Diomedis in permutando munere imitantes. Sed, quae facilitas tua, hoc magis dabis ueniam, quod se non mereri fatentur. Vale.*

v, 2. Data: incerta.

1. Calpúrnio Flaco: talvez seja o cônsul sufecto de 96 d.C. (*CIL*, 16, 40; *FO*). Era talvez hispânico, ligado aos amigos de Plínio, o Velho. É mencionado apenas nesta epístola. 2. tordos: *turdos*. Talvez se trate de peixes, não de pássaros, já que diz Quintiliano (*Instituições Oratórias*, 8, 2, 7): *sic soleae et turdi pisces*, "solha e tordo são peixes"; assim também Plínio, o Velho (*História*

EPÍSTOLA 2

Os tordos

CAIO PLÍNIO
A SEU QUERIDO CALPÚRNIO FLACO[1], SAUDAÇÕES

1. Recebi teus belíssimos tordos[2], os quais aqui na minha vila laurentina[3] não posso retribuir nem com recursos da cidade, nem com recursos do mar nesta época tão borrascosa. **2.** Receberás, portanto, uma epístola seca, cheia de ingratidão, que não imita nem sequer aquela esperteza de Diomedes[4] quando trocava presentes. Mas é conhecida tua afabilidade: vais perdoar esta epístola tanto mais porque confessa que não merece perdão. Adeus.

Natural, 32, 53, 151). **3.** VILA LAURENTINA: *ex Laurentino*. Ali Plínio tinha apenas um jardim; ver IV, 6, 2; para descrição da vila, ver II, 17, 28; para ócio na vila, ver I, 9, 4. **4.** ESPERTEZA DE DIOMEDES: *sollertiam Diomedis*. Na *Ilíada* (6, vv. 232-236), Zeus tira o discernimento a Glauco, que troca suas armas de ouro pelas de bronze de Diomedes.

EPISTULA III

De recitatione Plini lasciuorum uersiculorum

GAIUS PLINIUS

TITIO ARISTONI SUO SALUTEM

1. *Cum plurima officia tua mihi grata et iucunda sunt, tum uel maxime quod me celandum non putasti, fuisse apud te de uersiculis meis multum copiosumque sermonem, eumque diuersitate iudiciorum longius processisse, exstitisse etiam quosdam, qui scripta quidem ipsa non improbarent, me tamen amice simpliciterque reprehenderent, quod haec scriberem recitaremque.* 2. *Quibus ego, ut augeam meam culpam, ita respondeo: facio non numquam uersiculos seueros parum, facio; nam et comoedias audio et specto mimos et lyricos lego et Sotadicos intellego; aliquando praeterea rideo, iocor, ludo, utque omnia innoxiae remissionis genera breuiter amplectar, homo sum.*

3. *Nec uero moleste fero hanc esse de moribus meis existimationem, ut qui nesciunt talia doctissimos, grauissimos, sanctissimos homines scriptitasse, me scribere mirentur.* 4. *Ab illis autem quibus notum est,*

v, 3. Data: incerta, mas bem mais tardia do que iv, 14, cuja data também é incerta.

1. Tício Artistão: ver i, 22, 1. 2. versos ligeiros: *uersiculos*; ver iii, 21, 4 e remissões, e iv, 14, nota introdutória. 3. versos sotádicos: *uersus Sotadicos*. São versos obscenos. O termo deriva do nome do poeta grego Sótades de Maroneia, que viveu no começo do século iii a.C. 4. divirto-me, brinco: *iocor, ludo*; ver iv, 14, 3 e viii, 21, 2. 5. sou um homem: *homo sum*. Plínio alude a famoso verso de Terêncio, *O que se Castiga a Si Mesmo* (= *Heautontimoroumenos*, v. 77):

EPÍSTOLA 3

Sobre a recitação dos versos lascivos de Plínio

CAIO PLÍNIO

A SEU QUERIDO TÍCIO ARISTÃO[1], SAUDAÇÕES

1. Agradam-me e alegram-me teus incontáveis serviços, porém, mais que tudo, o fato de teres ponderado que não deverias ocultar-me que em tua presença houve longa e detalhada conversa sobre meus versos ligeiros[2], que essa conversa se prolongou em meio a julgamentos bem opostos e que houve até alguns que de fato não chegaram a reprovar os escritos mesmos, embora a mim, porém, francamente, como amigos, tenham repreendido por escrevê-los e recitá-los. 2. A eles, para aumentar minha culpa, assim respondo: "Faço, às vezes, alguns versos pouco severos, faço sim, pois ouço comédias, assisto aos mimos, leio os líricos, aprecio versos sotádicos[3], chego, por vezes, até a rir, divirto-me, brinco[4] e, em resumo, para reunir todos os gêneros de recreação inofensiva, sou um homem[5]".

3. E não levo a mal que o julgamento de meu caráter seja esse, se aqueles que ignoram que os mais doutos homens, os mais graves, os mais justos costumavam escrever coisas semelhantes são os que se admiram que eu as escreva. 4. E daqueles que sabem quem são e

Homo sum: humani nihil a me alienum puto, "Sou homem: nada do que é humano considero alheio a mim".

quos quantosque auctores sequar, facile impetrari posse confido, ut errare me sed cum illis sinant, quorum non seria modo uerum etiam lusus exprimere laudabile est. 5. An ego uerear (neminem uiuentium, ne quam in speciem adulationis incidam, nominabo), sed ego uerear ne me non satis deceat, quod decuit M. Tullium, C. Caluum, Asinium Pollionem, M. Messalam, Q. Hortensium, M. Brutum, L. Sullam, Q. Catulum, Q. Scaeuolam, Seruium Sulpicium, Varronem, Torquatum, immo Torquatos, C. Memmium, Lentulum Gaetulicum, Annaeum Senecam et proxime Verginium Rufum et, si non sufficiunt exempla priuata, Diuum Iulium,

6. Marco Túlio Cícero: *M. Tullium.* Para Cícero (106-63 a.C.), ver I, 2, 4 e Introdução, III. 7. Caio Calvo: Caio Licínio Calvo (82-47 a.C.), poeta e orador; ver I, 2, 2 e I, 16, 5. 8. Asínio Polião: Caio Asínio Polião (76-5 a.C.); ver I, 20, 4. 9. Marco Messala: Marco Valério Messala Corvino (64 a.C.-8 d.C.), general aliado de Augusto, escritor, patrono das letras (Ovídio, Tibulo, Sulpícia) e da arte. Suas obras, todas perdidas, incluíam, em prosa, comentários das guerras civis ocorridas após a morte de César (que serviram de fonte para Suetônio e Plutarco), traduções de discursos gregos e tratados de gramática. Escreveu poemas bucólicos em grego, poemas satíricos e eróticos. Como orador, preferiu imitar Cícero a seguir os oradores aticistas (ver I, 20) e foi modelo de Tibério. 10. Quinto Hortênsio: Quinto Hortênsio Hórtalo (*c.* 114-*c.* 50 a.C.), foi político: questor em 81 a.C., edil em 75 a.C., pretor em 72 a.C. e cônsul em 69 a.C. Poeta, historiógrafo e orador asianista, foi adversário de Cícero no processo contra Verres. Sua obra está perdida. 11. Marco Bruto: Marco Júnio Bruto (85-42 a.C.); ver I, 17, 3. 12. Lúcio Sula: Lúcio Cornélio Sula Félix (138-78 a.C.), militar e político da *gens* Cornélia, dos maiores de seu tempo, cônsul em 88 e 80 a.C., ditador em 82 a.C., era um dos líderes dos *optimates* (facção conservadora de senadores romanos). Sobressaiu-se de tal modo na Guerra contra Jugurta (112-106 a.C.), na Guerra Címbrica (113-101 a.C.) e na Guerra Social (91-88 a.C.), que Caio Mário tentou removê-lo do comando do exército. Isto levou-o a marchar contra Roma para restaurar sua posição, e esta foi a primeira vez que um exército romano invadiu a cidade. Nada se conhece dos poemas obscenos de Sula. É mencionado em VIII, 6, 2. 13. Quinto Cátulo: Quinto Lutácio Cátulo (149-87 a.C.), foi general, político (cônsul em 102 a. C.), orador, historiógrafo e poeta. Talvez tenha sido responsável por introduzir em Roma o epigrama helenístico, colaborando assim para o apreço por composições diminutas. Restaram apenas dois epigramas de Cátulo (fragmentos 1 e 2, Blänsdorf), ambos pederásticos. É mencionado apenas aqui. 14. Quinto Cévola: Quinto Múcio Cévola. Pode tratar-se do áugure, filho do cônsul de 174 a. C., que foi longevo e deve ter morrido não muito tempo depois, em 88-87 a.C., ou mais provavelmente seu neto, tribuno da plebe em 54 a.C., que manteve boas relações com o irmão de Cícero em 59 a.C. (*Epístolas a Meu Irmão Quinto*, 1, 2, 13). Restaram apenas dois pequenos fragmentos, um dos quais erótico (fr. 2, Blänsdorf): *lassas clunes*, "nádegas exaustas". É mencionado apenas aqui. 15. Sérvio Sulpício: Sérvio Sulpício Rufo (*c.* 106-43 a.C.), político (cônsul em 51 a.C.), orador, jurista e poeta (seus versos são lembrados por Ovídio, *Tristezas*, 2, v. 441); era pai da elegista Sulpícia. Cícero pronunciou seu elogio fúnebre na *11ª Filípica*. É mencionado apenas aqui. 16. Varrão:

quão grandes são os autores que imito espero facilmente obter permissão para errar, mas em companhia daqueles de quem é louvável reproduzir não só o que é sério, mas também as brincadeiras. **5.** Ou será que devo temer (não nomearei ninguém que esteja vivo, para não cometer algum tipo de adulação), será que devo temer que não me seja decente o bastante o que foi decente a Marco Túlio Cícero[6], Caio Calvo[7], Asínio Polião[8], Marco Messala[9], Quinto Hortênsio[10], Marco Bruto[11], Lúcio Sula[12], Quinto Cátulo[13], Quinto Cévola[14], Sérvio Sulpício[15], Varrão[16], Torquato, ou melhor, os Torquatos[17], Caio Mêmio[18], Lêntulo Getúlico[19], Aneu Sêneca[20], Aneu Lucano[21] e

Marco Terêncio Varrão, o Varrão de Reate (116-27 a.C.), polígrafo, autor de obra colossal, de que nos restaram o tratado completo *Das Coisas do Campo* (*Res Rusticae*) e inúmeros fragmentos. Escreveu as *Sátiras Menipeias* (*Menippeae*), a cujo conteúdo, amiúde obsceno, pode referir-se Plínio, que o menciona apenas aqui; ver também I, 22, 1. **17.** Torquatos: Lúcio Mânlio Torquato, cônsul em 65 a.C., e seu filho, homônimo, pretor em 49 a.C., morto entre os partidários de Pompeu em 46 a.C. em Tapso, na África. Cícero o faz porta-voz do epicurismo no tratado *Do Sumo Bem e do Sumo Mal.* **18.** Caio Mêmio: foi tribuno da plebe em 66 a.C., orador e poeta, patrono de Lucrécio, que lhe dedica *A Natureza das Coisas* (*De Rerum Natura*, ver I, 2, 4); morreu em torno do ano 49 a.C. Lembrado como poeta erótico por Ovídio (*Tristezas*, 2, v. 433), é mencionado apenas aqui. **19.** Lêntulo Getúlico: Gneu Cornélio Lêntulo Getúlico, gêneral, político (senador, cônsul em 26 d.C.), morto em 39 d.C.; foi historiógrafo, em cujos textos se baseou Suetônio para escrever *Vida dos Césares* (ver I, 18). Também poeta, escrevia em latim e em grego epigramas eróticos, nos quais se apoia Marcial na epístola prefacial do livro 1 de *Epigramas* (de modo semelhante ao que faz Plínio aqui), para justificar a lascívia de próprias composições. De Getúlico leem-se na *Antologia Palatina* os seguintes epigramas: V,17; VI, 154; VI, 190; VI, 331; VII, 71; VII, 244; VII, 245, VII, 275 e VII, 354. **20.** Aneu Sêneca: Lúcio Aneu Sêneca (4 a.C.-65 d.C.), também chamado Sêneca, o Jovem; Sêneca, o Moço, e Sêneca, o Filósofo, era filho de Sêneca, o Velho. Foi jurista, filósofo estoico, poeta trágico e epistológrafo, se bem que as *Cartas a Lucílio* (ou *Epístolas Morais a Lucílio*) sejam antes tratado estoico em forma epistolar (ver Introdução, XI, 2). Atribuem- se-lhe em um códice três epigramas a que se somam de outro códice cerca de setenta, cuja autoria ainda se discute, embora vários deles condigam com o argumento de Plínio. Restam outrossim doze fragmentos (1-12, Blänsdorf). Sêneca é mencionado apenas aqui. **21.** Aneu Lucano: Marco Aneu Lucano (39-65 d.C.), prosador e poeta, considerado um dos mais importantes do período imperial por causa da epopeia histórica *Farsália*, que narra em dez livros incompletos a Guerra Civil entre César e Pompeu. Neto de Sêneca, o Rétor (54 a.C.-39 d.C.), cresceu sob a tutela do tio, Sêneca, o Filósofo, de quem provavelmente recebeu educação filosófica. Em 65 d.C. juntou-se à conspiração de Caio Calpúrnio Pisão contra Nero e, descoberto, foi obrigado a cometer suicídio abrindo as veias aos 25 anos de idade, não sem antes incriminar a própria mãe e outros na esperança de perdão. Dentre muitas obras perdidas temos

Diuum Augustum, Diuum Neruam, Tiberium Caesarem? **6.** *Neronem enim transeo, quamuis sciam non corrumpi in deterius quae aliquando etiam a malis, sed honesta manere quae saepius a bonis fiunt. Inter quos uel praecipue numerandus est P. Vergilius, Cornelius Nepos et prius Accius Enniusque. Non quidem hi senatores, sed sanctitas morum non distat ordinibus.*

7. Recito tamen, quod illi an fecerint nescio. Etiam: sed illi iudicio suo poterant esse contenti, mihi modestior constantia est quam ut satis absolutum putem, quod a me probetur. **8.** *Itaque has recitandi causas sequor, primum quod ipse qui recitat aliquanto acrius scriptis suis auditorum*

notícia de *Epigramas* (fragmentos 8-13, Blänsdorf), cuja matéria obscena importa aqui. Marcial (*Epigramas*, 10, 64) conserva um verso de Lucano (fragmento 9, Blänsdorf): *Si nec pedicor, Cotta, quid hic facio?*, "Cota, que faço aqui se não me enrabam?" **22.** VERGÍNEIO RUFO: ver II, 1, 1. Vergíneo Rufo pode ter servido de exemplo para Plínio escrever poemas; ver IV, 14, nota introdutória. **23.** CÉSAR: Caio Júlio César (100-44 a.C.); ver I, 20, 4. **24.** AUGUSTO: Caio Júlio César Otaviano Augusto (63 a.C.-14 d.C.). Nascido Caio Otávio, pertenceu a antigo ramo equestre da família Otávia, mas, depois do assassinato de Júlio César em 44 a.C., foi por testamento nomeado filho adotivo e herdeiro. Escreveu filosofia, historiografia e poesia. Suetônio (*Vida dos Césares*, 2, "Augusto", 85, 2) afirma que ele compunha epigramas durante o banho. Um deles (fragmento 1, Blänsdorf), bem obsceno, Marcial conservou para integrá-lo em um texto próprio (*Epigramas*, 11, 20): *Caesaris Augusti lasciuos, liuide, uersus / sex lege, qui tristis uerba latina legis: / "Quod futuit Glaphyran Antonius, hanc mihi poenam / Fulvia constituit, se quoque uti futuam. / Fulviam ego ut futuam? Quid si me Manius oret / pedicem, faciam? Non puto, si sapiam. / 'Aut futue, aut pugnemus' ait. Quid, quod mihi uita / Carior est ipsa mentula? Signa canant!" / Absoluis lepidos nimirum, Auguste, libellos, / qui scis Romana simplicitate loqui*, "Seis versos lês de Augusto obscenos, invejoso, / tu que repugnas ler certas palavras: / 'Por que Antônio fodeu Glícera, Fúlvia deu-me / a pena de que a ela eu também foda. / Foder Fúlvia? E se Mânlio me pedir que o cu / lhe coma, aceito? Não, se tiver senso. / 'Ou foder-me ou lutar', diz ela, mas eu prezo / mais que a vida meu pau: soem trombetas!' / Sei que absolves, Augusto, os meus livrinhos lépidos, / pois falas com franqueza bem romana". É mencionado em VIII, 8, 6; X, 65, 3; X, 79, 4 e X, 80. **25.** NERVA: Marco Coceio Nerva (30-98 d.C.), imperador de 96 a 98 d.C.; ver IV, 9, 2. Marcial (*Epigramas*, 8, 70) elogia-lhe os versos elegíacos. **26.** TIBÉRIO CÉSAR: Tibério Cláudio Nero César (42 a.C.-37 d.C.) foi imperador de 14-37 d.C. Suetônio (*Vida dos Césares*, 3, "Tibério", 70, 1-2) informa que Tibério compunha poemas em grego. É mencionado apenas aqui. **27.** NERO: Nero Cláudio César Augusto Germânico (37-68 d.C.), imperador de 54 a 68 d.C., último da dinastia Júlio-Cláudia; ver I, 5, 1. Marcial elogia-o como poeta (*Epigramas*, 9, 26, vv. 9-10). Também o faz Suetônio (*Vida dos Césares*, 6, "Nero", 52, 1): *A philosophia eum mater auertit monens imperaturo contrariam esse; a cognitione ueterum oratorum Seneca praeceptor, quo diutius in admiratione sui detineret. Itaque ad poeticam pronus carmina libenter ac sine labore composuit nec, ut quidam putant, aliena pro suis edidit. Venere in manus meas pugillares*

mais recentemente Vergíneo Rufo[22] e, se o exemplo de personalidades da vida privadas não basta, o divino César[23], o divino Augusto[24], o divino Nerva[25] , Tibério César[26]? **6.** Omito Nero[27], embora eu saiba que não se corrompe em algo pior o que às vezes é praticado também pelos maus, mas continua decoroso o que costuma ser praticado pelos bons, entre os quais se devem primeiro enumerar Públio Virgílio[28] e Cornélio Nepos[29] e, anteriores a eles, Ácio[30] e Ênio[31]. De fato, estes quatro não foram senadores, mas a retidão de costumes não varia segundo a posição social.

7. Eu recito meus poemas, é verdade, e não sei se eles o fizeram. Sim, mas eles podiam estar contentes com seu próprio julgamento, e, quanto a mim, minha certeza é muito medíocre para que eu considere perfeitamente acabado o que eu venha a aprovar. **8.** Por isso, tenho as seguintes razões para recitar[32]: em primeiro lugar, quem recita se aplica com muito mais atenção a seus escritos em consideração aos ouvintes e,

libellique cum quibusdam notissimis uersibus ipsius chirographo scriptis, ut facile appareret non tralatos aut dictante aliquo exceptos, sed plane quasi a cogitante atque generante exaratos; ita multa et deleta et inducta et superscripta inerant. Habuit et pingendi fingendique maxime non mediocre studium, "A mãe dissuadiu-o do estudo da filosofia, que na sua opinião só podia prejudicar um príncipe destinado a reinar. Sêneca, seu preceptor, proibiu-o de ler os oradores antigos, para por mais tempo chamar só para si a admiração do discípulo. Eis por que se dedicou especialmente à poesia, compondo, sem dificuldade nem trabalho, algumas obras em verso. Não é verdade que, como pensam alguns, fizesse correr como próprias poesias alheias. Tive nas mãos tábuas com versos seus, fáceis de reconhecer e inteiramente do seu punho. Via-se perfeitamente não serem transcritos nem copiados de outrem, mas frutos laboriosos de um homem que pensa e escreve, tantas eram as rasuras, as correções e as emendas. Mesmo assim, mostrou ainda grande propensão para a pintura e especialmente para a escultura". Tradução de João Gaspar Simões (que intitula *Os Doze Césares*, 1973), pp. 246-247. É ainda mencionado como poeta por Plínio, o Velho (*História Natural*, 37, 12, 50). **28.** PÚBLIO VIRGÍLIO: Públio Virgílio Marão (70-19 a.C.); ver III, 7, 8. **29.** CORNÉLIO NEPOS: ver IV, 28, 1. Não se conhecem versos de Cornélio Nepos (*c.* 100-*c.* 27 a.C.). **30.** ÁCIO: Lúcio Ácio (170-86 a.C.), poeta trágico romano, de que só restam fragmentos. É mencionado apenas aqui. **31.** ÊNIO: Quinto Ênio (239-169 a.C.), prosador, poeta épico, trágico, cômico e satírico, foi imitado por poetas como Lucrécio e Virgílio por causa da epopeia histórica *Anais*, em que narra em dezoito livros a história de Roma até a sua época. Importa aqui mencionar o poema *Sotas* (em homenagem a Sótades de Maroneia; ver §2 e nota), obsceno, escrito no metro sotadeu, do qual restaram dois fragmentos (1 e 2, Warmington). É mencionado apenas aqui. **32.** RAZÕES PARA RECITAR: *recitandi causas.* É de notar que a récita é uma das instâncias mediante as quais o poema é composto e pressupõe a presença do outro, desde que versado; ver I, 13, 2; II; III, 15, 3 e VIII, 21, §§4-6.

reuerentia intendit; deinde quod de quibus dubitat, quasi ex consilii sententia statuit.

9. *Multa etiam multis admonetur, et si non admoneatur, quid quisque sentiat perspicit ex uultu, oculis, nutu, manu, murmure, silentio; quae satis apertis notis iudicium ab humanitate discernunt.* **10.** *Atque adeo si cui forte eorum qui interfuerunt curae fuerit eadem illa legere, intelleget me quaedam aut commutasse aut praeterisse, fortasse etiam ex suo iudicio, quamuis ipse nihil dixerit mihi.* **11.** *Atque haec ita disputo quasi populum in auditorium, non in cubiculum amicos aduocarim, quos plures habere multis gloriosum, reprehensioni nemini fuit. Vale.*

em segundo lugar, quem tem alguma dúvida sobre algo em seus escritos resolve-a a como se recebesse o parecer de um corpo de conselheiros. **9.** Ademais, muito se sugere numa reunião de muitas pessoas e, quando não se sugere explicitamente, o que cada um sente transparece no rosto, nos olhos, no gesto, nas mãos, no murmúrio e no silêncio, sinais que permitem distinguir com clareza o que é opinião do que é gentileza. **10.** E isto chega a tal ponto, que se acaso algum dos presentes tiver o cuidado de ler o que ouviu, perceberá que algumas passagens eu mudei ou suprimi, quem sabe até por causa de sua própria opinião, ainda que não me tenha dito nada. **11.** Mas eu discuto como se me dirigisse ao público em um auditório, não em uma salinha aos amigos, que ter em grande quantidade é glorioso para muitos e para ninguém foi motivo de repreensão. Adeus.

EPISTULA IV

De Vicetinorum causa

GAIUS PLINIUS

IULIO VALERIANO SUO SALUTEM

1. *Res parua, sed initium non paruae. Vir praetorius Sollers a senatu petit, ut sibi instituere nundinas in agris suis permitteretur. Contra dixerunt legati Vicetinorum; adfuit Tuscilius Nominatus. Dilata causa est.* 2. *Alio senatu Vicetini sine aduocato intrauerunt, dixerunt se deceptos, lapsine uerbo, an quia ita sentiebant. Interrogati a Nepote praetore, quem docuissent, responderunt quem prius. Interrogati an tunc gratis adfuisset, responderunt sex milibus nummum; an rursus aliquid dedissent,*

V, 4. Data: início de 105 d.C., porque a epístola, assim como IV, 29, V, 9 e V, 13, trata da pretura de Licínio Nepos nesse ano.

1. VALERIANO: Júlio Valeriano; ver II, 15. 2. SOLERTE: Tito Cláudio Alpino Augustano Lúcio Belício Solerte, veronês que lutou na Germânia com Domiciano, foi senador *adlectus* (substituto) e chegou ao consulado em data incerta. 3. FEIRA NOVENDIAL: *nundinas*. É feira periódica, aproximadamente semanal. As feiras periódicas por muito tempo ocorreram só nas cidades ou nos *uici* ou *castella* do território. Quando proprietários perceberam que podiam comercializar melhor seus produtos estabelecendo *nundinae* nas próprias terras, fora da cidade, e pediram autorização ao Senado, a oposição das autoridades municipais foi muito intensa. Foi o caso de Solerte, proprietário de terras em Vicência e em Verona, que, interessado em produzir tijolos em larga escala, tentou em 105 d.C. obter permissão do Senado e encontrou forte resistência de vicentinos que temiam a diminuição da atividade econômica da cidade. 4. VICÊNCIA: atual Vicenza, fica ao lado de Verona, e Solerte talvez possuísse terra em ambas. 5. TUSCÍLIO NOMINATO: nascido em Ricina, no Piceno, deixou propriedades a Trajano (*ILS*, 5675). É mencionado em V, 13, 1, em que

EPÍSTOLA 4

Da causa dos vicentinos

CAIO PLÍNIO
A SEU QUERIDO JÚLIO VALERIANO[1], SAUDAÇÕES

1. O caso é pequeno, mas é início de algo que pequeno não é. Um ex-pretor, de nome Solerte[2], apresentou petição ao Senado para que lhe fosse permitido estabelecer uma feira novendial[3] em suas terras. Os legados de Vicência[4] pronunciaram-se contra a ideia. Advogou por eles Tuscílio Nominato[5]. A audiência foi adiada. **2.** Os vicentinos compareceram pela segunda vez ao Senado, agora sem advogado. Disseram ter sido ludibriados[6], assim falando ou por equívoco no uso da palavra ou porque assim pensavam. Interrogados pelo pretor Nepos[7] sobre quem haviam constituído como advogado, responderam que tinha sido a mesma pessoa de antes. Interrogados se ele os defendera gratuitamente, responderam que tinha sido por seis mil sestércios. Interrogados se haviam pago mais alguma quantia, responderam que mil denários. Nepos requereu que Tuscílio Nominato fosse intimado. **3.** Encerrou-se aí

parece não ser senador. **6.** LUDIBRIADOS: *deceptos*. A correção dos advogados era controlada por várias leis e pelo *Senátus-consulto Turpiliano*, de 61 d.C. Previam-se três formas de mau comportamento: *tergiuersatio* ("dar as costas") ou *destitutio* era o abandono de uma acusação já iniciada; *praeuaricatio* era o conluio com a outra parte; *calumnia* era a acusação frívola ou de má-fé; ver III, 9, §§29-34. Como se lê em V, 13, 2, Tuscílio Nominato temeu enfrentar alguém poderoso como Solerte. **7.** NEPOS: o severo pretor Licínio Nepos; ver IV, 29, 2.

dixerunt mille denarios. Nepos postulauit ut Nominatus induceretur. 3. *Hactenus illo die. Sed quantum auguror longius res procedet. Nam pleraque tacta tantum et omnino commota latissime serpunt. Erexi aures tuas.* 4. *Quam diu nunc oportet, quam blande roges, ut reliqua cognoscas! si tamen non ante ob haec ipsa ueneris Romam, spectatorque malueris esse quam lector. Vale.*

naquele dia. Mas prevejo que a ação se estenderá por mais tempo, pois a maior parte da matéria foi só superficialmente tocada e qualquer questão posta em movimento arrasta-se por todo lado. Excitei teus ouvidos. 4. Quão longamente, com que brandura convém agora que me peças para saber o resto! Se é que não virás a Roma justo por causa disto, preferindo ser espectador a ser leitor! Adeus

EPISTULA V

Mors et laus Gai Fanni

GAIUS PLINIUS

NOVIO MAXIMO SUO SALUTEM

1. *Nuntiatum mihi C. Fannium decessisse; qui nuntius me graui dolore confudit, primum quod amaui hominem elegantem disertum, deinde quod iudicio eius uti solebam. Erat enim acutus natura, usu exercitatus, ueritate promptissimus.* 2. *Angit me super ista casus ipsius: decessit ueteri testamento, omisit quos maxime diligebat, prosecutus est quibus offensior erat. Sed hoc utcumque tolerabile; grauius illud, quod pulcherrimum opus imperfectum reliquit.* 3. *Quamuis enim agendis causis distringeretur, scribebat tamen exitus occisorum aut relegatorum a Nerone et iam tres libros absoluerat subtiles et diligentes et Latinos atque inter sermonem historiamque medios, ac tanto magis reliquos perficere cupie-*

v, 5. Data: 105-106 d.C.

1. Nóvio Maximo: talvez seja irmão de Décimo Nóvio Prisco, cônsul ordinário em 76 d.C. (*Année Epigraphique*, 1948, 56). Homem de letras (ver iv, 20), parece ser coetâneo de Plínio a julgar pelo §8. É destinatário de iv, 20. Para as várias pessoas com o nome de "Máximo", ver ii, 14.

2. o fim dos que foram assassinados ou banidos: *exitus occisorum aut relegatorum*. Tornou-se tão comum escrever sobre a morte, assassinato ou exílio de pessoas notáveis perpetrados por Nero, que a prática se transformou quase numa espécie historiográfica, designada exatamente por esta expressão em latim: *exitus illustrium uirorum*; ver Introdução, viii, 5; ver ainda i, 17, 1 e viii, 12, 4. Tácito pratica a espécie *exitus* sobre a execução de Trásea, Sêneca, o Filósofo, e Sorano no interior dos *Anais* (15, 60-64 e 16, 21-35). O modelo dos *exitus* eram as *laudationes* dedicadas a Catão de Útica e o *Fédon*, de Platão. As escolas de retórica ensinavam essa espécie,

EPÍSTOLA 5

Morte e louvor de Caio Fânio

CAIO PLÍNIO

A SEU QUERIDO NÓVIO MÁXIMO[1], SAUDAÇÕES

1. Recebi a notícia de que Caio Fânio morreu, e a notícia encheu-me de imensa dor, primeiro porque amava este homem elegante, eloquente, e também porque eu costumava servir-me de seu julgamento, pois era por natureza agudo, tarimbado pela prática e prontíssimo à verdade. 2. Dói-me além disso a infelicidade dele: morreu sem alterar um antigo testamento, que excluía quem mais amava, e contemplava aqueles por quem era mais odiado. Mas isso, de um modo ou outro, é suportável. Mais doloroso é que seu belíssimo trabalho ele deixou incompleto. 3. Por mais que a advocacia o absorvesse, estava escrevendo sobre o fim dos que foram assassinados ou banidos[2] por Nero[3] e já havia concluído três livros argutos e bem cuidados, escritos em bom latim, intermediários entre diálogo[4] e historiografia, e quanto mais frequentemente eram

como lembra Aulo Pérsio Flaco (*Sátiras*, 3, v. 45). As "epístolas vesuvianas" sobre a morte de Plínio, o Velho, na erupção do Vesúvio em 79 d.C. (VI, 16 e VI, 20) acolhem elementos do *exitus*, que confluiria depois nos chamados "atos dos mártires" (*acta martyrum*) dos cristãos. 3. NERO: Nero Cláudio César Augusto Germânico (37-68 d.C.), imperador de 54 a 68 d.C., último da dinastia Júlio-Cláudia; ver I, 5, 1. 4. DIÁLOGO E HISTORIOGRAFIA: *sermonem historiamque*. São termos técnicos de dois gêneros da prosa. Quanto à historiografia, trata-se aqui provavelmente da espécie "vida" (*uita*; ver I, 18). Diálogo amiúde versa sobre matéria filosófica, retórica etc., como os diálogos de Platão, Cícero, Sêneca, o Filósofo etc.; ver *OLD*, 3b.

bat, quanto frequentius hi lectitabantur. **4.** *Mihi autem uidetur acerba semper et immatura mors eorum, qui immortale aliquid parant. Nam qui uoluptatibus dediti quasi in diem uiuunt, uiuendi causas cotidie finiunt; qui uero posteros cogitant, et memoriam sui operibus extendunt, his nulla mors non repentina est, ut quae semper incohatum aliquid abrumpat.*

5. *Gaius quidem Fannius, quod accidit, multo ante praesensit. Visus est sibi per nocturnam quietem iacere in lectulo suo compositus in habitum studentis, habere ante se scrinium (ita solebat); mox imaginatus est uenisse Neronem, in toro resedisse, prompsisse primum librum quem de sceleribus eius ediderat, eumque ad extremum reuoluisse; idem in secundo ac tertio fecisse, tunc abisse.* **6.** *Expauit et sic interpretatus est, tamquam idem sibi futurus esset scribendi finis, qui fuisset illi legendi: et fuit idem.*

7. *Quod me recordantem miseratio subit, quantum uigiliarum quantum laboris exhauserit frustra. Occursant animo mea mortalitas mea scripta. Nec dubito te quoque eadem cogitatione terreri, pro istis quae inter manus habes.* **8.** *Proinde, dum suppetit uita, enitamur ut mors quam paucissima quae abolere possit inueniat. Vale.*

lidos, tanto mais desejava terminar os restantes. 4. Parece-me sempre amarga e prematura a morte daqueles que preparavam algo imortal, pois quem se entrega aos desejos vive como que um dia de cada vez, esgotando em cada dia a razão de viver, mas quem, porém, pensa nas pessoas que virão e estende por meio das obras a memória de si, a este morte alguma deixa de ser repentina, porque sempre interrompe algo que já foi iniciado.

5. Caio Fânio pressentira muito tempo antes o que lhe aconteceu: no repouso da noite, em sonho viu-se a si mesmo estendido no leito na posição de quem está estudando, tendo diante de si a estante (assim costumava fazer), e logo lhe apareceu a imagem de Nero: ele se aproximou, sentou-se no leito[5], apanhou o livro que Fânio escrevera sobre seus crimes e leu até o fim. Fez o mesmo com o segundo, com o terceiro volume, e então foi embora. **6.** Fânio ficou apavorado e interpretou que ele, que escrevia, terminaria de viver no mesmo ponto em que Nero terminara de ler: assim foi.

7. Dá-me pena lembrar quantas noites em claro, quanto trabalho dispendeu em vão. Vêm-me à mente minha mortalidade, meus escritos. E não tenho dúvidas de que te aterroriza este mesmo pensamento quanto àquilo que estás agora escrevendo. **8.** Por isso, enquanto há vida o bastante, esforcemo-nos para que a morte encontre o menos possível de coisas para aniquilar. Adeus.

5. SENTOU-SE NO LEITO: *in toro resedisse*. Assim parecem fazer os fantasmas; ver VII, 27, 12.

EPISTULA VI

Descriptio Plini uillae Tiferni Tiberini

GAIUS PLINIUS
DOMITIO APOLLINARI SUO SALUTEM

1. *Amaui curam et sollicitudinem tuam, quod cum audisses me aestate Tuscos meos petiturum, ne facerem suasisti, dum putas insalubres.* **2.** *Est sane grauis et pestilens ora Tuscorum, quae per litus extenditur; sed hi procul a mari recesserunt, quin etiam Appennino saluberrimo montium subiacent.* **3.** *Atque adeo ut omnem pro me metum ponas, accipe temperiem caeli regionis situm uillae amoenitatem, quae et tibi auditu et mihi relatu iucunda erunt.*

4. *Caelum est hieme frigidum et gelidum; myrtos oleas quaeque alia adsiduo tepore laetantur, aspernatur ac respuit; laurum tamen patitur atque etiam nitidissimam profert, interdum sed non saepius quam sub urbe nostra necat.* **5.** *Aestatis mira clementia: semper aer spiritu aliquo mouetur, frequentius tamen auras quam uentos habet.* **6.** *Hinc senes multi: ui-*

v, **6**. Data: 105 d.C.

1. Domício Apolinar: Lúcio Domício Apolinar; ver ii, 9. **2.** vila tusca: *Tuscos meos*, situada no vale superior do Tibre, na cidade de Tiferno Tiberino (ou Tiferno sobre o Tibre, *Tifernum Tiberinum*). O termo *Tuscus* é cognato de "toscano", mas a vila de Plínio situa-se na atual Città del Castello, *comune* de San Giustino, que hoje pertence à Úmbria. Ali há a Villa Margherini Graziani di Celalba, que hospeda o pequeno mas maravilhoso Museo Pliniano, também chamado Museo della Villa de Plinio. Estão expostos vários objetos encontrados nas escavações realizadas de 1975 a 1979, entre os quais se destacam fragmentos de ânforas gravadas com selo apresentando

EPÍSTOLA 6

Écfrase da vila de Plínio em Tiferno Tiberino

CAIO PLÍNIO
A SEU QUERIDO DOMÍCIO APOLINAR[1], SAUDAÇÕES

1. Amei tua preocupação e tua solicitude, porque, tendo ouvido que eu iria à minha vila tusca[2] no verão, tentaste persuadir-me que não o fizesse, uma vez que a consideras insalubre. 2. É de fato pesado e pestilento o ar da região tusca, porque se estende pelo litoral, mas minhas terras estão afastadas do mar e a bem dizer situam-se ao pé dos Apeninos, que dentre os montes são os mais salubres. 3. E para que deixes de uma vez de temer por mim, ouve[3] sobre o clima moderado, a posição geográfica da região e a amenidade da vila, detalhes que a ti será agradável ouvir e a mim contar.

4. O clima no inverno é frio e gélido; impede e rejeita mirtos, oliveiras e toda planta que goste de tepidez constante. Porém, aceita o loureiro e até mesmo os produz viçosos, mas às vezes mata-os, não, porém, com frequência maior do que nos arredores de Roma. 5. No verão é admirável a amenidade: sempre sopra uma aragem, mas é mais frequente haver

as iniciais CPCS (*CIL*, 11, 6689), correspondentes ao nome *Caius Plinius Caecilius Secundus*, nosso Plínio, o Jovem. Os selos, associados à descrição de Plínio e à observação do local, permitiram afirmar com certeza tratar-se da vila tusca de Plínio. 3. PARA QUE DEIXES DE UMA VEZ DE TEMER POR MIM, OUVE: *ut omnem pro me metum ponas, accipe*. É a estratégia de Plínio para na verdade fazer a écfrase da vila; ver II, 17, 1.

deas auos proauosque iam iuuenum, audias fabulas ueteres sermonesque maiorum, cumque ueneris illo putes alio te saeculo natum.

7. *Regionis forma pulcherrima. Imaginare amphitheatrum aliquod immensum, et quale sola rerum natura possit effingere. Lata et diffusa planities montibus cingitur, montes summa sui parte procera nemora et antiqua habent. Frequens ibi et uaria uenatio.* 8. *Inde caeduae siluae cum ipso monte descendunt. Has inter pingues terrenique colles (neque enim facile usquam saxum etiam si quaeratur occurrit) planissimis campis fertilitate non cedunt, opimamque messem serius tantum, sed non minus percoquunt.* 9. *Sub his per latus omne uineae porriguntur, unamque faciem longe lateque contexunt; quarum a fine imoque quasi margine arbusta nascuntur.* 10. *Prata inde campique, campi quos non nisi ingentes boues et fortissima aratra perfringunt: tantis glaebis tenacissimum solum cum primum prosecatur adsurgit, ut nono demum sulco perdometur.* 11. *Prata florida et gemmea trifolium aliasque herbas teneras semper et molles et quasi nouas alunt. Cuncta enim perennibus riuis nutriuntur; sed ubi aquae plurimum, palus nulla, quia deuexa terra, quidquid liquoris accepit nec absorbuit, effundit in Tiberim.* 12. *Medios ille agros secat nauium patiens omnesque fruges deuehit in urbem, hieme dumtaxat et uere; aestate summittitur immensique fluminis nomen arenti alueo deserit, autumno resumit.* 13. *Magnam capies uoluptatem, si hunc regionis situm ex monte prospexeris. Neque enim terras tibi sed formam aliquam ad eximiam pulchritudinem pictam uideberis cernere: ea uarietate, ea descriptione, quocumque inciderint oculi.*

14. *Villa in colle imo sita prospicit quasi ex summo: ita leuiter et sensim cliuo fallente consurgit, ut cum ascendere te non putes, sentias ascendisse. A tergo Appenninum, sed longius habet; accipit ab hoc auras quamlibet sereno et placido die, non tamen acres et immodicas, sed spatio ipso lassas et infractas.* 15. *Magna sui parte meridiem spectat aestiuumque solem ab hora sexta, hibernum aliquanto maturius quasi inuitat, in porticum latam et pro modo longam. Multa in hac membra, atrium etiam ex more ueterum.* 16. *Ante porticum xystus in plurimas species distinctus concisusque buxo; demissus inde pronusque puluinus, cui bestia-*

brisa do que vento. **6.** Por isso, há muitos anciães, veem-se avós, bisavós de pessoas ainda jovens; ouvem-se histórias antigas e conversas entre os mais velhos e, quando vieres, crerás que nasceste no século passado.

7. O aspecto do lugar é belíssimo. Imagina um anfiteatro imenso, tal como só a natureza é capaz de forjar. A planície, larga, espalhada, é cercada de montanhas, e nas cimeiras das montanhas há uma floresta elevada e antiga. Lá a caça é frequente e variada. **8.** A partir dali, descem madeirais, acompanhando a montanha. Entre elas, fecundas colinas de espesso húmus (pois não é fácil encontrar pedra ainda que procures) não perdem em fertilidade para as campinas mais vastas, e produzem colheita abundante, um pouco tardia, mas não menor. **9.** Do sopé das montanhas, por toda parte estendem-se vinhedos, que para o lado e para o fundo compõem como um tecido liso; da extremidade oposta das montanhas, como se lhes formasse um debrum, crescem arbustos. **10.** A partir dali há prados e campos que só vigorosos bois e fortíssimos arados conseguem sulcar. Em muitas partes da terra, o solo mostra-se muito resistente na primeira vez que é fendido, de modo que só é domado na nona aradura. **11.** Prados floridos, brilhantes como pedras preciosas, alimentam trevos e outras ervas sempre tenras e macias, como se recém-brotadas, pois tudo isso é nutrido por regatos o ano inteiro. Porém, mesmo onde há muita água, não há pântano, porque o terreno inclinado envia ao Tibre toda quantidade de água que recebe e não absorve. **12.** O rio corta ao meio os campos e, sendo navegável, transporta toda produção a Roma, mas só no inverno e na primavera: no verão, o rio se retrai e por causa do assoreamento abandona a fama de "grande rio", mas no outono recupera-a. **13.** Vai te dar prazer enorme contemplar a região do alto da montanha, pois não te parecerá que distingues terrenos, mas um desenho pintado com extrema beleza: por causa daquela variedade, daquela disposição, os olhos, onde quer que pousem, vão revigorar-se.

14. A vila, situada na base do monte, oferece uma vista como se estivesse no topo. O terreno, pro causa de uma imperceptível inclinação, ergue-se tão suave e lentamente, que, enquanto crês que não estás subindo, percebes que já subiste. Às costas, mas ao longe, vês os Apeninos,

rum effigies inuicem aduersas buxus inscripsit; acanthus in plano, mollis et paene dixerim liquidus. **17.** *Ambit hunc ambulatio pressis uarieque tonsis uiridibus inclusa; ab his gestatio in modum circi, quae buxum multiformem humilesque et retentas manu arbusculas circumit. Omnia maceria muniuntur: hanc gradata buxus operit et subtrahit.* **18.** *Pratum inde non minus natura quam superiora illa arte uisendum; campi deinde porro multaque alia prata et arbusta.*

19. *A capite porticus triclinium excurrit; ualuis xystum desinentem et protinus pratum multumque ruris uidet, fenestris hac latus xysti et quod prosilit uillae, hac adiacentis hippodromi nemus comasque prospectat.* **20.** *Contra mediam fere porticum diaeta paulum recedit, cingit areolam, quae quattuor platanis inumbratur. Inter has marmoreo labro aqua exundat circumiectasque platanos et subiecta platanis leni aspergine fouet.* **21.** *Est in hac diaeta dormitorium cubiculum quod diem clamorem sonum excludit, iunctaque ei cotidiana amicorumque cenatio: areolam illam, porticus alam eademque omnia quae porticus adspicit.* **22.** *Est et aliud cubiculum a proxima platano uiride et umbrosum, marmore excultum podio tenus, nec cedit gratiae marmoris ramos insidentesque ramis aues imitata pictura.* **23.** *Fonticulus in hoc, in fonte crater; circa sipunculi plures miscent iucundissimum murmur.*

In cornu porticus amplissimum cubiculum triclinio occurrit; aliis fenestris xystum, aliis despicit pratum, sed ante piscinam, quae fenestris seruit ac subiacet, strepitu uisuque iucunda; **24.** *nam ex edito desiliens aqua suscepta marmore albescit. Idem cubiculum hieme tepidissimum, quia plurimo sole perfunditur.*

4. SEXTA HORA: *hora sexta*; é o meio-dia. 5. PÓRTICO: *porticus*; ver II, 17, 4. **6.** ÁTRIO: *atrium*; ver II, 17, 5. 7. TERRAÇO: *xystus*; ver II, 17, 17. **8.** PASSEIO: *ambulatio*: “passeio coberto ou descoberto para caminhar, em geral em forma de terraço ligado a uma vila. O termo *ambulacrum* tem muitas vezes os mesmos sentidos” (Roger B. Ulrich e Caroline K. Quenemoen (ed.), *A Companion to Roman Architecture*, Malden, MA/ Oxford (Chichester), Wiley Blackwell, 2014, p. 481). **9.** PISTA: *gestatio*; ver II, 17, 13. **10.** TRICLÍNIO: *triclinium*; ver II, 17, 6. **11.** APARTAMENTO: *diaeta*; ver II, 17, 12 e VII, 5, 1.

de onde, mesmo em dia sereno e calmo, recebe ventos, não, porém, cortantes e intensos, mas amenos, suavizados pela própria distância. **15.** Na maior parte, a vila é voltada para o sul e desde a sexta hora[4] no verão e pouco mais cedo no inverno convida, por assim dizer, o sol a entrar por um pórtico[5] largo e igualmente longo que tem muitos recintos e até mesmo um átrio[6] feito ao modo antigo. **16.** Diante do pórtico estende-se um terraço[7], dividido em muitos nichos separados por buxos. Um pouco abaixo, uma elevação no terreno possui imagens de animais insculpidas no buxo, voltadas umas às outras; na parte plana, há um acanto delicado, que eu diria ser quase transparente. **17.** Circunda o terraço um passeio[8] inserido entre arbustos compactos, podados em formatos diversos, ao lado dos quais há uma pista[9] oval, que envolve buxos multiformes e árvores pequenas podadas para permanecerem baixas. Tudo é cercado por um muro de tijolos, coberto por buxos empilhados que o subtraem à visão. **18.** O prado que se estende a partir dali merece ser contemplado como coisa da natureza, não menos do que o que acabo de descrever o merece por causa da arte. Depois dele há campinas, e ao longe muitos outros prados e arbustos.

19. À extremidade do pórtico liga-se o triclínio[10], que pelas portas de duplas folhas avista o fundo do terraço e grande parte da campina, e pelas janelas contempla, de um lado, a lateral do terraço e parte da casa que se projeta e, de outro, o bosque do hipódromo e as copas das árvores. **20.** Em frente ao pórtico, quase no meio, há, um pouco recuado, um apartamento[11], que cinge um patiozinho sombreado por quatro plátanos. No meio deles, de uma fontezinha de mármore brota água que com suaves respingos alenta os plátanos circundantes e as plantas ao pé dos plátanos. **21.** No apartamento há um dormitório imune à luz do sol, ao vozerio, ao barulho, e anexa vem uma sala de jantar para meu uso diário e de meus amigos: de um lado ela dá para aquele patiozinho que mencionei, de outro, para a mesma ala do pórtico e tudo que o pórtico faceia. **22.** Há também outro dormitório, sombreado pelo plátano verde adjacente e revestido de mármore até a sacada, e não perde para a beleza do mármore a pintura que imita galhos e passarinhos pousados

25. *Cohaeret hypocauston et, si dies nubilus, immisso uapore solis uicem supplet. Inde apodyterium balinei laxum et hilare excipit cella frigidaria, in qua baptisterium amplum atque opacum. Si natare latius aut tepidius uelis, in area piscina est, in proximo puteus, ex quo possis rursus adstringi, si paeniteat teporis.* **26.** *Frigidariae cellae conectitur media, cui sol benignissime praesto est; caldariae magis, prominet enim. In hac tres descensiones, duae in sole, tertia a sole longius, a luce non longius.* **27.** *Apodyterio superpositum est sphaeristerium, quod plura genera exercitationis pluresque circulos capit. Non procul a balineo scalae, quae in cryptoporticum ferunt prius ad diaetas tres. Harum alia areolae illi, in qua platani quattuor, alia prato, alia uineis imminet diuersasque caeli partes ut prospectus habet.*

28. *In summa cryptoporticu cubiculum ex ipsa cryptoporticu excisum, quod hippodromum uineas montes intuetur. Iungitur cubiculum obuium soli, maxime hiberno. Hinc oritur diaeta, quae uillae hippodromum adnectit. Haec facies, hic usus a fronte.* **29.** *A latere aestiua cryptoporticus in edito posita, quae non adspicere uineas sed tangere uidetur. In media triclinium saluberrimum adflatum ex Appenninis uallibus recipit; post latissimis fenestris uineas, ualuis aeque uineas sed per cryptoporticum quasi admittit.* **30.** *A latere triclinii quod fenestris caret, scalae conuiuio utilia secretiore ambitu suggerunt. In fine cubiculum, cui non minus iucundum prospectum cryptoporticus ipsa quam uineae praebent. Subest cryptoporticus subterraneae similis; aestate incluso frigore riget*

12. HIPOCAUSTO: *hypocauston*; ver II, 17, 11. 13. VESTIÁRIO: *apodyterium*. Lembro que há em português o próprio termo "apoditério" abonado pelo *Dicionário da Língua Portuguesa*, da Editora Porto. Em grego, *apodytérion* (ἀποδυτήριον) é ligado a *apodýein* (ἀποδύειν), "despir-se". 14. FRIGIDÁRIO: *frigidarium*, sala dos banhos frios. 15. PISCINA: *piscina*. Além deste sentido, que é idêntico ao atual, o termo, ligado a *piscis*, "peixe", tem outros: "tanque para peixes, amiúde construído no interior de residências urbanas e de vilas como lago para ornamentar um jardim; [...] ou simplesmente tanque dos encanamentos de água" (Ulrich e Quenemoen, *A Companion to Roman Architecture*, p. 494). 16. BANHO INTERMEDIÁRIO: *cella media*. É o tepidário, cuja temperatura era menor do que a do caldário, porém maior do que a do frigidário, para que o banhista se adaptasse aos poucos à água fria. 17. CALDÁRIO: *cella caldaria*, também chamada *caldarium*. É a sala dos banhos quentes. 18. ESFERISTÉRIO: quadra destinado ao jogo da pela ou bola. 19. CRIPTOPÓRTICO: *cryptoporticus*; ver II, 17, 16.

nos galhos. **23.** Neste dormitório há uma fonte, e nela, um reservatório, em torno dos quais vários túbulos se combinam para produzir um murmúrio, um barulhinho muito bom.

Do canto do pórtico um amplíssimo dormitório fronteia o triclínio, que por umas janelas contempla o terraço e, por outras, o prado, mas só depois de contemplar a piscina, dominada pelas janelas subjacentes, bem agradável aos ouvidos e aos olhos, **24.** pois, caindo do alto, a água torna-se branca de espuma quando acolhida pelo mármore. O dormitório é perfeitamente aquecido no inverno, inundado que é do sol intenso.

25. Ao lado do dormitório está o hipocausto[12], que em dia nublado substitui o calor do sol pelo do vapor instilado. Em seguida, ao vestiário[13] dos banhos, que é largo e aprazível, segue-se o frigidário[14], no qual há uma banheira ampla ao abrigo do sol. Se quiseres nadar com mais espaço ou mais calor há no pátio uma piscina[15] e em seguida um poço no qual é possível refrescar-se de novo se o calor incomodar. **26.** Ao frigidário está ligado um banho intermediário[16] inundado generosamente pelo sol, mas o caldário[17] o recebe ainda mais, pois projeta-se adiante. Dessas três salas de banho, duas apanham sol, e a terceira está afastada do sol, mas não da luz. **27.** Sobre o vestiário está o esferistério[18], que pode receber vários tipos de exercício e vários grupos de jogadores. Não longe dos banhos, há uma escadaria que conduz ao criptopórtico[19], mas antes leva a três apartamentos. Um deles sobranceia aquele patiozinho onde estão os quatro plátanos; outro, o prado; o terceiro, os vinhedos: este permite contemplar várias regiões do céu.

28. Na extremidade do criptopórtico, há um quarto cujo espaço foi recortado do próprio criptopórtico, e ele se volta ao hipódromo, aos vinhedos e às montanhas. Anexo, há outro quarto exposto ao sol, especialmente no inverno. Aqui começa o apartamento que liga o hipódromo à casa. Assim é a fachada, assim é o aspecto da fachada da vila. **29.** Na lateral, um criptopórtico, usado no verão, está situado no alto e já não parece que contempla os vinhedos, mas que os toca. No centro dele um triclínio recebe o sopro muitíssimo salubre dos vales Apeninos. No fundo, por janelas muito amplas ele praticamente deixa entrar os vi-

contentaque aere suo nec desiderat auras nec admittit. **31.** *Post utramque cryptoporticum, unde triclinium desinit, incipit porticus ante medium diem hiberna, inclinato die aestiua. Hac adeuntur diaetae duae, quarum in altera cubicula quattuor, altera tria ut circumit sol aut sole utuntur aut umbra.*

32. *Hanc dispositionem amoenitatemque tectorum longe longeque praecedit hippodromus. Medius patescit statimque intrantium oculis totus offertur, platanis circumitur; illae hedera uestiuntur utque summae suis ita imae alienis frondibus uirent. Hedera truncum et ramos pererrat uicinasque platanos transitu suo copulat. Has buxus interiacet; exteriores buxos circumuenit laurus, umbraeque platanorum suam confert.* **33.** *Rectus hic hippodromi limes in extrema parte hemicyclio frangitur mutatque faciem: cupressis ambitur et tegitur, densiore umbra opacior nigriorque; interioribus circulis (sunt enim plures) purissimum diem recipit.*

34. *Inde etiam rosas effert, umbrarumque frigus non ingrato sole distinguit. Finito uario illo multiplicique curuamine recto limiti redditur nec huic uni, nam uiae plures intercedentibus buxis diuiduntur.* **35.** *Alibi pratulum, alibi ipsa buxus interuenit in formas mille descripta, litteras interdum, quae modo nomen domini dicunt modo artificis: alternis metulae surgunt, alternis inserta sunt poma, et in opere urbanissimo subita uelut inlati ruris imitatio. Medium spatium breuioribus utrimque platanis adornatur.* **36.** *Post has acanthus hinc inde lubricus et flexuosus, deinde plures figurae pluraque nomina. In capite stibadium candido marmore uite protegitur; uitem quattuor columellae Carystiae subeunt. Ex stibadio aqua uelut expressa cubantium pondere sipunculis effluit, cauato lapide suscipitur, gracili marmore continetur atque ita occulte temperatur, ut impleat nec redundet.* **37.** *Gustatorium grauiorque cena margini imponitur, leuior naucularum et auium figuris innatans circumit. Contra fons egerit aquam et recipit; nam expulsa in altum in se cadit iunctisque hiatibus et absorbetur et tollitur. E regione stibadii aduersum cubiculum tantum stibadio reddit ornatus, quantum accipit ab illo.* **38.** *A marmore splendet, ualuis in uiridia prominet et exit, alia uiridia superioribus inferioribusque fenestris suspicit despicitque. Mox zothecula refugit quasi*

nhedos e os deixar entrar também pelas portas duplas, mas aqui passando pelo criptopórtico. 30. Da lateral do triclínio, que não tem janelas, parte uma escada meio escondida, que possibilita trazer o que é necessário a um banquete. Na extremidade do pórtico há um quarto, ao qual o próprio criptopórtico, não menos do que as vinhas, oferece uma vista aprazível. Embaixo dele, semelhante a um subterrâneo, há outro criptopórtico que, mesmo no verão, é glacial, por causa do frio que encerra e, satisfeito com o próprio ar, não deseja nem admite brisas. 31. Atrás dos dois criptopórticos a partir de onde termina o triclínio, começa o pórtico, que até o meio-dia é frio, mas ao cair do dia é quente. Por ele chega-se a dois apartamentos, dos quais os quatro quartos de um deles e os três de outro, conforme o sol caminha, desfrutam ora do sol, ora da sombra.

32. Esta disposição e amenidade, de longe a do hipódromo a supera. Ele abre-se na parte central e de imediato se oferece inteiro aos olhos de quem entra. É circundado de plátanos que, revestidos de hera, verdejam no alto com as próprias folhagens, e na base com alheias. A hera sobe errante pelo tronco e pelos galhos, e no caminho abraça os plátanos vizinhos. Entre eles estendem-se buxos. Loureiros circundam os buxos exteriores e à sombra dos plátanos acrescentam a própria sombra. 33. A pista direita do hipódromo é quebrada na extremidade por uma curva semicircular e muda de aparência: ali é abraçada e coberta por ciprestes, mais negra, escurecida por uma sombra mais densa; nos circuitos internos (de fato, há vários), recebe luz claríssima.

34. Por isso, o local chega a produzir rosas e ameniza o frio das sombras por um sol nada ingrato. Terminada aquela curva variada e múltipla, retorna-se à pista reta, mas não só a ela, pois que é repartida em vários caminhos por buxos que se interpõem. 35. Em certas partes é o gramado, noutras é o próprio buxo, disposto em mil formas, que se interpõe, às vezes na forma de letras que pronunciam ora o nome do proprietário, ora o do jardineiro; erguem-se diminutos obeliscos, que se alternam com árvores frutíferas ali plantadas, e em meio a esta obra tão característica da cidade inesperadamente surge a imitação do campo, como que para lá importado. O espaço intermediário de um lado e outro é adornado por plátanos

in cubiculum idem atque aliud. Lectus hic et undique fenestrae, et tamen lumen obscurum umbra premente. **39.** *Nam laetissima uitis per omne tectum in culmen nititur et ascendit. Non secus ibi quam in nemore iaceas, imbrem tantum tamquam in nemore non sentias.* **40.** *Hic quoque fons nascitur simulque subducitur. Sunt locis pluribus disposita sedilia e marmore, quae ambulatione fessos ut cubiculum ipsum iuuant. Fonticuli sedilibus adiacent; per totum hippodromum inducti strepunt riui, et qua manus duxit sequuntur: his nunc illa uiridia, nunc haec, interdum simul omnia lauantur.*

Vitassem iam dudum ne uiderer argutior, nisi proposuissem omnes angulos tecum epistula circumire. **41.** *Neque enim uerebar ne laboriosum esset legenti tibi, quod uisenti non fuisset, praesertim cum interquiescere, si liberet, depositaque epistula quasi residere saepius posses. Praeterea indulsi amori meo; amo enim, quae maxima ex parte ipse incohaui aut incohata percolui.* **42.** *In summa (cur enim non aperiam tibi uel iudicium meum uel errorem?) primum ego officium scriptoris existimo, titulum suum legat atque identidem interroget se quid coeperit scribere, sciatque si materiae immoratur non esse longum, longissimum si aliquid accersit atque attrahit.* **43.** *Vides quot uersibus Homerus, quot Vergilius arma hic Aeneae Achillis ille describat; breuis tamen uterque est quia facit quod instituit. Vides ut Aratus minutissima etiam sidera consectetur et colligat; modum tamen seruat. Non enim excursus hic eius, sed opus ipsum est.*

44. *Similiter nos ut "parua magnis", cum totam uillam oculis tuis subicere conamur, si nihil inductum et quasi deuium loquimur, non epistula quae describit sed uilla quae describitur magna est. Verum illuc unde coepi, ne secundum legem meam iure reprendar, si longior fuero in hoc in quod excessi.*

45. *Habes causas cur ego Tuscos meos Tusculanis, Tiburtinis Praenestinisque praeponam. Nam super illa quae rettuli, altius ibi otium et pinguius eoque securius: nulla necessitas togae, nemo accersitor ex proximo, placida omnia et quiescentia, quod ipsum salubritati regionis ut purius*

20. CARISTO: cidade, famosa pelo mármore, ao sul da ilha de Eubeia, na Grécia.

menores. 36. Atrás deles, aqui e ali, há acantos luxuriantes e sinuosos, e em seguida mais figuras nos buxos e mais nomes. Na extremidade do circuito um banco semicircular feito de mármore branco é coberto por uma videira sustentada por quatro delgados pilares de mármore vindo de Caristo[20]. Do banco, como que premida pelo peso de quem senta ali, água flui por túbulos e, recolhida pela pedra cavada, retida pelo gracioso mármore, é regulada, sem que se veja como, de tal modo que o enche sem transbordar. 37. Aperitivos e ceias mais substanciosas são dispostas na circunferência externa do aparador da fonte, ao passo que as mais leves flutuam para lá e para cá em vasilhas que figuram pequeninos navios e pássaros. Em frente, uma fonte lança e recolhe a água que, expelida para o alto, cai de volta sobre si mesma e por um par de fendas é absorvida para ser outra vez lançada. Defronte ao banco semicircular, há um quarto que o ornamenta não menos do que é por ele ornamentado. 38. O quarto brilha por causa do mármore, e as portas duplas fazem-no avançar em direção do verdor e nele acabar. Contempla de cima e de baixo por janelas superiores e inferiores outras partes verdes. Ao lado do quarto, oculta-se uma alcova, que ao mesmo tempo é parte do quarto, mas já é outro. A alcova tem uma cama e janelas por toda parte e, no entanto, a luz é pouca sob a sombra envolvente, 39. pois uma basta videira vai escalando até chegar ao topo do telhado. Descansarias deitado ali não diferentemente do que em um bosque, só que sem chuva, como no bosque. 40. Lá também há uma fonte, cuja água brota e se perde. Em vários locais estão dispostos assentos de mármore que, assim como quartos, aprazem aos que já se cansaram de caminhar. Pequenas fontes adjazem aos assentos, e por todo hipódromo rumorejam os canais ali cavados, que obedecem à mão que os controla, irrigando ora as áreas verdes de cá, ora as de lá, ora ambas ao mesmo tempo.

Eu já me teria refreado muito antes para não parecer muito verboso, se não tivesse me proposto na epístola a percorrer contigo todos os recantos da vila. 41. E não temi que fosse trabalhoso para ti, que lês, o que não seria quando visitasses, mormente porque poderias descansar um pouco se quisesses e, agora, largando a epístola, podes fazer como quem se senta de quando em quando. Ademais, concedi ao meu afeto, pois amo o

caelum, ut aer liquidior accedit. Ibi animo, ibi corpore maxime ualeo. **46.** *Nam studiis animum, uenatu corpus exerceo. Mei quoque nusquam salubrius degunt; usque adhuc certe neminem ex iis quos eduxeram mecum (uenia sit dicto) ibi amisi. Di modo in posterum hoc mihi gaudium, hanc gloriam loco seruent! Vale*

21. Homero, Virgílio descreve armas: *Homerus, Vergilius arma describat.* Trata-se de duas famosas écfrases: a descrição detalhada do escudo de Aquiles (*Ilíada*, 18, vv. 468-613) e a do escudo de Eneias (*Eneida*, 8, vv. 617-718). **22.** Arato: Arato de Solos (*c.* 315-240 a.C.), poeta grego helenístico, autor do poema épico didascálico *Fenômenos* (Φαινόμενα), que descreve as constelações e fenômenos celestes; ver v, 17, 2. **23.** comparar pequenas às grandes coisas: *parua magnis.* Alusão a verso de Virgílio (*Geórgicas*, 4, v. 176): *si parua licet componere magnis*, "se é lícito comparar pequenas coisas às grandes". **24.** pôr diante de teus olhos: *oculis tuis subicere.* Plínio quer aqui compor écfrase, pois emprega os mesmos termos retóricos com que Cícero, Quintiliano e autores dos *Progymnásmata* (exercícios das antigas escolas de retórica) definem a enargia (em grego *enárgeia* = ἐνάργεια), também chamada "evidência" (*euidentia*). Quintiliano (*Instituições Oratórias*, 8, 3, 61) define: *Itaque ἐνάργειαν, cuius in praeceptis narrationis feci mentionem, quia plus est euidentia uel, ut alii dicunt, repraesentatio quam perspicuitas, et illud patet, hoc se quodam modo ostendit, inter ornamenta ponamus. Magna uirtus res de quibus loquimur clare atque ut cerni uideantur enuntiare*, "Entre os ornamentos devo incluir a enargia (que mencionei entre os preceitos da narração), porque enargia (ou evidência ou, como outros dizem, "representação"), é mais do que clareza, pois clareza é deixar-se ver, ao passo que evidência é exibir-se a si mesmo de algum modo. É grande virtude enunciarmos claramente aquilo de que falamos para que pareça que está sendo visto". O mesmo Quintiliano (*Instituições Oratórias*, 9, 2, 40) acrescenta: *Illa uero, ut ait Cicero, sub oculos subiectio tum fieri solet cum res non gesta indicatur sed ut sit gesta ostenditur, nec uniuersa sed per partis: quem locum proximo libro subiecimus euidentiae*, "Aquele 'pôr diante dos olhos', como diz Cícero, costuma ocorrer não quando afirmamos que algo ocorreu, mas quando mostramos como ocorreu, e já não só de modo geral, mas em detalhes: no livro anterior a esta figura chamei 'evidência'". Cícero (*Sobre o Orador* = *De Oratore*, 3, 53, 202) dissera: *Nam et commoratio una in re permultum mouet et inlustris explanatio rerumque, quasi gerantur, sub aspectum paene subiectio; quae et in exponenda re plurimum ualent et ad inlustrandum id, quod exponitur, et ad amplificandum; ut eis, qui audient, illud, quod augebimus, quantum efficere oratio poterit, tantum esse uideatur*, "Causa muita comoção demorar numa única matéria, explicar com clareza e quase *pôr* os eventos diante dos olhos como se estivessem acontecendo; tais procedimentos têm muita força na exposição da matéria, na explicação do que é exposto e na amplificação. Assim, aquilo que amplificamos parecerá a quem ouve ter tanta importância quanta o discurso puder construir". Grifos meus; ver Melina Rodolpho, *Écfrase e Evidência nas Letras Latinas: Doutrina e Práxis*, São Paulo, Humanitas, 2012. **25.** propriedades tusculanas, tiburtinas e prenestinas: *Tusculanis, Tiburtinis Praenestinisque.* Túsculo (atual Frascati), Tíbur (ou Tíbure, atual Tívoli) e Preneste (atual Prenestina) eram cidades do Lácio. Para Sherwin-White (p. 329) e Lenaz (I, p. 393), não se deve entender que Plínio possuía

que na maior parte eu mesmo iniciei ou o que, já começado, aperfeiçoei. **42.** Em suma (ora, por que não te revelaria minha opinião ou meu erro?), considero que o primeiro dever do escritor é ler o título do que escreve, continuamente perguntar-se a si mesmo o que de fato começou a escrever e lembrar que não será desmedido aquilo que escrever se se prender à matéria, mas será desmedido demais se se desviar dela ou trouxer à força matéria estranha. **43.** Vê com quantos versos Homero, com quantos Virgílio descreve[21], este, as armas de Eneias, aquele as de Aquiles. Ambos são breves porque fazem o que se propuseram fazer. Vê como Arato[22] persegue e reúne até mesmo estrelas pequeníssimas; porém, mantém-se no limite. Isto não é digressão dele, é sua própria matéria.

44. De modo semelhante, "para comparar pequenas às grandes coisas[23]", quando tento pôr a vila inteira diante de teus olhos[24], se nada estranho e impertinente falei, não é longa a epístola que descreve, mas sim a vila que é descrita. Contudo, se me dilatei nesta digressão, para que eu não seja repreendido com justiça segundo minha própria lei, volto ao ponto em que comecei.

45. Tens as razões por que anteponho minha propriedade tusca às propriedades tusculanas, tiburtinas e prenestinas[25], pois, além de tudo que disse, lá o ócio é mais intenso, farto e mais livre de preocupações pela seguinte razão: não há nenhuma necessidade de usar a toga, nenhum vizinho manda me chamar, tudo é calmo e relaxante e exatamente isto, tal como o clima mais saudável, tal como o ar mais leve, incrementa a salubridade da região. **46.** Lá é máxima minha disposição de ânimo e corpo, pois exercito o ânimo nos estudos e o corpo na caça. Meus amigos, eles também, em nenhum outro lugar experimentam salubridade maior, e até agora nenhum dos que levei comigo (com perdão da presunção) lá perdi. Que os deuses para sempre conservem a mim este prazer e ao lugar esta glória! Adeus.

propriedades em todos esses lugares, mas que preferia a sua, ainda que menor, àqueles lugares mais afamados, onde Apolinar possuía vilas, segundo Marcial (*Epigramas*, 10, 30). Plínio, como se lê em IV, 6, 1, tinha propriedades em três lugares: na Túscia, como esta; na região transpadana (ao norte do rio Pado, atual Pó) e em Laurento, no Lácio; ver III, 19, 1.

EPISTULA VII

Hereditas Como transmissa

GAIUS PLINIUS

CALVISIO RUFO SUO SALUTEM

1. Nec heredem institui nec praecipere posse rem publicam constat; Saturninus autem, qui nos reliquit heredes, quadrantem rei publicae nostrae, deinde pro quadrante praeceptionem quadringentorum milium dedit. Hoc si ius adspicias inritum, si defuncti uoluntatem ratum et firmum est. 2. Mihi autem defuncti uoluntas (uereor quam in partem iuris consulti quod sum dicturus accipiant) antiquior iure est, utique in eo quod ad communem patriam uoluit peruenire. 3. An cui de meo sestertium sedecies contuli, huic quadringentorum milium paulo amplius tertiam partem ex aduenticio denegem? Scio te quoque a iudicio meo non abhor-

v, 7. Data: incerta.

1. Calvísio Rufo: Caio Calvísio Rufo; ver i, 12, 12. 2. um ente público não possa ser designado: *nec heredem institui [...] posse rem publicam.* No Direito Romano uma coletividade não podia ser herdeira porque não era *persona certa* ("pessoa determinada"). A partir da dinastia Júlio-Cláudia (27 a.C.-68 d.C.), abriu-se exceção para alguns casos (Suetônio, *Vida dos Césares*, 3, "Tibério", 31, 1; Tácito, *Anais*, 4, 43 e ils, 977). Depois, Nerva (imperador entre 96 e 98 d.C.) e Adriano (imperador entre 117 e 138 d.C.) estenderam a possibilidade, como consta em Ulpiano (*Livro Único sobre as Regras = Regularum Liber Singularis*, 24, 28): *Ciuitatibus omnibus quae sub imperio populi Romani sunt legari potest idque a diuo Nerva introductum*, "Foi introduzido pelo divino Nerva que a todas as cidades que estão sob o poder do povo romano pode ser deixada herança". 3. precedência: *praeceptionem*, de *praeceptio*, a precedência que um herdeiro tinha em relação a outro para receber uma herança. Saturnino queria ter certeza de que cidade receberia

EPÍSTOLA 7

Herança deixada à cidade de Como

CAIO PLÍNIO
A SEU QUERIDO CALVÍSIO RUFO[1], SAUDAÇÕES

1. Não consta que um ente público possa ser designado herdeiro[2] nem que tenha precedência[3] sobre outros herdeiros. Saturnino[4], porém, que me fez herdeiro[5], deixou um quarto da herança à nossa cidade[6] e, em seguida, no lugar da quarta parte deixou um legado preferencial de quatrocentos mil sestércios. Se examinas o ato do ponto de vista da lei, não é válido; se examinas a vontade do morto, é válido e sólido. **2.** Mas para mim a vontade do morto (receio o modo como os jurisconsultos acolherão o que estou por dizer) antecede ao direito[7], principalmente quanto à vontade de beneficiar a pátria comum. **3.** Ora, como poderia eu, tendo dado de meu patrimônio um milhão e seiscentos mil sestércios à cidade, negar-lhe depois quatrocentos mil, pouco mais do que a terça parte de um valor que me veio de fora? Sei que tu mesmo não

uma soma precisa em vez da parte que sobraria após a divisão entre os herdeiros e a quitação de eventuais dívidas. Mas a lei não permitia nem mesmo a *praeceptio* quanto à coletividade. 4. SATURNINO: desconhecida personagem de Como, mencionada apenas aqui. 5. QUE ME FEZ HERDEIRO: *nos reliquit heredes* no plural, que aqui me parece majestático porque não consta que Calvísio seja co-herdeiro: traduzi, por isso, no singular; ver IV, 10, 1. 6. NOSSA CIDADE: *rei publicae nostrae*. É a cidade de Como, terra natal de Plínio, o Jovem, Calvísio Rufo e Saturnino. 7. A VONTADE DO MORTO ANTECEDE AO DIREITO: *defuncti uoluntas iuris antiquior iure est*; ver II, 16, 2 e IV, 10, 3.

rere, cum eandem rem publicam ut ciuis optimus diligas. **4.** *Velim ergo, cum proxime decuriones contrahentur, quid sit iuris indices, parce tamen et modeste; deinde subiungas nos quadringenta milia offerre, sicut praeceperit Saturninus. Illius hoc munus, illius liberalitas; nostrum tantum obsequium uocetur.* **5.** *Haec ego scribere publice supersedi, primum quod memineram pro necessitudine amicitiae nostrae, pro facultate prudentiae tuae et debere te et posse perinde meis ac tuis partibus fungi; deinde quia uerebar ne modum, quem tibi in sermone custodire facile est, tenuisse in epistula non uiderer.* **6.** *Nam sermonem uultus, gestus, uox ipsa moderatur, epistula omnibus commendationibus destituta malignitati interpretantium exponitur. Vale.*

8. TEXTO ESCRITO: *epistula*. O termo *epistula* não significa aqui e logo adiante a peça do gênero epistolográfico, mas o meio de comunicação escrito em oposição à conversa de viva voz.
9. MANTER A MEDIDA: *modum tenuisse*. Entendi a locução latina conforme OLD, s.v. *modus*, 5b:

discordas de meu julgamento, já que, como excelente cidadão que és, amas a mesma cidade. **4.** Queria, por isso, que na próxima reunião dos decuriões dissesses o que é de direito, mas com brevidade e moderação, e que em seguida acrescentasses que estou oferecendo quatrocentos mil sestércios, tal como prescreveu Saturnino. Esta é a munificência dele, esta é liberalidade dele: a minha deve ser chamada apenas "respeito" à vontade dele. **5.** Deixei de explicar tudo isso em um documento público, primeiro porque, em virtude de nossa estreita amizade e de tua enorme prudência, pensei que tu deves e podes desempenhar minhas tarefas exatamente como desempenhas as tuas; em segundo lugar, porque temia parecer que não mantinha em um texto escrito[8] a medida[9] que para ti é fácil conservar numa conversa, **6.** pois a conversa é moderada pela expressão do rosto, pelo gesto, pela própria voz, ao passo que o texto escrito, desprovido de todas essas vantagens, fica exposto à malignidade dos intérpretes. Adeus.

"*modum facere, statuere, constituere, ponere, imponere, adhibere, habere* e similares: impor limite ou controle, demarcar". E entendi "medida", como Houaiss, 9: "moderação na maneira de proceder; comedimento, circunspecção". Exemplo: "saber guardar a medida da fala e dos gestos".

EPISTULA VIII

Cupido Plini historiae componendae

GAIUS PLINIUS

TITINIO CAPITONI SUO SALUTEM

1. *Suades ut historiam scribam, et suades non solus: multi hoc me saepe monuerunt et ego uolo, non quia commode facturum esse confidam (id enim temere credas nisi expertus), sed quia mihi pulchrum in primis uidetur non pati occidere, quibus aeternitas debeatur, aliorumque famam cum sua extendere.* 2. *Me autem nihil aeque ac diuturnitatis amor et cupido sollicitat, res homine dignissima, eo praesertim qui nullius sibi conscius culpae posteritatis memoriam non reformidet.* 3. *Itaque diebus ac noctibus cogito, si "qua me quoque possim tollere humo"; id enim uoto meo sufficit, illud supra uotum "uictorque uirum uolitare per ora"; "quamquam o... ". Sed hoc satis est, quod prope sola historia polliceri uidetur.* 4. *Orationi enim et carmini parua gratia, nisi eloquentia est summa: historia quoquo modo scripta delectat. Sunt enim homines natura curiosi, et quamlibet nuda rerum cognitione capiuntur, ut qui sermunculis etiam fabellisque ducantur.*

v, 8. Data: 104-105 d.C.

1. Ticínio Capitão: ver i, 17, 1. 2. SE EU TAMBÉM PUDESSE DE ALGUM MODO ME ELEVAR DO CHÃO: *qua me quoque possim tollere humo*. É verso de Virgílio (*Geórgicas*, 3, vv. 8-9). 3. EU, VENCEDOR, VOAR SOBRE A BOCA DOS HOMENS: *uictorque uirum uolitare per* ora. É outro verso

EPÍSTOLA 8

Desejo de Plínio de escrever historiografia

CAIO PLÍNIO
A SEU QUERIDO TICÍNIO CAPITÃO[1], SAUDAÇÕES

1. Tentas persuadir-me a escrever história e não és o único: muitos me têm feito o mesmo incitamento, e eu assim quero, não porque confie que o farei com facilidade (pois a não ser em alguém provado, tal pensamento seria temerário), mas porque me parece belo não permitir que morram aqueles que merecem a eternidade e prolongar com a fama dos outros a própria fama. **2.** Ora, nada me estimula como o amor e o desejo de perenidade, a coisa mais digna de um homem, principalmente daquele que, consciente de não ter nenhuma culpa, não teme por sua reputação na posteridade. **3.** Assim, dia e noite penso "Se eu também pudesse de algum modo me elevar do chão"[2]; ora, isso cabe em meu desejo, porém está acima dele pensar "Eu, vencedor, voar sobre a boca dos homens[3]. Mas ah!... "[4]. Porém, basta o que, praticamente sozinha, a historiografia parece prometer, **4.** pois é pequeno o prestígio da oratória e da poesia, se não é máxima a eloquência[5] delas, mas a historiografia deleita como for, porque os seres humanos, curiosos por natureza, são atraídos pela vontade de conhecer, despojada que seja, porque rumores e mexericos logram seduzi-los.

de Virgílio (*Geórgicas*, 3, v. 9). 4. MAS AH!: *quamquam o*. Mais um excerto de verso de Virgílio (*Eneida*, 5, v. 195). 5. ELOQUÊNCIA: *eloquentia*; é o agenciamento formal, a expressividade.

Me uero ad hoc studium impellit domesticum quoque exemplum. **5.** *Auunculus meus idemque per adoptionem pater historias et quidem religiosissime scripsit. Inuenio autem apud sapientes honestissimum esse maiorum uestigia sequi, si modo recto itinere praecesserint. Cur ergo cunctor?* **6.** *Egi magnas et graues causas. Has, etiamsi mihi tenuis ex iis spes, destino retractare, ne tantus ille labor meus, nisi hoc quod reliquum est studii addidero, mecum pariter intercidat.* **7.** *Nam si rationem posteritatis habeas, quidquid non est peractum, pro non incohato est. Dices: Potes simul et rescribere actiones et componere historiam". Utinam! Sed utrumque tam magnum est, ut abunde sit alterum efficere.*

8. *Unodeuicensimo aetatis anno dicere in foro coepi, et nunc demum quid praestare debeat orator, adhuc tamen per caliginem uideo.* **9.** *Quid si huic oneri nouum accesserit? Habet quidem oratio et historia multa communia, sed plura diuersa in his ipsis, quae communia uidentur. Narrat illa, narrat haec, sed aliter: huic pleraque humilia et sordida et ex medio petita, illi omnia recondita, splendida, excelsa conueniunt;* **10.** *hanc saepius ossa, musculi, nerui, illam tori quidam et quasi iubae decent; haec uel maxime ui, amaritudine, instantia; illa tractu et suauitate atque etiam dulcedine placet; postremo alia uerba, alius sonus, alia*

6. MEU TIO MATERNO... HISTÓRIAS: *auunculus meus... historias*. Trata-se de Plínio, o Velho, autor da *História Natural* e outras obras; ver III, 5. Para a morte de Plínio, o Velho, na erupção do Vesúvio, ver VI, 16 e VI, 20. **7.** CAUSAS GRANDES E GRAVES: *magnas et graues causas*; ver V, 12, 1. **8.** DEZOITO ANOS DE IDADE: *unodeuicensimo aetatis anno*, literalmente "décimo nono ano de vida". Com números ordinais conta-se inclusive o ano de nascimento. **9.** MAIS DIFERENÇAS: *plura diuersa*; ver I, 16, §§2-4 e II, 5, 5; ver ainda Cícero (*Bruto*, 83, 286-287) e Quintiliano (*Instituições Oratórias*, 10, 1, 31-34). **10.** CHÃO, COMEZINHO: *humilia et sordida*; ver I, 3, 3. **11.** CORPULÊNCIA: *tori*. A passagem é delicada porque um dos sentidos de *torus* é "fibra muscular" ("muscle", *LSD*, II), metáfora usada por Plínio para caracterizar o estilo baixo da oratória em oposição à elevação da história. *Torus* significa aqui (*LSD*, II B) "protuberância", "inchação" ("bulge", "thickness") que há em músculos desenvolvidos, conceito mais fácil de entender do que traduzir, como se vê pela opção de Guillemin (II, p. 76, "embonpoint" = "corpulência"), que segui, Radice (p. 361, "fulness" = "abundância"), Trisoglio (I, p. 549, "costituzione carnosa"), Rusca (I, p. 401, "carne"), Walsh (p. 121, "swelling thews" = "músculos entumescidos") e Méthy (II, p. 63, "bourrelets" = "protuberâncias"). A ideia, pois, é de imponência externa de um corpo desenvolvido e musculoso, não de ossos, nervos e fibras musculares que não se

Quanto a mim, impele-me à historiografia também o exemplo na família. **5.** Meu tio materno, que por adoção é também meu pai, escreveu histórias[6] e o fez com a maior precisão. E vejo que entre pessoas sábias é muitíssimo honroso seguir os passos dos ancestrais, desde que tenham trilhado a estrada certa. Então por que hesito? **6.** É que assumi algumas causas grandes e graves[7]. Ainda que seja pequena a expectativa que me dão, pretendo retomá-las para que o imenso trabalho que tive não pereça junto comigo se não lhe acrescentar o que falta fazer, **7.** já que, para a posteridade, o que não está terminado é como se não tivesse sido iniciado. Dirás: "Podes reescrever os discursos dos processos e ao mesmo tempo compor história". Quem dera! Mas ambas são tão grandiosas, que realizar uma ou outra é bastante.

8. Comecei a discursar no fórum aos dezoito anos de idade[8] e só agora consigo ver, e ainda assim em meio a névoas, o que deve o orador possuir. **9.** O que acontecerá se a este se acrescentar novo ônus? Oratória e historiografia têm muitos pontos em comum, porém têm mais diferenças[9] nesses mesmos pontos que parecem comuns. Ambas narram, mas de modo diferente. À oratória convém a maior parte do que é chão, comezinho[10] e tirado ao cotidiano; à história convém tudo que é invulgar, brilhante e elevado; **10.** àquela com muita frequência são adequados ossos, fibras e nervos; a esta, a corpulência[11] e, por assim dizer, a crineira[12]. Uma agrada mais pela força, aspereza e veemência; outra, pela extensão, suavidade e até mesmo pela doçura; enfim, diferem pelas palavras, elocução e construção dos períodos, **11.** porque muito importa, como diz Tucídides, se nosso legado é um bem imorredouro ou se é só discurso em um debate momentâneo[13]: como aquele é a história, como este, a oratória.

veem. Lemaire (I, p. 298) explica: *Nam tori sunt qui carnibus uestita et decora ossa habent, iubae autem quae, ut in equis et leonibus speciem et maiestatem corpori addunt*, "*Torus* [corpulência] é o que reveste os ossos de carne e os torna belos, ao passo que *iuba* ['juba'] dá visibilidade e imponência aos cavalos e leões". Quintiliano (*Instituições Oratórias*, 10, 1, 31-33) usa a mesma metáfora. 12. CRINEIRA: *iubae*. O termo latino e o português têm os sentidos de "crina", "juba" e "penacho". 13. IMORREDOURO OU MOMENTÂNEO: κτῆμα *sit an* ἀγώνισμα. Alusão à notória afirmação de Tucídides (*História da Guerra do Peloponeso*, 1, 22, 4): κτῆμά τε ἐς αἰεὶ μᾶλλον ἢ ἀγώνισμα ἐς τὸ παραχρῆμα ἀκούειν ξύγκειται, "A historiografia é um

constructio. **11.** *Nam plurimum refert, ut Thucydides ait, κτῆμα sit an ἀγώνισμα; quorum alterum oratio, alterum historia est.*

His ex causis non adducor ut duo dissimilia et hoc ipso diuersa, quo maxima, confundam misceamque, ne tanta quasi colluuione turbatus ibi faciam quod hic debeo; ideoque interim ueniam, ut ne a meis uerbis recedam, aduocandi peto. **12.** *Tu tamen iam nunc cogita quae potissimum tempora aggrediar. Vetera et scripta aliis? Parata inquisitio, sed onerosa collatio. Intacta et noua? Graues offensae leuis gratia.* **13.** *Nam praeter id, quod in tantis uitiis hominum plura culpanda sunt quam laudanda, tum si laudaueris parcus, si culpaueris nimius fuisse dicaris, quamuis illud plenissime, hoc restrictissime feceris.* **14.** *Sed haec me non retardant; est enim mihi pro fide satis animi: illud peto praesternas ad quod hortaris, eligasque materiam, ne mihi iam scribere parato alia rursus cunctationis et morae iusta ratio nascatur. Vale.*

bem para sempre, não um debate para ouvir em um auditório momentâneo". **14.** PRORROGAÇÃO DO PRAZO: *aduocandi*, de *aduocare*. É jargão jurídico; ver *OLD*, s.v. *aduoco*, 10, e s.v. *aduocatio*, 3. **15.** INVESTIGAÇÃO: *inquisitio*. Creio que Plínio estava cônscio de que o primeiro sentido da palavra grega *historía* (ἱστορία) é justamente "investigação". **16.** ÉPOCAS NÃO

Por estas razões não me permito confundir e misturar duas disciplinas diferentes, que tanto mais se distanciam quanto mais importância têm, e assim evito que, agitado como que por um gigantesco encontro de águas, eu acabe fazendo numa disciplina o que deveria fazer na outra; por isso, voltando aos meus jargões, peço vênia para solicitar prorrogação do prazo[14]. **12.** Tu, porém, reflete agora sobre a época que devo abordar: os tempos antigos, já tratados por outros autores? Minha investigação[15] está concluída, mas o cotejo é trabalhoso. Ou épocas não estudadas e recentes[16]? As inimizades são opressivas[17], e o reconhecimento é pequeno, **13.** pois afora o fato de que em meio a tamanhos vícios humanos mais se encontra o que culpar do que louvar, se alguém louva, dirão que foi parco; se culpa, que foi excessivo, embora naquela tenha sido o mais pródigo, e nesta, o mais comedido. **14.** Isso, porém, não me retarda, pois, creias, há em mim coragem suficiente para ser fidedigno: peço que me ponhas à disposição os meios para aquilo a que me exortas fazer e escolhas a matéria, para que, estando eu já preparado para escrever, não surja de novo outro justo motivo de hesitação e adiamento. Adeus.

ESTUDADAS E RECENTES: *intacta et noua*. Plínio refere-se ao período dos Flávios (69-96 d.c.).
17. AS INIMIZADES SÃO OPRESSIVAS: *graues offensae*. A dificuldade de ser imparcial na historiografia por causa de ódio é também abordada por Tácito (*Anais* 1, 1, 2, e *Histórias*, 1, 1, 1-20).

EPISTULA IX

De pecunia aduocationis

GAIUS PLINIUS

SEMPRONIO RUFO SUO SALUTEM

1. *Descenderam in basilicam Iuliam, auditurus quibus proxima comperendinatione respondere debebam.* 2. *Sedebant iudices, decemuiri uenerant, obuersabantur aduocati, silentium longum; tandem a praetore nuntius. Dimittuntur centumuiri, eximitur dies me gaudente, qui numquam ita paratus sum ut non mora laeter.* 3. *Causa dilationis Nepos praetor, qui legibus quaerit. Proposuerat breue edictum, admonebat accusatores, admonebat reos exsecuturum se quae senatus consulto continerentur.* 4. *Suberat edicto senatus consultum: hoc omnes qui quid negotii haberent*

V, 9. Data: início de 105 d.C., porque a epístola, assim como IV, 29; V, 4 e V, 13, trata da pretura do severo pretor Licínio Nepos (ver IV, 29, 2) nesse ano.

1. SEMPRÔNIO RUFO: ver IV, 22. 2. BASÍLICA JÚLIA: acolhia a Corte Centunviral e ficava no lado sul do Fórum Romano. 3. MARCADA: *comperendinatione*, de *comperendino*. As audiências, quando interrompidas, eram retomadas dois dias depois. 4. OS JUÍZES... OUTROS: *sedebant iudices*. A epístola, junto com VI, 33, 3, é a principal fonte para compreender a administração da Corte Centunviral. Composta primeiro por 105 jurados, na época imperial passou a ter 180, escolhidos por sorteio. Augusto colocara-a sob direção dos *decemuiri litibus iudicandis* (corte decenviral civil), em vez dos ex-questores, e sob a supervisão geral do pretor (ver Suetônio, *Os Doze Césares*, 2, "Augusto", 36, 1) conhecido como *ad hastam* ou *hastarius* (a hasta era a insígnia da Corte). A função do pretor era administrativa, como aqui, e não judicial; ver IV, 16, 1. A corte reunia-se em quatro seções (ver IV, 24, 1 e VI, 33, 3) e sua competência é controversa; ver José Carlos Moreira Alves, *Direito Romano*, 14. ed., Rio de Janeiro, Forense, 2008, p. 199. 5. SENÁTUS-CONSULTO:

EPÍSTOLA 9

Sobre remuneração de advogados

CAIO PLÍNIO

A SEU QUERIDO SEMPRÔNIO RUFO[1], SAUDAÇÕES

1. Fui à Basílica Júlia[2] para ouvir os advogados a quem eu devia responder no dia para o qual foi marcada[3] a continuação do julgamento. 2. Os juízes já estavam sentados, os decênviros já haviam chegado, os advogados já se haviam colocado uns diante dos outros[4]. Longo silêncio. Enfim, chega uma mensagem do pretor. Dispensam-se os decênviros, encerram-se naquele dia os trabalhos, para minha alegria, que nunca estou tão preparado, que não me alegre com um adiamento. 3. O motivo foi o pretor Nepos, responsável pelo inquérito. Ele havia publicado um breve edito em que advertia os acusadores, advertia os réus de que cumpriria as disposições de um senátus-consulto[5]. 4. Ane-

trata-se provavelmente do senátus-consulto de Cláudio, resumido por Tácito (*Anais*, 11, 7, 4): *Ut minus decora haec, ita haud frustra dicta princeps ratus, capiendis pecuniis posuit modum usque e dena sestertia, quem egressi repetundarum tenerentur*, "Vendo então Cláudio que todas estas razões, ainda que não muito decentes, não deixavam, contudo, de ter mais ou menos fundamento, pôs certo termo à cobiça dos advogados, permitindo que pudessem receber até a quantia de dez mil sertércios, além da qual os que mais exigissem ficassem compreendidos na lei de concussão". Tradução de J. L. Freire de Carvalho (Tácito, *Anais*, Rio de Janeiro, Jackson, 1952, p. 249); ver v, 13, 6. A LEI CÍNCIA SOBRE DÁDIVAS E REMUNERAÇÕES (*LEX CINCIA DE DONIS ET MUNERIBUS*) de 204 a.C., proibira honorários ou presentes aos advogados, mas com frequência era burlada.
6. ALGUMA CAUSA: *quid negotii*. Na verdade, o senátus-consulto tratava do trabalho inteiro da

iurare prius quam agerent iubebantur, nihil se ob aduocationem cuiquam dedisse promisisse cauisse. His enim uerbis ac mille praeterea et uenire aduocationes et emi uetabantur; peractis tamen negotiis permittebatur pecuniam dumtaxat decem milium dare. 5. *Hoc facto Nepotis commotus praetor qui centumuiralibus praesidet, deliberaturus an sequeretur exemplum, inopinatum nobis otium dedit.*

6. *Interim tota ciuitate Nepotis edictum carpitur, laudatur. Multi: "Inuenimus, qui curua corrigeret! Quid? Ante hunc praetores non fuerunt? Quis autem hic est, qui emendet publicos mores?" Alii contra: "Rectissime fecit; initurus magistratum iura cognouit, senatus consulta legit, reprimit foedissimas pactiones, rem pulcherrimam turpissime uenire non patitur".* 7. *Tales ubique sermones, qui tamen alterutram in partem ex euentu praeualebunt. Est omnino iniquum, sed usu receptum, quod honesta consilia uel turpia, prout male aut prospere cedunt, ita uel probantur uel reprehenduntur. Inde plerumque eadem facta modo diligentiae modo uanitatis, modo libertatis modo furoris nomen accipiunt. Vale.*

corte; ver Tácito, *Anais*, 11, 6-7. 7. INICIAR SUA MAGISTRATURA: *initurus magistratum*. Aproxima-se o início do ano forense, em janeiro ou fevereiro. 8. APRENDEU A LEI: *iura cognouit*. Em

xo ao edito vinha o senátus-consulto: todos os que tivessem alguma causa[6] estavam obrigados, antes de iniciarem a ação, a jurar que nada haviam dado, prometido ou garantido por caução a ninguém em troca da assistência legal. Com esses termos e mil outros proibia-se contratar e oferecer advocacia; concluído, porém, o processo, permitia-se pagar valor não maior que dez mil sestércios. **5.** Surpreendido por esse ato de Nepos, o pretor que presidia a Corte Centunviral, para que pudesse decidir se seguiria a disposição, concedeu-nos inesperado ócio.

6. Entrementes, por toda cidade o edito de Nepos era atacado, louvado. Muitos diziam: "Enfim achamos quem corrige o que está torto! Ora, por que não havia pretores de verdade antes dele? Quem é esse que está endireitando os costumes na vida pública?" Outros falavam: "Agiu muitíssimo bem: estando por iniciar sua magistratura[7], aprendeu a lei[8]; leu os senátus-consultos, reprime os conluios vergonhosíssimos e não permite vender do modo mais torpe a mais bela das atividades". **7.** Tais eram em toda parte as conversas, e os fatos hão de mostrar se prevalecerá esta ou aquela posição. É totalmente injusto, mas aceito pelo costume, que opiniões honestas ou desonrosas, conforme tenham sido bem ou malsucedidas, sejam por isso aprovadas ou repreendidas. Por tal razão, na maioria das vezes, esses atos ora recebem o nome de "cuidado", ora de "vaidade", ora de "independência", ora de "loucura". Adeus.

VIII, 14, 2, Plínio queixa-se do esquecimento e da ignorância do direito senatorial que cresceram no tempo de Domiciano.

EPISTULA X

Ad Suetonium de scriptis eius

GAIUS PLINIUS

SUETONIO TRANQUILLO SUO SALUTEM

1. Libera tandem hendecasyllaborum meorum fidem, qui scripta tua communibus amicis spoponderunt. Adpellantur cotidie, efflagitantur, ac iam periculum est ne cogantur ad exhibendum formulam accipere. 2. Sum et ipse in edendo haesitator, tu tamen meam quoque cunctationem tarditatemque uicisti. Proinde aut rumpe iam moras aut caue ne eosdem istos libellos, quos tibi hendecasyllabi nostri blanditiis elicere non possunt, conuicio scazontes extorqueant. 3. Perfectum opus absolutumque est, nec iam splendescit lima sed atteritur. Patere me uidere titulum tuum, patere audire describi, legi, uenire uolumina Tranquilli mei. Aequum est nos in amore tam mutuo eandem percipere ex te uoluptatem, qua tu perfrueris ex nobis. Vale.

V, 10. Data: incerta, posterior à da epístola IV, 14, em que se informa sobre a publicação dos *Hendecassílabos* de Plínio.

1. SUETÔNIO: o historiógrafo Caio Suetônio Tranquilo; ver I, 18. 2. LIBERA DO COMPROMISSO MEUS *HENDECASSÍLABOS*: *libera tandem hendecasyllaborum meorum fidem*. Deduz-se que nos *Hendecassílabos* já publicados Plínio anunciara que Suetônio publicaria seus escritos de história. Como o historiógrafo não o fez (ver abaixo, nota a LIMA), é como se os hendecassílabos de Plínio, personificados, tivessem dívida religiosa a uma promessa não cumprida. Plínio alude ao poema 36 de Catulo, vv. 1-2: *Annales Volusi, cacata carta, / uotum soluite pro mea puella*, "Anais de Volúsio, ó cagadas páginas!, / da promessa livrai minha menina". 3. HAVER INTIMAÇÃO: *cogantur*,

EPÍSTOLA 10

A Suetônio sobre os escritos dele

CAIO PLÍNIO
A SEU QUERIDO SUETÔNIO TRANQUILO[1], SAUDAÇÕES

1. Libera enfim do compromisso meus *Hendecassílabos*[2], que, perante nossos amigos comuns, foram a garantia da publicação de teus escritos. Todo dia há pedidos, há insistência e já há o perigo de haver intimação[3] para que sejam exibidos. **2.** Eu mesmo sou hesitante na hora de publicar, mas foste tu que venceste minha incerteza e minha tardança. Por isso, acaba já com a demora ou toma cuidado para que estes teus escritos, que meus *Hendecassílabos*[4] não podem tirar de ti com branduras, não te sejam arrancados com escazontes[5]. **3.** Teu livro está perfeito[6], e a lima[7] já não lhe vai dar brilho, mas opacidade. Permite-me ver um título com teu nome, permite-me saber que se copiam, leem, vendem os volumes de meu querido Suetônio. É justo que numa amizade tão recíproca como a nossa eu obtenha de ti a mesma alegria que desfrutas em mim. Adeus.

de *cogere*, que é termo jurídico. Trata-se de jovialidade de Plínio. **4.** HENDECASSÍLABOS: *hendecasyllaborum*; ver IV, 14, 2; VII, 4, 1 e IV, 27, 1. **5.** ESCAZONTES: *scazontes*. Trata-se do coliambo, o iambo manco, que pode ser muito invectivo. Plínio faz a jovial ameaça de coagir Suetônio com escazontes, se ele não publicar seus escritos historiográficos. **6.** PERFEITO: *absolutum*; ver V, 15, 1. **7.** LIMA: *lima*. É a conhecida imagem do labor poético que visa à perfeição do poema; ver Horácio, *Arte Poética*, v. 291. Mas Suetônio, segundo Plínio, é tão excessivo ao empregá-la, que só faz atrasar inutilmente a publicação de escritos já aperfeiçoados.

EPISTULA XI

Pro memoria Plini soceri

GAIUS PLINIUS

CALPURNIO FABATO PROSOCERO SUO SALUTEM

1. *Recepi litteras tuas ex quibus cognoui speciosissimam te porticum sub tuo filiique tui nomine dedicasse, sequenti die in portarum ornatum pecuniam promisisse, ut initium nouae liberalitatis esset consummatio prioris.* 2. *Gaudeo primum tua gloria, cuius ad me pars aliqua pro necessitudine nostra redundat; deinde quod memoriam soceri mei pulcherrimis operibus uideo proferri; postremo quod patria nostra florescit, quam mihi a quocumque excoli iucundum, a te uero laetissimum est.* 3. *Quod superest, deos precor ut animum istum tibi, animo isti tempus quam longissimum tribuant. Nam liquet mihi futurum ut peracto quod proxime promisisti, incohes aliud. Nescit enim semel incitata liberalitas stare, cuius pulchritudinem usus ipse commendat. Vale.*

v, 11. Data: incerta, mas não anterior a iv, 1, a primeira epístola dirigida a Calpúrnio Fabato, de Como.

1. Fabato: Lúcio Calpúrnio Fabato; ver iv, 1. 2. consagraste: *dedicasse*, de *dedicare*, cognato de *dedicatio*; ver iv, 1, 1. A doação de edifícios públicos era um dos atos de munificência municipal mais comuns no império, como exemplifica o Templo à Eternidade de Roma e de Augusto (*Tempum Aeternitati Romae et Augusti*) erguido às expensas de Lúcio Cecílio Segundo, que talvez seja o pai de Plínio, o Jovem; ver i, 8, 5 e, para inscrição do templo, ver cil, 5, *Supplementa Italica*, 745. Fabato, na condição de Flâmine do Divino Augusto (*Flamen Diui Augusti*) em Como, poderia ter imitado o gesto. 3. lova liberalidade, consumação da anterior: *nouae liberalitatis*

EPÍSTOLA 11

Pela memória do sogro de Plínio

CAIO PLÍNIO

A SEU QUERIDO CALPÚRNIO FABATO[1], AVÔ DE SUA ESPOSA, SAUDAÇÕES

1. Recebi tua epístola, pela qual soube que consagraste[2] um belíssimo pórtico com teu nome e o de teu filho, e que no dia seguinte prometeste doar uma quantia para o ornamento das portas, de modo que o início da nova liberalidade foi a consumação da anterior[3]. 2. Alegro-me primeiro por causa de tua glória, da qual uma parte, em virtude de nossa intimidade, incide em mim; em segundo lugar, porque vejo que com obras belíssimas se dilata a memória de meu sogro[4]; e por último porque floresce nossa terra pátria, que, se já me dá contentamento quando é enobrecida por quem quer que seja, quando o é por ti, me dá a maior felicidade. Ademais, rogo aos deuses que, tal como te deram tal disposição, deem vida longa, o quanto possível, a esta mesma disposição. 3. Pois está claro para mim que, cumprida a próxima promessa que fizeste, iniciarás outro empreendimento, porque a liberalidade, uma vez incitada[5], não sabe deter-se, e o exercitá-la só faz encarecer a beleza que tem. Adeus.

consummatio prioris; ver I, 8, 10 e VI, 34, 2. 4. MEMÓRIA DE MEU SOGRO: *memoriam soceri mei.* O filho de Fabato é pai de Calpúrnia, mulher de Plínio. A morte do sogro, antes do casamento de Plínio com Calpúrnia, parece ter sido recente; ver, IV, 19, 1 e VI, 12, 3. 5. LIBERALIDADE INCITADA: *incitata liberalitas.* A atitude não era geral; ver VI, 34, 2.

EPISTULA XII

Recitatio ad orationem emendandae

GAIUS PLINIUS

TERENTIO SCAURO SUO SALUTEM

1. Recitaturus oratiunculam quam publicare cogito, aduocaui aliquos ut uererer, paucos ut uerum audirem. Nam mihi duplex ratio recitandi, una ut sollicitudine intendar, altera ut admonear, si quid forte me ut meum fallit. 2. Tuli quod petebam: inueni qui mihi copiam consilii sui facerent, ipse praeterea quaedam emendanda adnotaui. Emendaui librum, quem misi tibi. 3. Materiam ex titulo cognosces, cetera liber explicabit, quem iam nunc oportet ita consuescere, ut sine praefatione intellegatur. 4. Tu uelim quid de uniuerso, quid de partibus sentias, scribas mihi. Ero enim uel cautior in continendo uel constantior in edendo, si huc uel illuc auctoritas tua accesserit. Vale.

v, 12. Data: 104-105 d.C., mas posterior à data da epístola v, 8.

1. Terêncio Escauro: pode tratar-se do gramático do tempo de Adriano (imperador entre 117 e 138 d.C.), comentador de Horácio (ver Aulo Gélio, *Noites Áticas*, 11, 15, 3), ou um parente de dois ex-cônsules, Décimo Terêncio Gentiano, cônsul sufecto em 116 d.C., e Décimo Terêncio Escauro, primeiro governador da Dácia. É mencionado apenas aqui. 2. pequenino discurso

EPÍSTOLA 12

Recitação para corrigir um discurso

CAIO PLÍNIO

A SEU QUERIDO TERÊNCIO ESCAURO[1], SAUDAÇÕES

1. Querendo eu recitar um pequenino discurso que penso publicar[2], convidei algumas pessoas, tais, que me causassem temor, mas poucas o bastante para que me dissessem a verdade, pois duas razões tenho para recitar: uma é que a tensão me torne mais aguçado; outra é que apontem algum erro que me escape exatamente porque é meu. 2. Consegui o que queria: encontrei pessoas que me deram muitos conselhos, alguns dos quais de fato anotei para fazer correções. Corrigi o discurso, que ora te envio. 3. Pelo título deduzirás a matéria, o resto te mostrará o próprio texto, que convém te seja tão familiar, que o compreendas sem prefácio[3].

4. Gostaria que me escrevesses sobre tua opinião do todo, sobre tua opinião das partes, pois, mais cauteloso vou reter o discurso, ou mais confiante vou publicá-lo, conforme tua autoridade apoie uma ou outra decisão. Adeus.

QUE PENSO PUBLICAR: *oratiunculam quam publicare cogito*; para publicação, ver I, 2, 5. Para utilidade de recitar discursos e escrúpulos de Plínio, ver II, 19 e VII, 17. Plínio aqui talvez se refira com modéstia às causas grandes e graves de V, 8, 6. Para uso do diminutivo, ver IV, 13, 1; V, 20, 8; IX, 10, 3; IX, 15, 2 e X, 40 (49), 2. 3. PREFÁCIO: *praefatione*; ver em IV, 14, 8 desapreço de Plínio por prefácios longos.

EPISTULA XIII

Iterum de Vicetinorum causa

GAIUS PLINIUS

IULIO VALERIANO SUO SALUTEM

1. *Et tu rogas et ego promisi si rogasses, scripturum me tibi quem habuisset euentum postulatio Nepotis circa Tuscilium Nominatum.*

Inductus est Nominatus; egit ipse pro se nullo accusante. Nam legati Vicetinorum non modo non presserunt eum uerum etiam subleuauerunt. **2.** *Summa defensionis, non fidem sibi in aduocatione sed constantiam defuisse; descendisse ut acturum, atque etiam in curia uisum, deinde sermonibus amicorum perterritum recessisse; monitum enim ne desiderio senatoris, non iam quasi de nundinis sed quasi de gratia, fama, dignitate certantis, tam pertinaciter praesertim in senatu repugnaret, alioqui maiorem inuidiam quam proxime passurus.* **3.** *Erat sane prius, a paucis tamen, acclamatum exeunti. Subiunxit preces multumque lacrimarum; quin etiam tota actione homo in dicendo exercitatus operam dedit, ut deprecari magis (id enim et fauorabilius et tutius) quam defendi uideretur.*

V, **13**. Data: início de 105 d.C., porque a epístola, assim como IV, 29; V, 4 e V, 9, trata da pretura de Licínio Nepos nesse ano.

1. JÚLIO VALERIANO: ver II, 15. **2.** NEPOS: o severo pretor Licínio Nepos; ver IV, 29, 2. **3.** TUSCÍLIO NOMINATO: ver V, 4, 1. **4.** VICENTINOS: ver V, 4, 1. **5.** NÃO LHE FALTARA INTEGRIDADE, SÓ

EPÍSTOLA 13

Mais sobre a causa dos vicentinos

CAIO PLÍNIO

A SEU QUERIDO JÚLIO VALERIANO[1], SAUDAÇÕES

1. Tu pedes e eu tinha prometido que, se pedisses, te escreveria relatando que resultado teve a queixa de Nepos [2] contra Tuscílio Nominato[3].

Nominato foi processado: assumiu a própria defesa, sem que houvesse acusador, pois os embaixadores dos vicentinos [4] não só não o atacaram, como até o apoiaram. 2. O cerne da defesa foi que, como conselheiro dos vicentinos, não lhe faltara integridade, só constância[5]; que se dirigira ao Fórum para atuar por eles e até fora visto na Cúria, mas em seguida, amedrontado pela conversa dos amigos, se retirou, pois fora advertido a não resistir tão tenazmente, mormente no Senado, à vontade de um senador que já não parecia litigar a respeito da causa em questão – a feira novendial[6] –, mas da própria popularidade, reputação e dignidade; caso contrário, haveria de enfrentar depois rejeição maior do que antes. 3. (De fato, tinha então sido aplaudido ao sair, por poucas pessoas, porém). Somou súplicas e muitas lágrimas; até mesmo durante toda a ação, ele, orador experiente que é, empenhou-se por parecer estar mais a desculpar-se do que a defender-se, que é caminho mais aceitável e suguro.

CONSTÂNCIA: *non fidem sibi sed constantiam defuisse*. Nominato foi acusado de *praeuaricatio* ou *destitutio*; ver V, 4, 2. 6. FEIRA NOVENDIAL: *nundinis*; ver V, 4, 1.

4. Absolutus est sententia designati consulis Afrani Dextri, cuius haec summa: melius quidem Nominatum fuisse facturum, si causam Vicetinorum eodem animo quo susceperat pertulisset; quia tamen in hoc genus culpae non fraude incidisset, nihilque dignum animaduersione admisisse conuinceretur, liberandum, ita ut Vicetinis quod acceperat redderet. **5.** *Assenserunt omnes praeter Fabium Aprum. Is interdicendum ei aduocationibus in quinquennium censuit, et quamuis neminem auctoritate traxisset, constanter in sententia mansit; quin etiam Dextrum, qui primus diuersum censuerat,* PROLATA LEGE DE SENATU HABENDO *iurare coegit e re publica esse quod censuisset.* **6.** *Cui quamquam legitimae postulationi a quibusdam reclamatum est; exprobrare enim censenti ambitionem uidebatur.*

Sed prius quam sententiae dicerentur, Nigrinus tribunus plebis recitauit libellum disertum et grauem, quo questus est uenire aduocationes, uenire etiam praeuaricationes, in lites coiri, et gloriae loco poni ex spoliis ciuium magnos et statos reditus. **7.** *Recitauit capita legum, admonuit senatus consultorum, in fine dixit petendum ab optimo principe, ut quia leges, quia senatus consulta contemnerentur, ipse tantis uitiis mederetur.* **8.** *Pauci dies, et liber principis seuerus et tamen moderatus: leges ipsum; est in publicis actis.*

Quam me iuuat, quod in causis agendis non modo pactione, dono, munere uerum etiam xeniis semper abstinui! **9.** *Oportet quidem, quae sunt inhonesta, non quasi illicita sed quasi pudenda uitare; iucundum*

7. AFRÂNIO DESTRO: cônsul sufecto entre maio e junho de 105 d.C., foi depois morto pelos escravos, como se lê em VIII, 14, 12; ver em III, 14, o mesmo destino reservado a Lárcio Macedo; ver I, 4, 4, nota sobre manumissão de escravos por parte de Plínio, o Jovem. **8.** FLÁVIO APRO: em um dos manuscritos consta *Fabium*, "Fábio". Pode ser filho do Marco Apro mencionado por Tácito (*Diálogo dos Oradores*, 2, 1 etc.) e na PIR, 2 A 910; 2 F 206 e 2 F 208) e pai de Marco Flávio Apro, cônsul em 130 d.C. É mencionado apenas aqui. **9.** LEI RELATIVA A TRÂMITES DO SENADO: PROLATA LEGE DE SENATU HABENDO. Trata-se da lei de Augusto de 9 a.C., que regulava os trâmites do Senado em detalhe, como a *ordo sententiarum*. **10.** ATAS PÚBLICAS: *publicis actis*. Há várias referências nos *Anais* de Tácito aos *acta diurna* (12, 24, 2; 13, 31, 1 e 16, 22, 3), uma gazeta que circulava na Itália e até nas províncias, contendo uma lista de eventos em Roma, grandes e pequenos, como obras públicas, exéquias oficiais e, como aqui e em VII, 33, 3, um resumo do processo senatorial (Suetônio, *Vida dos Césares*, 4, "Calígula", 8, 2; Plínio, o Velho, *História Natural*, 7, 12, 60 e 8, 61, 145). Processos senatoriais não eram publicados desde que Augusto interrompeu o

4. Foi absolvido pela sentença do cônsul designado Afrânio Destro[7], cuja suma é a seguinte: "que Nominato teria agido melhor se tivesse conduzido o processo dos vicentinos com a mesma disposição com que o tinha assumido; como, porém, incorrera nesse tipo de falta sem fraude e como se demonstrou que nenhum ato cometeu que merecesse punição, devia ser absolvido com a condição de devolver aos vicentinos o que tinha recebido". **5.** Todos assentiram, exceto Flávio Apro[8]. Achava que Nominato devia ser proibido de advogar por cinco anos e, embora não tivesse persuadido ninguém, manteve-se firme em seu parecer. Aduzindo uma LEI RELATIVA A TRÂMITES DO SENADO[9], chegou até mesmo a forçar Destro, que foi o primeiro a manifestar opinião diversa, a jurar que fora pelo bem da república que tomou aquela decisão. **6.** A este procedimento, embora legal, alguns se opuseram, pois parecia implicar que Destro era parcial.

Mas antes que se lessem as sentenças, Nigrino, tribuno da plebe, proferiu um discurso eloquente e grave, em que lamentava que os advogados se vendiam, que se vendiam prevaricações, que eles entravam em conluio nos processos e em vez de glória acumulavam vultosos honorários, espoliados aos cidadãos. **7.** Recitou o *caput* das leis, aduziu os senátus-consultos, no fim disse que se deveria solicitar ao nosso excelente Príncipe que, se estas leis eram desprezadas, se os senátus-consultos eram desprezados, ele mesmo sanasse tão grandes vícios. **8.** Poucos dias depois, saiu um edito imperial, severo, porém moderado: vais lê-lo, está nas atas públicas[10].

Como me deixa contente saber que nas ações que movi, sempre me abstive de barganha, presente, pagamento e até mesmo pequenos mimos! **9.** É preciso sim evitar o que é desonesto, não porque seja ilícito, mas porque é vergonhoso; será, porém, motivo de alegria veres que na vida pública se evita o que tu jamais te permitiste a ti mesmo

costume iniciado em 59 a.C. (Suetônio, *Vida dos Césares*, 1, "César", 20, 1; 2, "Augusto", 36, 1). Não há por que distinguir os *diurna*, ou na íntegra, *acta diurna populi Romani* (ou *diurna urbis*, popularmente), de um conjunto mais ufano de *acta publica* (ver *Panegírico de Trajano*, 75, 1). O adjetivo *publica* é equivalente a *populi*, "do povo" (ver II, 1, 9).

tamen si prohiberi publice uideas, quod numquam tibi ipse permiseris. **10.** *Erit fortasse, immo non dubie, huius propositi mei et minor laus et obscurior fama, cum omnes ex necessitate facient quod ego sponte faciebam. Interim fruor uoluptate, cum alii diuinum me, alii meis rapinis, meae auaritiae occursum per ludum ac iocum dictitant. Vale.*

privadamente. 10. Talvez, ou melhor dizendo, sem sombra de dúvida, será menor a glória e mais obscura a reputação deste propósito meu, quando todos fizerem, só porque não podem evitar, aquilo que eu fazia de livre vontade. Enquanto isso, eu me divirto quando uns me tratam de "Plínio, o adivinho", ao passo que outros por brincadeira gracejam que foi à minha rapinagem e à minha avidez que se pôs fim. Adeus.

EPISTULA XIV

De Cornuto Tertulo, curatore uiae Aemiliae

GAIUS PLINIUS

PONTIO ALLIFANO SUO SALUTEM

1. *Secesseram in municipium, cum mihi nuntiatum est Cornutum Tertullum accepisse Aemiliae uiae curam.* 2. *Exprimere non possum, quanto sim gaudio adfectus, et ipsius et meo nomine: ipsius quod, sit licet (sicut est) ab omni ambitione longe remotus, debet tamen ei iucundus honor esse ultro datus, meo quod aliquanto magis me delectat mandatum mihi officium, postquam par Cornuto datum uideo.* 3. *Neque enim augeri dignitate quam aequari bonis gratius.*

Cornuto autem quid melius, quid sanctius, quid in omni genere laudis ad exemplar antiquitatis expressius? quod mihi cognitum est non fama, qua alioqui optima et meritissima fruitur, sed longis magnisque experimentis. 4. *Una diligimus, una dileximus omnes fere quos aetas nostra*

v, 14. Data: 104-105 d.C.

1. Pôncio Alifano: Lúcio Pôncio Alifano, filho de um procônsul de Chipre, homônimo, a quem acompanhou até a província em torno de 60 d.C. (*SEG*, 18, 588), razão pela qual é provavelmente senador e próximo de Tertulo. É destinatário de vi, 28 e vii, 4. 2. minha cidade: *municipium*. Trata-se da cidade de Como. 3. Cornuto Tertulo: Caio Júlio Cornuto Tertulo; ver ii, 11, 19. 4. Via Emília: trata-se da estrada entre Arímino (atual Rímini)) e Placência (atual Piacenza), não a via costeira entre Pisa e Vada, construída por Marco Emílio Escauro em 109 a.C. 5. não posso exprimir: *exprimere non possum*. O fraseado com pequenas variações é caro a Plínio; ver v, 16, 7;

EPÍSTOLA 14

Sobre Cornuto Tertulo, supervisor da via Emília

CAIO PLÍNIO
A SEU QUERIDO PÔNCIO ALIFANO[1], SAUDAÇÕES

1. Tinha-me retirado à minha cidade[2], quando me foi anunciado que Cornuto Tertulo[3] aceitou a superintendência da via Emília[4]. 2. Não posso exprimir[5] a grande alegria de que fui tomado, por ele e por mim: por ele, porque, ainda que seja, tal como é, isento de toda ambição, deve, porém, ter-se sentido gratificado por um cargo honorífico conferido espontaneamente a ele; por mim, porque me deleita ainda mais um posto atribuído a mim[6] depois que vejo que um semelhante foi dado também a Cornuto, 3. pois avançar na carreira não é mais grato do que se igualar aos bons.

Ora, quem é melhor, quem é mais santo, quem em todo tipo de virtude segundo o costume dos antigos é mais distinto que Cornuto? Isto aprendi não pela fama de que goza, que de resto é excelente e merecidíssima, mas por longa e profunda constatação. 4. Juntos amamos, juntos temos amado quase todas aquelas pessoas, de ambos os sexos, que nos-

VII, 8, 1; IX, 23, 3; X, 2, 1; X, 10 (5), 1 e X, 51(12), 1. 6. POSTO ATRIBUÍDO A MIM: *mandatum mihi officium*. Em 104 ou 105 d.C. Plínio obteve o cargo de supervisor do leito e das margens do Tibre e dos esgotos de Roma (*curator aluei Tiberis et riparum et cloacarum urbis*; ver Introdução, I e X), cuja tarefa era drenar o leito e manter as margens do Tibre e os esgotos da cidade.

in utroque sexu aemulandos tulit; quae societas amicitiarum artissima nos familiaritate coniunxit. **5.** *Accessit uinculum necessitudinis publicae; idem enim mihi, ut scis, collega quasi uoto petitus in praefectura aerarii fuit, fuit et in consulatu. Tum ego qui uir et quantus esset altissime inspexi, cum sequerer ut magistrum, ut parentem uererer, quod non tam aetatis maturitate quam uitae merebatur.* **6.** *His ex causis ut illi sic mihi gratulor, nec priuatim magis quam publice, quod tandem homines non ad pericula ut prius uerum ad honores uirtute perueniunt.*

7. *In infinitum epistulam extendam, si gaudio meo indulgeam. Praeuertor ad ea, quae me agentem hic nuntius deprehendit.* **8.** *Eram cum prosocero meo, eram cum amita uxoris, eram cum amicis diu desideratis, circumibam agellos, audiebam multum rusticarum querellarum, rationes legebam inuitus et cursim (aliis enim chartis, aliis sum litteris initiatus), coeperam etiam itineri me praeparare.* **9.** *Nam includor angustiis commeatus, eoque ipso, quod delegatum Cornuto audio officium, mei admoneor. Cupio te quoque sub idem tempus Campania tua remittat, ne quis cum in urbem rediero, contubernio nostro dies pereat. Vale.*

7. PREFEITURA DO ERÁRIO DE SATURNO: apenas *praefectura aerarii* em latim; ver I, 2. 8. PERIGO COMO ANTES: *pericula ut prius.* Plínio refere-se à tirania, como a de Domiciano (ver I, 5, 1) e a de Nero (ver III, 5, 5), e com isso louva indiretamente Trajano. 9. TUA CAMPÂNIA TE LIBERE: *te*

sa época nos ofereceu dignas de imitar; esta comunhão de afetos nos uniu em grande intimidade. **5.** Além disso, houve o vínculo nascido do companheirismo na vida pública, pois, conforme sabes, escolhido como que em atenção a um desejo meu, ele foi meu colega na prefeitura do erário de Saturno[7] e no consulado. Foi então que pude perscrutar com a maior profundidade que homem Cornuto era e que envergadura tinha: eu o imitava como a um mestre e, como a um pai, o reverenciava, gesto que ele merecia nem tanto pela maturidade dos anos quanto pelo modo de vida. **6.** Por estas razões congratulo-me com ele assim como comigo, e não só no âmbito privado mas também no público, porque enfim os homens por causa de seu caráter não acabam por chegar ao perigo, como antes[8], mas às honrarias.

7. A epístola seria interminável se eu me entregasse à minha alegria. Volto a tratar do que vinha fazendo quando a notícia me surpreendeu. **8.** Estive com o avô de minha esposa, estive com a tia paterna dela, estive com amigos de que tinha saudades, circulei pelos meus sítios, ouvi muito as queixas dos camponeses, examinei as contas a contragosto e às pressas (pois sou versado em outra espécie de documentos, outra espécie de escritos) e já começava a preparar-me para a viagem, **9.** pois a estadia estava sujeita à brevidade de minha licença e, justo porque ouvi sobre o cargo oferecido a Cornuto, lembrei-me do meu. Desejo que nesse mesmo tempo tua Campânia também te libere[9] para que, quando eu voltar a Roma, não se perca nem um só dia de nossa convivência. Adeus.

tua Campania remittat. As propriedades rurais reclamam a presença dos donos e os afastam de Roma; ver VII, 3.

EPISTULA XV

Laus Arri Antonini poetae

GAIUS PLINIUS

ARRIO ANTONINO SUO SALUTEM

1. *Cum uersus tuos aemulor, tum maxime quam sint boni experior. Ut enim pictores pulchram absolutamque faciem raro nisi in peius effingunt, ita ego ab hoc archetypo labor et decido.* 2. *Quo magis hortor, ut quam plurima proferas, quae imitari omnes concupiscant, nemo aut paucissimi possint. Vale.*

v, 15. Data: provavelmente 105 d.C.

1 Árrio Antonino: ver iv, 3. 2. emulo: *aemulor*. Equivale a "imitar"; ver abaixo §2 imitá-los, e i, 2, §§2-3. 3. reproduzam: *effingunt*. Aqui a tradução pelo cognato "figurar" não conservaria o significado exato de "manter a mesma forma", que, penso, ocorre em "reproduzir". Ademais, dado que Plínio menciona a arte escultória, lembro o sentido técnico do cognato "reprodução" (Houaiss, 2, 1): "imitação de quadro, fotografia, gravura etc. 2, 2 imitação fiel, cópia de obra de arte que tem sua divulgação autorizada por seu autor". 4. perfeito: *absolutam*; ver v, 10, 2. 5. arquétipo: *archetypo*. O termo, proveniente da atividade escultória (ver *lsj*, ἀρχέτυπος, "pri-

EPÍSTOLA 15

Elogio do poeta Árrio Antonino

CAIO PLÍNIO
A SEU QUERIDO ÁRRIO ANTONINO[1], SAUDAÇÕES

1. É quando emulo[2] teus versos que percebo mais do que nunca como são bons! Assim como é raro que pintores reproduzam[3] um rosto belo, perfeito[4], sem que o piorem, assim também diante do arquétipo[5] que são teus versos eu escorrego e caio ao chão[6]. **2.** Por isso, tanto mais exorto a que os produzas quantos puderes, para que todos desejem imitá-los[7], embora ninguém ou pouquíssimos consigam. Adeus.

meiro molde feito como padrão; modelo, arquétipo"), guarda, como se vê, o conceito "modelo", a que é intrínseca a perfeição. Em latim, é também empregado no sentido do substantivo "original" (Houaiss, 2): "Coisa de que se tiraram ou podem tirar cópias". Plínio serve-se da polissemia do termo em latim para louvar os versos de Árrio; em I, 20, 9, ocorre próprio termo grego. **6.** ESCORREGO E CAIO AO CHÃO: *labor et decido*. Para louvar os versos de Cornuto, Plínio, mediante o termo *archetypus*, associa-os a uma estátua, diante de cuja magnificência ele se desequilibra e cai. **7.** IMITÁ-LOS: *imitari*; ver I, 2, 1.

EPISTULA XVI

Mors filiae

GAIUS PLINIUS

AEFULANO MARCELLINO SUO SALUTEM

1. *Tristissimus haec tibi scribo, Fundani nostri filia minore defuncta. Qua puella nihil umquam festiuius amabilius, nec modo longiore uita sed prope immortalitate dignius uidi.* **2.** *Nondum annos* XIIII *impleuerat, et iam illi anilis prudentia, matronalis grauitas erat et tamen suauitas puellaris cum uirginali uerecundia.* **3.** *Ut illa patris ceruicibus inhaerebat! Ut nos amicos paternos et amanter et modeste complectebatur! Ut nutrices, ut paedagogos, ut praeceptores pro suo quemque officio diligebat! quam studiose, quam intellegenter lectitabat! Ut parce custoditeque ludebat! Qua illa temperantia, qua patientia, qua etiam constantia nouissimam ualetudinem tulit!* **4.** *Medicis obsequebatur, sororem patrem adhortabatur ipsamque se destitutam corporis uiribus uigore animi sustinebat.* **5.** *Durauit hic illi usque ad extremum,*

v, **16**. Data: 105-106 d.C.

1. EFULANO MARCELINO: desconhecido, provável destinatário da epístola VIII, 23. **2.** FUNDANO: Minício Fundano; ver I, 9. **3.** PEDAGOGOS: *paedagogos*. Na Roma antiga, eram escravos que acompanhavam as crianças à escola e de modo geral as vigiavam em casa; ver Houaiss, 1. **4.** PROFESSORES: *praeceptores*. Sherwin-White (p. 347) informa que a educação das meninas em geral se restringia ao nível do *grammaticus* – o mestre de primeiras letras –, mas lembra que no tempo de Plínio era cada vez maior o número de mulheres mais instruídas (como Corélia Hispula em I, 16, 6 e III, 3 e a esposa de Calpúrnio Pisão em V, 17, 5). O ser descritas como insuportáveis

EPÍSTOLA 16

A perda de uma filha

CAIO PLÍNIO

A SEU QUERIDO EFULANO MARCELINO[1], SAUDAÇÕES

1. É com enorme tristeza que te escrevo esta epístola: a filha mais nova de nosso querido Fundano[2] morreu. Nunca vi ninguém mais alegre, mais amável do aquela menina, nem mais merecedora, já não digo de uma vida mais longa, senão de uma quase imortalidade. **2.** Não tinha completado ainda quatorze anos e já havia nela a sabedoria de uma anciã, a severidade de uma mãe de família, sem que perdesse a doçura de menina e o pudor de virgem. **3.** Como se agarrava ao pescoço do pai! Como nos abraçava, aos amigos do pai, com amor e respeito! Como amava as amas de leite, os pedagogos[3], os professores[4], a cada qual segundo seu dever! Com que dedicação e inteligência se dava à leitura! Que moderada e cuidadosa era quando brincava! Que temperança, que paciência e até mesmo que perseverança teve para suportar sua última enfermidade! **4.** Obedecia aos médicos, encorajava a irmã, o pai e, já sem forças no corpo, sustentava-se a si mesma com o vigor do espírito. **5.** Este vigor resistiu nela até o último momento, e ela não se deixou

na famosa sátira contra as mulheres do contemporâneo Juvenal (*Sátiras* 6, vv. 434-456) indica não um fato, mas só a perspectiva satírica, que, conservadora, endossava que a mulher se restringisse ao papel de matrona. Tanto é assim, que em III, 11, 5 o filósofo Musônio prega a necessidade de que as meninas tenham a mesma educação que os meninos, como parece ser o caso aqui.

nec aut spatio ualetudinis aut metu mortis infractus est, quo plures grauioresque nobis causas relinqueret et desiderii et doloris. **6.** *O triste plane acerbumque funus! o morte ipsa mortis tempus indignius! iam destinata erat egregio iuueni, iam electus nuptiarum dies, iam nos uocati.* **7.** *Quod gaudium quo maerore mutatum est!*

Non possum exprimere uerbis quantum animo uulnus acceperim, cum audiui Fundanum ipsum, ut multa luctuosa dolor inuenit, praecipientem, quod in uestes, margarita, gemmas fuerat erogaturus, hoc in tus et unguenta et odores impenderetur. **8.** *Est quidem ille eruditus et sapiens, ut qui se ab ineunte aetate altioribus studiis artibusque dediderit; sed nunc omnia, quae audiit saepe, quae dixit, aspernatur expulsisque uirtutibus aliis pietatis est totus.* **9.** *Ignosces, laudabis etiam, si cogitaueris quid amiserit. Amisit enim filiam, quae non minus mores eius quam os uultumque referebat, totumque patrem mira similitudine exscripserat.* **10.** *Proinde si quas ad eum de dolore tam iusto litteras mittes, memento adhibere solacium non quasi castigatorium et nimis forte, sed molle et humanum. Quod ut facilius admittat, multum faciet medii temporis spatium.* **11.** *Ut enim crudum adhuc uulnus medentium manus reformidat, deinde patitur atque ultro requirit, sic recens animi dolor consolationes reicit ac refugit, mox desiderat et clementer admotis adquiescit. Vale.*

5. ESTAVA JÁ COMPROMETIDA: *iam destinata erat*; ver VI, 26, 1. **6.** NÃO POSSO EXPRIMIR EM PALAVRAS: *non possum exprimere uerbis*. Para o fraseado, ver V, 14, 2 e remissões. **7.** DEVOÇÃO DE PAI: *pietatis est totus*, literalmente "ele está nesta devoção por inteiro", sem a rigor a palavra "pai",

abater pela duração da doença nem pelo medo da morte, o que só nos legou maiores e mais tristes motivos de saudade e dor. **6.** Oh, morte triste, oh, morte cruel! Que hora de morrer mais indigna que a própria morte! Estava já comprometida[5] com um rapaz notável, já tinha sido marcado o dia do casamento, já tínhamos sido convidados. **7.** Que alegria em tristeza transformada!

Não posso exprimir em palavras[6] que enorme golpe recebi na alma quando ouvi o próprio Fundano (quantos expedientes encontra a dor do luto!) a dar instruções para que aquilo que dispenderia em roupas, pérola, pedraria fosse gasto em incenso, unguentos e perfumes. **8.** É de fato pessoa erudita e afeita à filosofia, pois desde tenra idade dedicou-se aos mais elevados estudos e disciplinas. Mas todos os preceitos que ouviu, todos os que amiúde expressou, ele despreza e, desconsiderando as outras virtudes, é todo devoção de pai[7]. **9.** Vais perdoá-lo, até louvá-lo, se refletires no que perdeu, pois perdeu uma filha que dele não tinha só o caráter senão também o rosto e o aspecto, e guardava com a figura inteira do pai incrível semelhança. **10.** Por isso, se lhe enviares uma carta sobre esta dor tão justa, lembra-te de lhe transmitir não uma consolação repreensiva e dura, mas uma branda e humana. O passar do tempo fará que ele a acolha com mais facilidade, **11.** pois assim como uma ferida aberta teme até mesmo a mão do médico, mas em seguida a recebe e enfim anseia-a sem precisar pedir, assim também a dor moral ainda recente rejeita e afasta as consolações, mas logo as deseja e acalma-se com elas se vindas com compaixão[8]. Adeus.

subentendida. **8.** CONSOLAÇÕES VINDAS COM COMPAIXÃO: *consolationes clementer admotis*; ver Introdução, VIII, 6, c.

EPISTULA XVII

Recitatio elegiae astronomicae Calpurni Pisonis

GAIUS PLINIUS

VESTRICIO SPURINNAE SUO SALUTEM

1. *Scio quanto opere bonis artibus faueas, quantum gaudium capias, si nobiles iuuenes dignum aliquid maioribus suis faciant. Quo festinantius nuntio tibi fuisse me hodie in auditorio Calpurni Pisonis.* 2. *Recitabat καταστερισμῶν eruditam sane luculentamque materiam. Scripta elegis erat fluentibus et teneris et enodibus, sublimibus etiam, ut poposcit locus. Apte enim et uarie nunc attollebatur, nunc residebat; excelsa depressis, exilia plenis, seueris iucunda mutabat, omnia ingenio pari.* 3. *Commendabat haec uoce suauissima, uocem uerecundia; multum sanguinis, multum sollicitudinis in ore, magna ornamenta recitantis. Etenim nescio quo pacto magis in studiis homines timor quam fiducia decet.*

v, 17. Data: incerta, mas talvez escrita nos primeiros meses de 105 d.C. pela semelhança com a iv, 27, que menciona Espurina.

1. Espurina: Tito Vestrício Espurina; ver i, 5, 8. 2. Calpúrnio Pisão: para Sherwin-White (p. 349), este ou o irmão deve ser Caio Calpúrnio Pisão, o cônsul de 111 d.C., embora Plínio o designe como "jovem" (*iuuenis*), o termo pode estar empregado genericamente. O pai, Caio Calpúrnio Pisão Liciniano, provavelmente foi o cônsul mencionado nos *Fasti Potentini* (ver iv, 5, nota 1) para o ano de 87 d.C. Mas releva aqui, mormente ao último parágrafo, que os Pisões eram antiga família romana, importante já no século ii a.C., que incluiu, entre outros, Cneu Calpúrnio Pisão, cônsul em 7 a.C., amigo de Augusto, e Lúcio Calpúrnio Pisão, pontífice e em 15 a.C. cônsul. Para outros Pisões, ver iii, 7, 12. 3. recitava: *recitabat*; ver i, 13, 2 e remissões; so-

EPÍSTOLA 17

Récita da elegia astronômica de Calpúrnio Pisão

CAIO PLÍNIO
A SEU QUERIDO VESTRÍCIO ESPURINA[1], SAUDAÇÕES

1. Sei quanto aprovas as boas artes, quanta alegria tens quando jovens de estirpe realizam algo digno de seus antepassados. Por isso, dou-te logo a notícia de que estive hoje no auditório de Calpúrnio Pisão[2]. **2.** Recitava[3] sobre catasterismo[4], matéria erudita, sim, e brilhante. O poema é escrito em dísticos elegíacos fluentes, ternos, sem aspereza, mas sublimes, como o assunto exige, pois com adequação ora se elevava, ora descia; das alturas ia ao pedestre; do inane à fartura, e da gravidade à alegria, sempre com o mesmo engenho. **3.** A tudo isso Pisão encarecia com voz suavíssima[5], e à voz, com comedimento; no rosto muito rubor, muita atenção, que é o grande ornamento de quem recita: não sei por

bre recitações, ver VII, 17. 4. CATASTERISMO: καταστερισμῶν (*katasterismôn*). O termo primeiro significava "transformação de alguém ou algo em estrela"; depois significou "estudo sobre os astros" e intitulava obras científicas, como as de Eratóstenes de Cirene (276- 194 a.C.) e Hiparco de Niceia (*c.* 190-*c.* 120 a.C.). A seguir passou a eventualmente *designar*, mas não necessariamente a *intitular*, poemas de matéria astronômica que poetas helenísticos na esteira dos *Trabalhos e Dias*, de Hesíodo, passaram a compor inserindo já o conhecimento técnico, como é o caso em grego dos *Fenômenos*, de Arato de Solos (ver V, 6, 43), tão apreciados, que deles se fizeram várias traduções em latim (uma das quais de Cícero, ver I, 2, 3), hoje fragmentárias reunidas sob o título *Aratea*, "matéria de Arato". Foram também imitados em latim por Manílio (século I d.C.), autor das *Astronômicas*. 5. VOZ SUAVÍSSIMA: *uoce suauissima*. Todo o parágrafo refere-se à ação ou pronunciação oral do poema; ver IV, 7, 2 e remissões.

4. Ne plura (quamquam libet plura, quo sunt pulchriora de iuuene, rariora de nobili), recitatione finita multum ac diu exosculatus adulescentem, qui est acerrimus stimulus monendi, laudibus incitaui, pergeret qua coepisset, lumenque quod sibi maiores sui praetulissent, posteris ipse praeferret. 5. Gratulatus sum optimae matri, gratulatus et fratri, qui ex auditorio illo non minorem pietatis gloriam quam ille alter eloquentiae retulit: tam notabiliter pro fratre recitante primum metus eius, mox gaudium eminuit.

6. Di faciant ut talia tibi saepius nuntiem! Faueo enim saeculo ne sit sterile et effetum, mireque cupio ne nobiles nostri nihil in domibus suis pulchrum nisi imagines habeant; quae nunc mihi hos adulescentes tacitae laudare, adhortari, et quod amborum gloriae satis magnum est, agnoscere uidentur. Vale.

6. BEIJAR: *exosculatus*, de *exosculor*, a rigor "oscular", aplicar "ósculos", que é um beijo afetivo, não sexual, como indica o étimo *osculum*, "boquinha", diminutivo de *os*, "boca". Catulo (poema 9, vv. 5-9), empregando, porém, o verbo sinônimo *suauior*, dá bom exemplo da atitude. 7. ESTA GERAÇÃO NÃO SEJA ESTÉRIL E EXAURIDA: *saeculo ne sit sterile et effetum*; ver VI, 21, 1. 8. IMAGENS

que nas letras o temor é mais decoroso do que a confiança. 4. Para não me estender (se bem que poderia estender-me, que essas virtudes são muito belas num jovem, e muito raras num nobre), terminada a récita, depois de muito e longamente beijar[6] o rapaz (o que é o mais penetrante aguilhão para encorajar), incitei-o com elogios a que fosse até o fim pelo caminho iniciado e que com o fanal com que seus ancestrais o guiaram ele guiasse os descendentes. 5. Felicitei-lhe a mãe excelente, felicitei também o irmão, que daquele auditório não saiu levando menor fama de ternura do que o outro levou de eloquência, tão evidente era, pelo irmão que recitava, primeiro a apreensão, e logo a alegria.

6. Tomara aos deuses possa eu com mais frequência contar-te casos semelhantes, pois faço votos que esta geração não seja estéril e exaurida[7], e desejo muito que as famílias ilustres de Roma tenham em casa outras coisas belas além de imagens dos ancestrais[8]: quanto a estes jovens, elas, embora mudas, parecem-me louvá-los, encorajá-los e – fato grandioso o bastante para a glória deles – reconhecê-los como descendentes. Adeus.

DOS ANCESTRAIS: *imagines*. Aqui, trata-se decerto de bustos. Plínio parece inverter a função das imagens: em vez de os descendentes louvarem os antepassados, são estes que, pelas imagens, louvam os descendentes, como em IV, 7, 1. Para a importância das imagens, ver I, 16, 8.

EPISTULA XVIII

Venatio et studium in Tuscis

GAIUS PLINIUS

CALPURNIO MACRO SUO SALUTEM

1. *Bene est mihi quia tibi bene est. Habes uxorem tecum, habes filium; frueris mari fontibus uiridibus agro uilla amoenissima. Neque enim dubito esse amoenissimam, in qua se composuerat homo felicior, ante quam felicissimus fieret.* **2.** *Ego in Tuscis et uenor et studeo, quae interdum alternis, interdum simul facio; nec tamen adhuc possum pronuntiare, utrum sit difficilius capere aliquid an scribere. Vale.*

V, 18. Data: junho-setembro (verão no hemisfério norte) de 106 d.C.

1. Calpúrnio Macro: Públio Calpúrnio Macro Cáulio Rufo. Proveniente da Gália Cisalpina, foi cônsul sufecto em 103 d.C., governador da Mésia Inferior em torno de 109-112 d.C., quan-

EPÍSTOLA 18

Caçar e ler na Túscia

CAIO PLÍNIO
A SEU QUERIDO CALPÚRNIO MACRO[1], SAUDACÕES

1. Tudo vai bem comigo porque tudo vai bem contigo. Tens a companhia de tua esposa e de teu filho. Desfrutas do mar, de fontes, de áreas verdes, do campo e de uma vila agradabilíssima. E não tenho dúvida de que é agradabilíssima uma vila onde foi repousar um homem muito feliz antes de tornar-se o mais feliz. **2.** Quanto a mim, na Túscia dedico-me à caça[2] e aos estudos, ora alternada ora simultaneamente. E, no entanto, até agora não tenho condições de afirmar se é mais difícil capturar alguma coisa ou escrever alguma coisa. Adeus.

do Plínio esteve na Bitínia. É mencionado em x, 42; x, 61; x, 62; x, 77 e possivelmente vi, 24.
2. DEDICO-ME À CAÇA E AOS ESTUDOS: *et uenor et studeo*. Para férias de Plínio, ver I, 6, 1; VII, 30, §§2-5; VIII, 1, 2; VIII, 20 e IX, 15.

EPISTULA XIX

Valetudo Zozimi liberti

GAIUS PLINIUS

VALERIO PAULINO SUO SALUTEM

1. *Video quam molliter tuos habeas; quo simplicius tibi confitebor, qua indulgentia meos tractem.* 2. *Est mihi semper in animo et Homericum illud πατὴρ δ' ὣς ἤπιος ἦεν et hoc nostrum "pater familiae". Quod si essem natura asperior et durior, frangeret me tamen infirmitas liberti mei Zosimi, cui tanto maior humanitas exhibenda est, quanto nunc illa magis eget.* 3. *Homo probus, officiosus, litteratus; et ars quidem eius et quasi inscriptio comoedus, in qua plurimum facit. Nam pronuntiat acriter, sapienter, apte, decenter etiam; utitur et cithara perite, ultra quam comoedo*

v, 19. Data: 104-105 d.C.

1. Valério Paulino: ver ii, 2.

2. brandura: *molliter*. Era exceção a atitude de Plínio e Paulino, que permitiam aos fâmulos desfrutar o mesmo alimento e a mesma bebida que eles (ver ii, 6, §§3-4). A moderação que Plutarco (*Como Coibir a Ira*, 459b, 5-549c, 4) elogia em Fundano, amigo de Plínio (ver i, 9), mostra como de regra era o tratamento dispensado aos serviçais. E não era comum a permissão que Plínio lhes dava de dispor como quisessem de seus ganhos (ver viii, 16). Plínio, não cita, mas já Sêneca, o Filósofo (*Cartas a Lucílio*, 47, 14; ver excerto em viii, 16, 2, nota; e *Tratado sobre a Clemência*, 1, 18, 1-3) discutia a humanidade dos escravos, aconselhando a tratá-los com dignidade. 3. vou confessar-te: *confitebor*. Sherwin-White (*Greece & Rome*, 16, 1969, p. 81) opina: "a epístola mostra a bondade de Plínio, mas mostra também estilo comprimido, cristalino e manifesto de um epistológrafo de primeira grandeza. Sem nenhuma palavra excessiva há, no entanto, informações necessárias sobre os afetos de Plínio e as condições do doente. Não há repetições inúteis

EPÍSTOLA 19

Doença do liberto Zózimo

CAIO PLÍNIO

A SEU QUERIDO VALÉRIO PAULINO[1], SAUDAÇÕES

1. Vejo com que brandura[2] tratas os teus; por isso, vou confessar-te[3] francamente com que tolerância trato os meus. **2.** Tenho sempre em mente aquele dito de Homero[4], "era gentil como um pai" e tenho em mente o nosso título "páter-famílias"[5]. Ainda que por natureza eu fosse mais rude e áspero, ainda assim me partiria coração a enfermidade de meu liberto Zózimo, a quem devo mostrar a maior compaixão agora, quando ele mais precisa. **3.** É homem honesto, cumpridor de seus deveres, letrado. Sua arte, para resumir num título, é de ator cômico, em que se sai muitíssimo bem, pois tem pronúncia penetrante, estudada, conveniente e até decorosa[6]; serve-se com perícia também da cítara, além do

ou dilatações retóricas. Esta é a principal virtude das epístolas. A brevidade salvou Plínio dos defeitos terríveis produzidos pela elocução retórica grandiosa que se vê no *Panegírico de Trajano*, em que cada fato, cada detalhe, todo adjetivo e todo advérbio são inflados e multiplicados em uma série de repetições túrgidas. Só duas vezes, em VIII, 6 e VIII, 14, Plínio adotou tal elocução, e o resultado é que ambas são epístolas desastrosamente ruins". **4.** ERA GENTIL COMO UM PAI: πατὴρ δ' ὣς ἤπιος ἦεν. Passagem que se lê na *Odisseia*, 2, v. 47; 2, v. 234 e 5, v. 12. **5.** PÁTER-FAMÍLIAS: *pater familiae*. Sêneca, o Filósofo, já notara a condição paternal do páter-famílias; ver VIII, 16, 2, e na nota a passagem da epístola 47, §14 de Sêneca. **6.** PRONÚNCIA PENETRANTE, ESTUDADA, CONVENIENTE E ATÉ DECOROSA: *pronuntiat acriter, sapienter, apte, decenter etiam*. Para ação ou pronunciação (*actio* ou *pronuntiatio*), ver IV, 7, 2 e remissões.

necesse est. Idem tam commode orationes et historias et carmina legit, ut hoc solum didicisse uideatur.

4. *Haec tibi sedulo exposui, quo magis scires, quam multa unus mihi et quam iucunda ministeria praestaret. Accedit longa iam caritas hominis, quam ipsa pericula auxerunt.* 5. *Est enim ita natura comparatum, ut nihil aeque amorem incitet et accendat quam carendi metus; quem ego pro hoc non semel patior.* **6.** *Nam ante aliquot annos, dum intente instanterque pronuntiat, sanguinem reiecit atque ob hoc in Aegyptum missus a me post longam peregrinationem confirmatus redit nuper; deinde dum per continuos dies nimis imperat uoci, ueteris infirmitatis tussicula admonitus rursus sanguinem reddidit.*

7. *Qua ex causa destinaui eum mittere in praedia tua, quae Foro Iulii possides. Audiui enim te saepe referentem esse ibi et aera salubrem et lac eiusmodi curationibus accommodatissimum.* **8.** *Rogo ergo scribas tuis, ut illi uilla, ut domus pateat, offerant etiam sumptibus eius, si quid opus erit, erit autem opus modico.* 9. *Est enim tam parcus et continens, ut non solum delicias uerum etiam necessitates ualetudinis frugalitate restringat. Ego proficiscenti tantum uiatici dabo, quantum sufficiat eunti in tua. Vale.*

7. CUSPIU SANGUE: *sanguinem reiecit*. Zózimo tem tuberculose; ver a mesma locução em VIII, 1, 2 e tosse de Fânia em VII, 19, 3. 8. FÓRUM DE JÚLIO: *Foro Iulii*. Era o nome das atuais Cividale del Friuli, na região de Friuli-Venezia-Giulia, no norte da Itália e da atual Fréjus, cidade francesa entre Toulouse e Nice. Aqui trata-se da segunda, então colônia romana da Gália Narbonense.

que é necessário a um ator cômico. E ao mesmo tempo recita discursos, história e poemas tão bem, que parece que estudou apenas isso.

4. Relatei-te tudo em detalhe para que saibas melhor quantos e quão belos serviços uma só pessoa me prestava. Acresce a isso o já longo afeto que lhe tenho, que os próprios riscos por que passa aumentaram. **5.** Pois determina a natureza que nada incita e inflama o amor como o medo da perda, e esse medo por Zózimo eu senti mais de uma vez. **6.** Com efeito, há alguns anos, enquanto recitava concentrado e veemente, cuspiu sangue[7] e, por isso, mandado por mim ao Egito, acabou de chegar recuperado depois de longa viagem. Depois, por dias seguidos abusou da voz e, lembrado da antiga doença por uma tossinha, cuspiu sangue outra vez.

7. Por esse motivo, decidi enviá-lo à propriedade que possuis no Fórum de Júlio[8]. É que ouvi dizeres com frequência que lá o ar é salubre, e o leite[9] é muitíssimo indicado para cura em caso como este. **8.** Peço-te, portanto, que escrevas a teus fâmulos para que lhe abram a vila e a casa e que provejam às suas despesas se algo for preciso. Será preciso pouco, **9.** porque ele é tão modesto e temperante, que não apenas se priva de prazeres mas até do que é necessário para curar-se. De minha parte, eu lhe darei quando ele partir apenas o que for necessário ao deslocamento até que chegue a tua casa. Adeus.

9. AR SALUBRE E LEITE: *aera salubrem et lac.* Tal tratamento de tuberculose é descrito por Celso (3, 22) e Galeno (12, Kühn), que observa que havia recaídas, como no caso de Zósimo; ver Plínio, o Velho (*História Natural*, 28, 54, 125 e 31, 62, 163). O Egito é recomendado por Celso e Plínio, o Velho, por causa da viagem marítima, não do clima.

EPISTULA XX

De causa Bithynorum

GAIUS PLINIUS

CORNELIO URSO SUO SALUTEM

1. *Iterum Bithyni: breue tempus a Iulio Basso, et Rufum Varenum proconsulem detulerunt, Varenum quem nuper aduersus Bassum aduocatum et postularant et acceperant.*

2. *Inducti in senatum inquisitionem postulauerunt. Varenus petit ut sibi quoque defensionis causa euocare testes liceret; recusantibus Bithynis cognitio suscepta est. Egi pro Vareno non sine euentu; nam bene an male liber indicabit.* 3. *In actionibus enim utramque in partem fortuna dominatur: multum commendationis et detrahit et adfert memoria, uox, gestus, tempus ipsum, postremo uel amor uel odium rei; liber offensis, liber gratia, liber et secundis casibus et aduersis caret.* 4. *Respondit mihi*

V, 20. Data: fim de 106, início de 107 d.C. A epístola tem continuação na VI, 5 e na VI, 13, também endereçadas a Cornélio Urso.

1. CORNÉLIO URSO: ver IV, 9. 2. JÚLIO BASSO: ver IV, 9, 1. 3. VARENO: Vareno Rufo. Em 105-106 d.C. foi nomeado defensor da Bitínia contra Júlio Basso, então procônsul da província, e processado por extorsão em 106-107 d.C. É mencionado em VI, 5, 1; VI, 13, 1; VI, 29, 11; VII, 6, 1 e VII, 10, 1. 4. OS BITÍNIOS RECUSARAM: *recusantibus Bithynis.* Os bitínios queriam evitar o adiamento que a intimação das testemunhas traria ao processo. 5. DISCURSO ESCRITO: *liber*, "livro". Trata-se de um único rolinho, contendo apenas o discurso. Quanto à diferença entre texto escrito e texto lido, ver abaixo, §3 e I, 20, 9. 6. HOSTILIDADE: *offensis*; ver I, 7, 2 e III, 4, 7. 7. FONTEIO MAGNO: mencionado em VII, 6, 2 e VII, 10, 1, é desconhecido. 8. MAIORIA DOS GREGOS: *plerisque Graecorum.* Sobre o filósofo Eufrates e o orador Iseu, que são gregos, Plínio tem opinião melhor; ver

EPÍSTOLA 20

Sobre o processo da Bitínia

CAIO PLÍNIO

A SEU QUERIDO CORNÉLIO URSO[1], SAUDAÇÕES

1. De novo os bitínios: pouco tempo depois de Júlio Basso[2], os bitínios acusaram também o procônsul Rufo Vareno, o mesmo Vareno a quem pouco antes haviam exigido e aceitado como advogado contra Basso. Introduzidos no Senado, exigiram que se abrisse inquérito. **2.** Vareno[3] fez petição para que também a si lhe fosse permitido convocar testemunhas para sua defesa. Como os bitínios recusaram[4], iniciou-se o julgamento. Advoguei por Vareno não sem sucesso, pois se falei bem ou mal a publicação do discurso vai mostrar, **3.** pois na sustentação oral, quer a favor de uma parte, quer da outra, o acaso domina: muita vantagem se ganha ou se perde por causa da memória, da voz, do gesto, da própria circunstância e enfim da simpatia ou do ódio que o réu desperta. Mas o discurso escrito[5] não está sujeito à hostilidade[6], não está sujeito ao favorecimento, não está sujeito a casualidades, oportunas ou contrárias. **4.** Respondeu-me Fonteio Magno[7], um dos bitínios, homem de muitas palavras e poucos argumentos. Para a maioria dos gregos[8], assim como para ele, opulência significa verborreia[9]: expelem de um

I, 10, 5 e II, 3. Para o desapreço dos romanos pelos gregos, ver X, 40, 2. **9.** OPULÊNCIA, VERBORREIA: *copia, uolubilitas*, que são respectivamente virtude e defeito; ver I, 20, 11 e II, 3, 1.

Fonteius Magnus, unus ex Bithynis, plurimis uerbis paucissimis rebus. Est plerisque Graecorum, ut illi, pro copia uolubilitas: tam longas tamque frigidas perihodos uno spiritu quasi torrente contorquent. **5.** *Itaque Iulius Candidus non inuenuste solet dicere, aliud esse eloquentiam aliud loquentiam. Nam eloquentia uix uni aut alteri, immo (si M. Antonio credimus) nemini, haec uero, quam Candidus loquentiam adpellat, multis atque etiam impudentissimo cuique maxime contigit.*

6. *Postero die dixit pro Vareno Homullus callide, acriter culte; contra Nigrinus presse grauiter ornate. Censuit Acilius Rufus consul designatus inquisitionem Bithynis dandam, postulationem Vareni silentio praeterit.* **7.** *Haec forma negandi fuit. Cornelius Priscus consularis et accusatoribus quae petebant et reo tribuit, uicitque numero. Impetrauimus rem nec lege comprehensam nec satis usitatam, iustam tamen.* **8.** *Quare iustam, non sum epistula exsecuturus, ut desideres actionem. Nam si uerum est Homericum illud:*

τὴν γὰρ ἀοιδὴν μᾶλλον ἐπικλείουσ' ἄνθρωποι,
ἥ τις ἀκουόντεσσι νεωτάτη ἀμφιπέληται,

prouidendum est mihi, ne gratiam nouitatis et florem, quae oratiunculam illam uel maxime commendat, epistulae loquacitate praecerpam. Vale.

10. Júlio Cândido: mais provavelmente Tibério Júlio Cândido Mário Celso, cônsul pela segunda vez em 105 d.C., que o jovem Tibério Júlio Cândido Cecílio Símplice. É mencionado apenas aqui. 11. uma coisa é eloquência, outra é loquacidade: *aliud esse eloquentiam aliud loquentiam*. Cícero (*O Orador*, 5, 18) atribui o dito a Marco Antônio, o Orador: *M. Antonius [...] uir natura peracutus et prudens, in eo libro quem unum reliquit disertos ait se uidisse multos, eloquentem omnino neminem*, "Marco Antônio [...], homem por natureza muito agudo e sábio, no único livro que deixou disse que loquazes vira muitos; eloquentes, absolutamente nenhum". A sentença recorre com pequena variação no tratado *Sobre o Orador*, 1, 21, 94. 12. Marco Antônio: Marco Antônio, o Orador (143-87 a.C.), homem público da *gens* Antônia, foi eleito cônsul em 99 a.C. e censor em 97 a.C. Era avô do general e triúnviro Marco Antônio (83-30 a.C.). Grande orador, escreveu o tratado *Sobre o Modo de Discursar* (= *De Ratione Dicendi*). É um dos interlocuto-

só fôlego como uma torrente períodos tão longos quanto frios. **5.** É por isso que Júlio Cândido[10] diz que uma coisa é eloquência, outra é loquacidade[11], pois a eloquência é dom muito raro, de um ou dois, ou antes, se cremos em Marco Antônio[12], não é dom de ninguém, ao passo que isto que Cândido chama de loquacidade pertence a muitos, principalmente aos mais desavergonhados.

6. No dia seguinte a favor de Vareno discursou Homulo[13], com habilidade, penetração, erudição; contra, discursou Nigrino[14], com concisão, gravidade e ornamento. Acílio Rufo[15], cônsul designado, decidiu que se devia conceder o inquérito que os bitínios solicitavam e silenciou quanto à postulação de Vareno, **7.** o que era uma forma de negar. Cornélio Prisco[16], ex-cônsul, era favorável a conceder tanto aos acusadores como ao réu o que eles solicitavam, e sua proposta obteve a maioria dos votos. Chegamos a uma decisão não prevista em lei nem amiúde adotada, mas ainda assim justa. **8.** O motivo por que é justa não vou explicar aqui, para que desejes ler a ação, pois se é verdadeiro aquele célebre dito de Homero[17]

> Os homens louvarão bem mais o canto
> que soar o mais novo a seus ouvidos,

Devo cuidar para não arrancar, com a loquacidade da epístola, a graça da novidade e a flor que tanto recomendam o pequenino discurso[18] que fiz. Adeus.

res do *Sobre o Orador* (*De Oratore*), de Cícero. **13.** HOMULO: Marco Júnio Homulo; ver IV, 9, 15. **14.** NIGRINO: talvez seja Caio Avídio Nigrino; ver V, 13, 6. **15.** ACÍLIO RUFO: é provável que seja o cônsul designado para o período de março a maio de 107 d.C. (talvez endereçado em III, 14). Como tal, Acilio expressa primeiro seu parecer (os dois cônsules ordinários desse ano, Licínio Sura e Sósio Senecião, não estiveram no debate). Homulo e Nigrino intervieram como advogados das partes. É mencionado em VI, 13, 5. **16.** CORNÉLIO PRISCO: ver III, 21. **17.** DITO DE HOMERO: é passagem da *Odisseia* (1, vv. 351-352). **18.** PEQUENINO DISCURSO: *oratiunculam*; ver V, 12, 1 e ali remissões para o uso do diminutivo.

EPISTULA XXI

Mors et laus Iuli Auiti

GAIUS PLINIUS

POMPEIO SATURNINO SUO SALUTEM

1. *Varie me adfecerunt litterae tuae. Nam partim laeta partim tristia continebant: laeta quod te in urbe teneri nuntiabant ("nollem", inquis, sed ego uolo), praeterea quod recitaturum statim ut uenissem pollicebantur; ago gratias quod exspector.* **2.** *Triste illud, quod Iulius Valens grauiter iacet; quamquam ne hoc quidem triste, si illius utilitatibus aestimetur, cuius interest quam maturissime inexplicabili morbo liberari.* **3.** *Illud plane non triste solum, uerum etiam luctuosum, quod Iulius Auitus decessit dum ex quaestura redit, decessit in naue, procul a fratre amantissimo, procul a matre, a sororibus.* **4.** *Nihil ista ad mortuum pertinent, sed pertinuerunt cum moreretur, pertinent ad hos qui supersunt; iam quod in flore primo tantae indolis iuuenis exstinctus est summa consecuturus, si uirtutes eius maturuissent.* **5.** *Quo ille studiorum amore flagrabat! Quantum legit, quantum etiam scripsit! Quae nunc omnia cum ipso sine fructu posteritatis abierunt.* **6.** *Sed quid ego indulgeo dolori? Cui si frenos remittas,*

v, 21. Data: fim de setembro (fim do verão no hemisfério norte) de 105 ou 106 d.C. Os questores voltavam das províncias em junho ou julho.

1. Pompeu Saturnino: ver i, 8, 1. **2.** Júlio Valente: desconhecido, ao que parece bem idoso, mencionado apenas aqui. **3.** Júlio Avito: a família vinha de Olisipo, atual Lisboa, onde um

EPÍSTOLA 21

Morte e louvor de Júlio Avito

CAIO PLÍNIO

A SEU QUERIDO POMPEU SATURNINO[1], SAUDAÇÕES

1. Tuas epístolas me afetaram de modo variado, pois em parte continham notícias alegres, em parte tristes: alegres porque anunciavam que estavas retido em Roma ("que azar!", tu dizes; "que sorte", digo eu), e ademais porque prometiam que recitarias assim que eu chegasse; agradeço por me aguardares. 2. Triste é Júlio Valente[2] estar gravemente enfermo, se bem que nem sequer isso é triste, se pensarmos no que convém a um homem para quem o melhor é livrar-se o mais rapidamente possível de uma doença incurável. 3. Mas o que não apenas é triste, senão também doloroso, é que morreu Júlio Avito[3], quando deixava o cargo de questor: morreu no navio, longe do irmão[4] tão querido, longe da mãe, das irmãs. 4. Isto em nada importa a ele, já morto, mas importava quando estava para morrer e importa aos que lhe sobrevivem. É doloroso, porque desapareceu um jovem no esplendor da própria capacidade, que realizaria os maiores feitos se suas virtudes tivessem chegado à plenitude. 5. Como ardia por amor dos estudos! Quanto leu! E quanto escreveu! Tudo isso se perdeu com ele sem proveito para a posteridade. 6. Mas

Júlio Avito era magistrado (CIL, 2, 186). Para identificação ver II, 6 e IV, 6, 1. 4. IRMÃO: *fratre*. É Júlio Nasão; ver VI, 9, 1.

nulla materia non maxima est. Finem epistulae faciam, ut facere possim etiam lacrimis quas epistula expressit. Vale.

por que me entrego à dor? Se não lhe puseres freio, nenhum motivo de dor deixará de ser o maior! Darei fim à epístola, para que eu possa dar fim também às lágrimas a que[5] me levou. Adeus.

5. Rusca (I, p. 435) entende que é a epístola de Pompeu Saturnino que fez Plínio chegar às lágrimas, ao passo que Nicole Méthy (II, p. 81), Guillemin (II, p. 96), Radice (I, 393), Trisoglio (I, p. 587) e Walsh (p. 132) entendem que é a própria epístola que Plínio está escrevendo.

LIVRO VI

EPISTULA I

Alter trans Padum, alter in Piceno

GAIUS PLINIUS

TIRONI SUO SALUTEM

1. Quamdiu ego trans Padum, tu in Piceno, minus te requirebam; postquam ego in urbe, tu adhuc in Piceno, multo magis, seu quod ipsa loca in quibus esse una solemus acrius me tui commonent, seu quod desiderium absentium nihil, perinde ac uicinitas, acuit, quoque propius accesseris ad spem fruendi, hoc impatientius careas. 2. Quidquid in causa, eripe me huic tormento. Veni, aut ego illuc unde inconsulte properaui reuertar, uel ob hoc solum, ut experiar an mihi, cum sine me Romae coeperis esse, similes his epistulas mittas. Vale.

EPÍSTOLA 1

Um amigo na Transpadânia, outro no Piceno

CAIO PLÍNIO
A SEU QUERIDO TIRÃO[1], SAUDAÇÕES

1. Enquanto eu estava na região transpadana[2] e tu no Piceno[3], sentia menos tua falta; depois que vim para Roma e tu ainda ficaste no Piceno, sinto muito mais, quer porque os lugares em que costumamos estar juntos me lembram mais intensamente de ti, quer porque nada, como a proximidade, aguça a saudade dos que estão distantes, e quanto mais nos aproximamos da perspectiva de gozar o encontro, com mais impaciência sentimos falta dele. **2.** Qualquer que seja a causa, arranca-me deste tormento. Vem, senão eu hei de voltar para lá, de onde irrefletidamente parti, ou então vem só por causa disto: para eu verificar se tu, uma vez chegado a Roma sem mim, me enviarás uma epístola semelhante a esta. Adeus.

VI, 1. Data: 105-106 d.C.

1. TIRÃO: Caléstrio Tirão; ver I, 12. 2. REGIÃO TRANSPADANA: *trans Padum*. Pado, atual Pó, é importante rio ao norte da Itália. Plínio devia estar em uma das vilas que descreve em IX, 2. 3. PICENO: é atual região das Marcas na Itália Central.

EPISTULA II

Astutiae Reguli

GAIUS PLINIUS

ARRIANO SUO SALUTEM

1. Soleo non numquam in iudiciis quaerere M. Regulum; nolo enim dicere desiderare. Cur ergo quaero? 2. Habebat studiis honorem, timebat pallebat scribebat, quamuis non posset ediscere. Illud ipsum, quod oculum modo dextrum modo sinistrum circumlinebat (dextrum si a petitore, alterum si a possessore esset acturus), quod candidum splenium in hoc aut in illud supercilium transferebat, quod semper haruspices consulebat de actionis euentu, a nimia superstitione sed tamen et a magno studiorum honore ueniebat. 3. Iam illa perquam iucunda una dicentibus, quod libera tempora petebat, quod audituros corrogabat. Quid enim iucundius

VI, 2. Data: 106-107 d.C.

1. ARRIANO MATURO: ver I, 2. 2. MARCO RÉGULO: ver I, 5, 1. 3. ESCREVIA O DISCURSO, EMBORA NÃO CONSEGUISSE MEMORIZÁ-LO: *scribebat, quamuis non posset ediscere.* Escrever o discurso não significa que Régulo o quisesse ler, mas que o preparava com esmero sem improvisar. Contudo, não conseguia memorizá-lo como convinha. 4. DESTACAR COM MAQUIAGEM O OLHO... PÔR EMPLASTRO NUM SUPERCÍLIO: *oculum circumlinebat... candidum splenium in supercilium.* A passagem é difícil. Guillemin (II, p. 2) crê tratar-se de superstição por causa do branco do emplastro e da subsequente menção aos arúspices. Lenaz (I, p. 440), aduzindo J. Heurgon (*Hommage à Marcel Renard I*, Bruxelles, Latomus, 1969, pp. 443-448), lembra que, ao ressaltar com maquiagem um olho e esconder o outro, Régulo estaria a conjurar a seu favor o poder mágico do olho único. Sherwin-White (p. 357) também crê tratar-se aqui de conjurar a sorte, mas lembra, porém, remetendo a V, 7, 6, que um rosto marcante ajuda a persuadir os juízes, de modo que, por

EPÍSTOLA 2

Os ardis de Régulo

CAIO PLÍNIO
A SEU QUERIDO ARRIANO[1], SAUDAÇÕES

1. Nos julgamentos às vezes noto a ausência de Marco Régulo[2], pois não quero dizer "sinto sua falta". E por que noto? **2.** Ele tinha reverência pela oratória: temia, empalidecia, escrevia o discurso, embora não conseguisse memorizá-lo[3]. A mania de destacar com maquiagem[4] ora o olho direito, ora o esquerdo (do direito se fosse advogar pela acusação, do esquerdo se pelo réu), ou de pôr pequeno emplastro branco ora num supercílio, ora noutro, ou de sempre consultar os arúspices sobre o resultado do processo, ocorria por causa de excessiva superstição, mas também do grande respeito dele pela oratória. **3.** E tinha hábitos, como pedir tempo ilimitado e levar sua claque[5], que eram muito apreciados por quem discursava com ele pela mesma causa, pois o que é mais agradável do que, deixando os apupos para outro, discursar comodamente pelo tempo que se queira, como que pego de surpresa, para ouvintes alheios?

outro lado, poderia tratar-se de expediente da *actio* (ou *pronuntiatio*; ver IV, 7, 2 e remissões), que guarda semelhança com os recursos do ator teatral inclusive na maquiagem. Merrill (p. 329), para quem a razão é igualmente desconhecida, lembra outrossim Quintiliano (*Instituições Oratórias*, 11, 3, 72 e 75): *dominatur maxime uultus*, "a expressão do rosto tem grande relevância", e *in ipso uultu plurimum ualent oculi*, "no próprio rosto enorme força têm os olhos". Para apreço de Régulo por arúspices, ver II, 20, §§4; 5 e 13. Marcial (*Epigramas*, 2, 29, vv. 9-10 e 8, 33, v. 22) menciona os emplastros. **5.** LEVAR SUA CLAQUE: *audituros corrogabat*; ver II, 14, §§ 6, 9, 10 e 11.

quam sub alterius inuidia quamdiu uelis, et in alieno auditorio quasi deprehensum commode dicere?

4. *Sed utcumque se habent ista, bene fecit Regulus quod est mortuus: melius, si ante. Nunc enim sane poterat sine malo publico uiuere, sub eo principe sub quo nocere non poterat.* 5. *Ideo fas est non numquam eum quaerere. Nam, postquam obiit ille, increbruit passim et inualuit consuetudo binas uel singulas clepsydras, interdum etiam dimidias et dandi et petendi. Nam et qui dicunt, egisse malunt quam agere, et qui audiunt, finire quam iudicare. Tanta neglegentia tanta desidia, tanta denique inreuerentia studiorum periculorumque est.* **6.** *An nos sapientiores maioribus nostris, nos legibus ipsis iustiores, quae tot horas tot dies tot comperendinationes largiuntur? Hebetes illi et supra modum tardi; nos apertius dicimus, celerius intellegimus, religiosius iudicamus, quia paucioribus clepsydris praecipitamus causas quam diebus explicari solebant.* 7. *O Regule, qui ambitione ab omnibus obtinebas quod fidei paucissimi praestant!*

Equidem quotiens iudico, quod uel saepius facio quam dico, quantum quis plurimum postulat aquae do. **8.** *Etenim temerarium existimo diuinare quam spatiosa sit causa inaudita, tempusque negotio finire cuius modum ignores, praesertim cum primam religioni suae iudex patientiam debeat, quae pars magna iustitiae est. At quaedam superuacua dicuntur. Etiam: sed satius est et haec dici quam non dici necessaria.* 9. *Praeterea, an sint superuacua, nisi cum audieris scire non possis. Sed de his melius coram ut de pluribus uitiis ciuitatis. Nam tu quoque amore communium soles emendari cupere quae iam corrigere difficile est.*

10. *Nunc respiciamus domos nostras. Ecquid omnia in tua recte? In mea noui nihil. Mihi autem et gratiora sunt bona quod perseuerant, et leuiora incommoda quod adsueui. Vale.*

6. ESSE PRÍNCIPE: *eo principe*. É Trajano. 7. CLEPSIDRAS: trata-se aqui do tempo para discursar nos processos civis, que são privados; aqui as partes entravam em acordo quanto ao tempo de cada fala com anuência do juiz; ver IV, 16, 2. Nos processos penais (*quaestiones*; ver II, 11, 14 e IV, 9, 9), que são públicos, o tempo era fixado pela *LEX IULIA IUDICIORUM PUBLICORUM* (LEI JÚLIA SOBRE JULGAMENTOS PÚBLICOS). **8.** "MAS FALA-SE MUITA COISA INÚTIL!": *At quaedam superuacua dicuntur*. Plínio antecipa a objeção do interlocutor e responde a ela: trata-se da figura retórica dita "prolepse".

4. Mas como quer que seja, fez bem Régulo em morrer: melhor ainda seria, se o tivesse feito antes, se bem que hoje poderia viver sem causar dano público sob este Príncipe[6], sob cujo poder não poderia ser nocivo. **5.** Por isso, é lícito às vezes notar sua ausência, porque, depois que ele morreu, pouco a pouco se tornou mais frequente e se consolidou o costume de dar e pedir duas clepsidras[7], de pedir uma e às vezes até meia, pois quem discursa prefere desobrigar-se da fala a falar, e quem escuta prefere concluir o julgamento a julgar: tamanha é a negligência, tamanha a preguiça, tamanha, enfim, a irreverência pela oratória e seus perigos. **6.** Ou será que somos mais sábios do que nossos ancestrais, mais justos do que as próprias leis que já conferem tantas horas, tantos dias, tanta prorrogação de tempo? Então eram eles obtusos e desmedidamente lerdos, ao passo que nós discursamos com mais clareza, compreendemos com mais rapidez, julgamos com mais escrúpulo, já que com menos clepsidras apressamos os processos que costumavam levar dias? **7.** Ah, Régulo, de todos costumavas obter com manobras o que pouquíssimos concedem à própria consciência.

Por isso, toda vez que exerço a função de juiz, o que faço com mais frequência do que advogo, dou o máximo de tempo que me pedem. **8.** É que considero temerário adivinhar quanto tempo deve durar uma causa sem precedente e restringir o tempo a um assunto cujos limites se ignoram, principalmente porque a primeira obrigação do juiz é ter paciência, que é uma parte grande da justiça. "Mas fala-se muita coisa inútil!"[8] Sim, porém é mais importante dizer também o que é inútil do que não dizer o que é necessário. **9.** Ademais, se é coisa inútil não é possível saber até que se ouça o que é. Mas disto, assim como de muitos vícios existentes em Roma, é melhor falarmos pessoalmente, pois tu, igualmente, por amor do bem comum, costumas querer que se melhore o que é difícil corrigir.

10. Agora falemos de nossas famílias. Na tua está tudo em ordem? Na minha não há nada de novo. As coisas boas são ainda melhores porque duram, as ruins são mais leves porque já me habituei. Adeus.

EPISTULA III

De agello donato Plini nutrici

GAIUS PLINIUS

VERO SUO SALUTEM

1. *Gratias ago, quod agellum quem nutrici meae donaueram colendum suscepisti. Erat, cum donarem, centum milium nummum; postea decrescente reditu etiam pretium minuit, quod nunc te curante reparabit.* 2. *Tu modo memineris commendari tibi a me non arbores et terram, quamquam haec quoque, sed munusculum meum, quod esse quam fructuosissimum non illius magis interest quae accepit, quam mea qui dedi. Vale.*

VI, 3. Data: incerta.

1. VERO: desconhecido, mencionado apenas aqui. 2. DOARA A MINHA AMA: *nutrici meae donaueram*. Para formalidades da *donatio*, ver V, 1, 3 e X, 4, 2. É provável que o sítio se destinasse

EPÍSTOLA 3

Sobre um terreno doado à ama de Plínio

CAIO PLÍNIO
A SEU QUERIDO VERO[1], SAUDAÇÕES

1. Agradeço-te porque o terreninho que eu doara a minha ama[2] assumiste para cultivá- lo. Valia, quando o doei, cem mil sestércios; depois, caindo as rendas, também diminuiu o preço, que agora, com tua administração, há de recuperar-se. 2. Lembra-te apenas de que não te confiei meramente árvores e terra (embora estejam incluídas), mas também um pequenino presente: é importante que seja o mais produtivo possível não só àquela que recebeu, mas também a mim, que doei. Adeus.

à pensão da nutriz, tal como terras doadas a veteranos legionários ou a que Plínio doara para sustento de crianças; ver VII, 18, 2. A ama devia ser liberta, já que tinha direito à propriedade.

EPISTULA IV

De Plinio et desiderio Calpurniae uxoris

GAIUS PLINIUS

CALPURNIAE SUAE SALUTEM

1. *Numquam sum magis de occupationibus meis questus, quae me non sunt passae aut proficiscentem te ualetudinis causa in Campaniam prosequi aut profectam e uestigio subsequi.* 2. *Nunc enim praecipue simul esse cupiebam, ut oculis meis crederem quid uiribus quid corpusculo apparares, ecquid denique secessus uoluptates regionisque abundantiam inoffensa transmitteres.* 3. *Equidem etiam fortem te non sine cura desiderarem; est enim suspensum et anxium de eo quem ardentissime diligas interdum nihil scire.* 4. *Nunc uero me cum absentiae tum infirmitatis tuae ratio incerta et uaria sollicitudine exterret. Vereor omnia, imaginor omnia, quaeque natura metuentium est, ea maxime mihi quae maxime abominor fingo.* 5. *Quo impensius rogo, ut timori meo cottidie singulis uel etiam binis epistulis consulas. Ero enim securior dum lego, statimque timebo cum legero. Vale.*

VI, 4. Data: junho-setembro (verão no hemisfério norte) de 107 d.C., que Plínio passa na Campânia.

1. CALPÚRNIA: esposa de Plínio. Esta é a primeira epístola endereçada a ela, que é destinatária de VI, 7 e VII, 5, e é mencionada em IV, 1, 1 e IV, 19, 1 ("filha dele"). 2. CAMPÂNIA: Calpúrnia recolhera-se à vila camiliana, pertencente a Fabato, seu avô; ver VI, 30, 2. 3. NÃO SERIA SEM PREOCUPAÇÃO QUE EU SENTIRIA SAUDADES DE TI: *te non sine cura desiderarem*; ver VI, 7, 2. Anne-Marie Guillemin (*Pline et la Vie Littéraire de Son Temps*, Paris, Les Belles Lettres, 1929, pp. 138-141) lembra que esta epístola e a VI, 7 ecoam não só a linguagem de Ovídio nas *Tristezas*, quando o poeta no exílio se dirige à esposa

EPÍSTOLA 4

Plínio saudoso da esposa Calpúrnia

CAIO PLÍNIO

A SUA QUERIDA CALPÚRNIA[1], SAUDAÇÕES

1. Jamais, como agora, lamentei tanto minhas ocupações, que não me permitiram nem te acompanhar quando, por motivo de saúde, partias à Campânia[2] nem, tendo partido, logo te encontrar. 2. Pois, era bem agora que mais que tudo eu gostaria de estar a teu lado para ver com meus próprios olhos se recobras as forças, se teu corpo delicado se restabelece e enfim se suportas sem malefício as delícias do retiro e a opulência da região. 3. Na verdade, mesmo se estivesses saudável, não seria sem preocupação que eu sentiria saudades de ti[3], pois causa aflição e ansiedade nada saber por um tempo a respeito de quem amamos com o maior ardor. 4. Agora, porém, tua ausência e o motivo de tua enfermidade me atemorizam, enchendo-me de incerteza e preocupação. Temo tudo, imagino tudo e, como é da natureza de quem teme, fantasio bem aquilo que mais me dá paúra. 5. Por isso, peço-te muito encarecidamente que mitigues minha dor com uma epístola ou até duas por dia. Ficarei mais tranquilo enquanto estiver lendo e logo sentirei medo, ao terminar de ler. Adeus.

distante, em Roma, mas a ternura com que Cícero informa sobre a saúde de Terência, sua esposa (*Epístolas aos Familiares*, 14, 2, 2- 3). Porém, para Jérome Carcopino (*Roma no Apogeu do Império*, São Paulo, Companhia das Letras 1990, p. 112), examinando melhor esses "bilhetes cheios de carinho [...], percebemos a parte de convenção que entra nessas efusões um tanto afetadas e livrescas. No mundo de Plínio os casamentos resultavam mais de conveniências que da força dos sentimentos".

EPISTULA V

Dissensio Nepotis et Celsi in Bithynorum causa

GAIUS PLINIUS
URSO SUO SALUTEM

1. *Scripseram tenuisse Varenum ut sibi euocare testes liceret; quod pluribus aequum, quibusdam iniquum et quidem pertinaciter uisum, maxime Licinio Nepoti, qui sequenti senatu, cum de rebus aliis referretur, de proximo senatus consulto disseruit finitamque causam retractauit.* 2. *Addidit etiam petendum a consulibus ut referrent sub exemplo legis ambitus de lege repetundarum, an placeret in futurum ad eam legem adici, ut sicut accusatoribus inquirendi testibusque denuntiandi potestas ex ea lege esset, ita reis quoque fieret.* 3. *Fuerunt quibus haec eius oratio ut sera et intempestiua et praepostera displiceret, quae omisso contra dicendi tempore castigaret peractum, cui potuisset occurrere.* 4. *Iuuentius quidem Celsus praetor tamquam emendatorem senatus et multis et uehementer increpuit. Respondit Nepos rursusque Celsus; neuter contumeliis temperauit.* 5. *Nolo referre quae dici ab ipsis moleste tuli. Quo magis quosdam e numero nostro improbaui, qui modo ad Celsum modo ad Nepotem, prout*

VI, 5. Data: fim de 106, início de 107 d.C. A epístola é continuação da V, 20 e é continuada pela VI, 13.

1. CORNÉLIO URSO: ver IV, 9. 2. VARENO: Vareno Rufo; ver V, 20, 2. 3. LICÍNIO NEPOS: o severo pretor; ver IV, 29, 2. 4. LEI SOBRE EXTORSÃO: *lege repetundarum*. Trata-se da *LEX IULIA DE REPETUNDIS* ou *LEX IULIA RERUM REPETUNDARUM*; ver IV, 9, 7. 5. DECISÃO JÁ TOMADA: *peractum*;

EPÍSTOLA 5

Dissenso de Nepos e Celso no processo da Bitínia

CAIO PLÍNIO

A SEU QUERIDO URSO[1], SAUDAÇÕES

1. Eu tinha escrito que Vareno[2] conseguira permissão para convocar testemunhas, o que para a maioria pareceu justo; para alguns, obstinadamente injusto, máxime a Licínio Nepos[3], que na reunião seguinte do Senado, embora se tratasse de outras matérias, discorreu sobre o último senátus-consulto e voltou a falar de um caso que estava encerrado.

2. Acrescentou que se devia inclusive solicitar que os cônsules propusessem deliberar se no futuro, a exemplo da lei sobre corrupção, conviria estabelecer emenda na lei sobre extorsão[4], de modo que também nesta lei se permitisse que, assim como os acusadores, também os réus tivessem o direito de interrogar e citar testemunhas. 3. Houve pessoas a quem não agradou o discurso de Nepos – por tardio, inoportuno e deslocado –, que censurava uma decisão já tomada[5], à qual ele poderia ter resistido se não tivesse perdido a ocasião de argumentar contra ela. 4. Com efeito, o pretor Juvêncio Celso[6] muito o increpou, e com veemência, por fazer-se de revisor do Senado. Nepos respondeu e Celso

ver a mesma opinião em VI, 13, 4. 6. JUVÊNCIO CELSO: Públio Juvêncio Celso. Foi advogado, pretor, legado na Trácia e cônsul em 115 e 129 d.C. Como jurista, esteve à frente da Escola Proculiana de Direito, uma das duas principais escolas de juristas em Roma nos séculos I e II d.C., que, progressista, se opôs à Escola Sabiniana, conservadora. É mencionado só aqui.

hic uel ille diceret, cupiditate audiendi cursitabant, et nunc quasi stimularent et accenderent, nunc quasi reconciliarent ac recomponerent, frequentius singulis, ambobus interdum propitium Caesarem ut in ludicro aliquo precabantur. **6.** *Mihi quidem illud etiam peracerbum fuit, quod sunt alter alteri quid pararent indicati. Nam et Celsus Nepoti ex libello respondit et Celso Nepos ex pugillaribus.* 7. *Tanta loquacitas amicorum, ut homines iurgaturi id ipsum inuicem scierint, tamquam conuenisset. Vale.*

7. SEJA PROPÍCIO CÉSAR: *propitium Caesarem*. Trata-se de Trajano, que devia estar fora de Roma, na Segunda Guerra da Dácia (105-106 d.C.). A fórmula, ao que parece, era utilizada nos jogos pelos espectadores quando desejavam que o imperador recompensasse um favorito lançando

treplicou: nem um, nem outro foi parcimonioso nas ofensas. 5. Não quero relatar o que me doeu ouvir falarem um ao outro. E reprovei ainda mais alguns colegas nossos que, na ânsia de escutar, corriam ora na direção de Celso, ora na de Nepos, conforme fosse a vez de um ou outro usar a palavra, como se os açulassem e inflamassem, ou então como se os reconciliassem e pacificassem, com mais frequência a um deles só, mas às vezes a ambos, imprecando "seja propício César"[7], como em um dos jogos públicos qualquer. **6.** E foi com muita amargura que percebi que cada um deles tinha sido informado sobre o que o outro pretendia propor, porque Celso respondia a Nepos servindo-se de discurso escrito, e, a Celso, Nepos respondia servindo-se de tabuinhas. 7. Tamanha foi a tagarelice dos amigos, que dois homens prestes a debater sabiam a intenção do outro, como se tivessem compactuado. Adeus.

uma bolsa na arena. A expressão recorre, pouco modificada, em inscrições (*ILS*, 5084; *CIL*, 6, 632; 6, 9223; 11, 8 e 14, 2163).

EPISTULA VI

Commendatio Iuli Nasonis

GAIUS PLINIUS

FUNDANO SUO SALUTEM

1. Si quando, nunc praecipue cuperem esse te Romae, et sis rogo. Opus est mihi uoti, laboris, sollicitudinis socio. 2. Petit honores Iulius Naso; petit cum multis, cum bonis, quos ut gloriosum sic est difficile superare. Pendeo ergo et exerceor spe, adficior metu et me consularem esse non sentio; nam rursus mihi uideor omnium quae decucurri candidatus.

3. Meretur hanc curam longa mei caritate. Est mihi cum illo non sane paterna amicitia (neque enim esse potuit per meam aetatem); solebat tamen uixdum adulescentulo mihi pater eius cum magna laude monstrari. Erat non studiorum tantum uerum etiam studiosorum amantissimus, ac prope cotidie ad audiendos, quos tunc ego frequentabam, Quintilianum, Niceten Sacerdotem uentitabat, uir alioqui clarus et grauis et qui prodesse filio memoria sui debeat. 4. Sed multi nunc in senatu quibus ignotus ille, multi quibus notus, sed non nisi uiuentes reuerentur. Quo magis huic, omissa gloria patris in qua magnum ornamentum, gratia infirma, ipsi enitendum, ipsi elaborandum est. 5. Quod quidem semper, quasi prouideret

VI, 6. Data: outono de 106 d.C. Esta é uma das epístolas eleitorais; ver II, 9.

1. MINÍCIO FUNDANO: ver I, 9. 2. JÚLIO NASÃO: ver IV, 6. 3. QUINTILIANO: ver II, 14, 8. 4. NICETAS SACERDOTE: Tibério Cláudio Nicetas Sacerdote. Foi rétor renomado, que ensinou retórica grega a Plínio, mas Tácito não o apreciava tanto (ver *Diálogo dos Oradores*, 15, 3); ver Introdução, II. 5. DO PAI: *patris*. C. P. Jones ("Julius Naso and Julius Secundus", *Harvard Studies in*

EPÍSTOLA 6

Recomendação de Júlio Nasão

CAIO PLÍNIO

A SEU QUERIDO FUNDANO[1], SAUDAÇÕES

1. Mais do que nunca, eu gostaria que estivesses agora em Roma, e peço que estejas. Tenho necessidade de um companheiro de desejos, de trabalho e de preocupação. **2.** Júlio Nasão[2] concorre às magistraturas; concorre com muitos e com bons, e superá-los é tão glorioso quão difícil. Estou no ar e sou torturado pela espera; sou tomado de medo e não sinto que já fui cônsul, pois de novo parece que me candidato a todos os cargos que exerci.

3. Júlio Nasão é digno de tal preocupação porque há muito me quer bem. Minha amizade com ele não provém da que eu tivesse por seu pai (não teria sido possível dada minha idade), mas, quando eu era só um rapazinho, era costume apontarem-me o pai dele com grandes elogios. Não era apenas alguém que muito amava os estudos, mas amava também os estudiosos, e quase todo dia ia ouvir Quintiliano[3] e Nicetas Sacerdote[4], que então eu frequentava: era ademais homem tão brilhante e grave, que sua memória deveria aproveitar ao filho. **4.** Porém, muitos no Senado não o conhecem, muitos o conhecem mas não reverenciam senão os que estão vivos. Por isso, deixando de lado a glória do pai[5],

Classical Philology, n. 72, pp. 279-288, 1968) crê tratar-se do senador Júlio Segundo, seguidor de Quintiliano e por ele mencionado (*Instituições Oratórias* 10, 1, 120-121). Júlio Segundo era igual-

hoc tempus, sedulo fecit: parauit amicos, quos parauerat coluit, me certe, ut primum sibi iudicare permisit, ad amorem imitationemque delegit. **6.** *Dicenti mihi sollicitus adsistit, adsidet recitanti; primis etiam et cum maxime nascentibus opusculis meis interest, nunc solus, ante cum fratre, cuius nuper amissi ego suscipere partes, ego uicem debeo implere.* **7.** *Doleo enim et illum immatura morte indignissime raptum, et hunc optimi fratris adiumento destitutum solisque amicis relictum.*

8. *Quibus ex causis exigo ut uenias, et suffragio meo tuum iungas. Permultum interest mea te ostentare, tecum circumire. Ea est auctoritas tua, ut putem me efficacius tecum etiam meos amicos rogaturum.* **9.** *Abrumpe si qua te retinent: hoc tempus meum, hoc fides, hoc etiam dignitas postulat. Suscepi candidatum, et suscepisse me notum est; ego ambio, ego periclitor; in summa, si datur Nasoni quod petit, illius honor, si negatur, mea repulsa est. Vale.*

mente seguidor de Nicetas Sacerdote e também ele personagem do próprio Tácito no *Diálogo dos Oradores*, em que se informa ainda (§14) que Segundo escreveu a *Vida de Júlio Africano.*

que lhe dá grande distinção, mas pouco apoio, Júlio Nasão deve ascender por si só, deve esforçar-se por si só. **5.** E isto, como se previsse tal circunstância, foi o que, determinado, sempre fez. Granjeou amigos e após granjeá-los cultivou-os e, quanto a mim, tão logo se permitiu julgar, escolheu-me por amigo e modelo. **6.** Atento, assiste a meus discursos e está presente a minhas récitas. Tem interesse nos meus livrinhos de poesia[6], sobretudo quando estão surgindo, atualmente sozinho, mas antes junto com o irmão, de quem, morto há pouco tempo, devo então assumir o papel e fazer as vezes, **7.** porque me dói que um tenha sido colhido imerecidamente por morte prematura e que ao outro, privado do apoio de um excelente irmão, tenham restado apenas os amigos.

8. Por estas razões, exijo que venhas e ao meu voto somes o teu. Muito me interessa exibir-te e circular a teu lado. Tal é tua autoridade, que creio que contigo eu consiga cooptar com mais eficácia até mesmo meus próprios amigos. **9.** Livra-te, se algo te retém: é o que postula minha situação, minha credibilidade e minha dignidade. Apoio um candidato e isto é notório; estou em campanha e estou exposto; em suma, se se der a Nasão o cargo que deseja, a honraria é dele; se se negar, a derrota é minha. Adeus.

6. LIVRINHOS DE POESIA; *opusculis*; ver IV, 13, 1. Para Plínio poeta ver IV, 14, 1; para outros termos aos versos ligeiros, ver IV, 14, 8 e IV, 13, 2.

EPISTULA VII

De desiderio Calpurniae uxoris

GAIUS PLINIUS

CALPURNIAE SUAE SALUTEM

1. *Scribis te absentia mea non mediocriter adfici unumque habere solacium, quod pro me libellos meos teneas, saepe etiam in uestigio meo colloces.* 2. *Gratum est quod nos requiris, gratum quod his fomentis adquiescis; inuicem ego epistulas tuas lectito atque identidem in manus quasi nouas sumo. Sed eo magis ad desiderium tui accendor.* 3. *Nam cuius litterae tantum habent suauitatis, huius sermonibus quantum dulcedinis inest! Tu tamen quam frequentissime scribe, licet hoc ita me delectet ut torqueat. Vale.*

VI, 7. Data: junho-setembro (verão no hemisfério norte) de 107 d.C., que Plínio passa na Campânia. A epístola é como que continuação da VI, 7, que também trata de saudade (*desiderium*). 1. CALPÚRNIA: esposa de Plínio; ver VI, 4. 2. MEUS ESCRITOS: *libellos meos*. Em IV, 19, 2 Plínio

EPÍSTOLA 7

Saudades da esposa Calpúrnia

CAIO PLÍNIO

A SUA QUERIDA CALPÚRNIA[1], SAUDAÇÕES

1. Escreves que minha ausência não te afeta pouco, e que um só um consolo tens: dispores, para assumir meu lugar, de meus escritos[2] e que chegas a colocá-los nos mesmos lugares que ocupei. **2.** É bom saber que sentes falta de mim, é bom saber que te acalmas com tais lenitivos. Quanto a mim, ponho-me a reler tuas epístolas e a toda hora tomo-as nas mãos como se fossem novas. **3.** Porém, isto acende ainda mais minha saudade de ti, pois tuas epístolas têm tanta delicadeza quanta doçura há em tua conversa! Mas escreve, sim, com a maior frequência que puderes, embora isto me deleite tanto, que me tortura. Adeus.

informa que Calpúrnia lê seus discursos, mas o termo pode referir-se a livrinhos de poemas ou discursos unitários publicados em um só volume. Para ocorrências do termo *libellus*, ver IV, 14, 10.

EPISTULA VIII

Commendatio Atili Crescentis

GAIUS PLINIUS

SUO PRISCO SALUTEM

1. Atilium Crescentem et nosti et amas. Quis enim illum spectatior paulo aut non nouit aut non amat? Hunc ego non ut multi, sed artissime diligo. 2. Oppida nostra unius diei itinere dirimuntur; ipsi amare inuicem, qui est flagrantissimus amor, adulescentuli coepimus. Mansit hic postea, nec refrixit iudicio sed inualuit. Sciunt qui alterutrum nostrum familiarius intuentur. Nam et ille amicitiam meam latissima praedicatione circumfert, et ego prae me fero, quantae sit mihi curae modestia, quies, securitas eius. 3. Quin etiam, cum insolentiam cuiusdam tribunatum plebis inituri uereretur, idque indicasset mihi, respondi: οὔ τις ἐμεῦ ζῶντος. Quorsus haec? Ut scias non posse Atilium me incolumi iniuriam accipere.

4. Iterum dices "Quorsus haec?" Debuit ei pecuniam Valerius Varus. Huius est heres Maximus noster, quem et ipse amo, sed coniunctius tu.

VI, 8. Data: incerta.

1. PRISCO: talvez Cornélio Prisco, destinatário de III, 21. 2. ATÍLIO CRESCENTE: ver I, 9, 8. 3. QUIETUDE: *quies*. Para a acepção política do termo, ver I, 14, 5. 4. JAMAIS ENQUANTO EU VIVER: οὔ τις ἐμεῦ ζῶντος. É excerto da *Ilíada*, 1, v. 88: Aquiles pede a Calcante que revele que a ira de Apolo se deve ao ultraje de Agamêmnon contra Crises, sacerdote do deus. Como Calcante temia a reação de Agamêmnon, Aquiles lhe diz (vv. 88-91): οὔ τις ἐμεῦ ζῶντος καὶ ἐπὶ χθονὶ δερκομένοιο / σοὶ κοίλης παρὰ νηυσὶ βαρείας χεῖρας ἐποίσει / συμπάντων Δαναῶν, οὐδ' ἢν Ἀγαμέμνονα εἴπῃς, / ὃς νῦν πολλὸν ἄριστος Ἀχαιῶν εὔχεται εἶναι, "Enquanto eu vivo estiver e na

EPÍSTOLA 8

Recomendação de Atílio Crescente

CAIO PLÍNIO

A SEU QUERIDO PRISCO[1], SAUDAÇÕES

1. Conheces Atílio Crescente[2] e o amas. Ora, que pessoa, pouco preparada que seja, não o conhece nem o ama? Eu o estimo, não como muitos, mas com ardor. 2. Nossas cidades estão a um dia de viagem uma da outra; nosso afeto é mútuo (este é o mais intenso) e começou quando éramos meninos. Continuou assim depois e mesmo com o discernimento não esfriou, mas se tornou mais forte. Sabem-no quantos têm intimidade com qualquer um de nós dois, pois Atílio Crescente divulga à larga minha amizade, dotando-a dos maiores predicados, e eu demonstro quanto me preocupo com a temperança, a quietude[3] e a tranquilidade dele. 3. Com efeito, uma vez, receava a insolência de um tipo cuja gestão de tribuno da plebe se iniciava: quando me contou o fato, respondi, "jamais enquanto eu viver[4]". Por que tudo isso? Porque saibas que é impossível Atílio ser atacado e eu ficar indiferente.

4. Perguntarás de novo, "Para que tudo isso?" Valério Varo[5] lhe deve dinheiro. É herdeiro de Valério nosso querido Máximo[6], a quem muito

terra gozar da existência, / nunca nenhum dos Argivos ao lado das céleres naves / há de violência fazer-te ainda mesmo que penses no Atrida, / que no momento se orgulha de ser o melhor de nós todos". Tradução de Carlos Alberto Nunes (Homero, *Ilíada*, Rio de Janeiro, Ediouro, 2005, p. 61). 5. Valério Varo: desconhecido, mencionado apenas aqui. 6. Máximo: provavelmente

5. *Rogo ergo, exigo etiam pro iure amicitiae, cures ut Atilio meo salua sit non sors modo uerum etiam usura plurium annorum. Homo est alieni abstinentissimus sui diligens; nullis quaestibus sustinetur, nullus illi nisi ex frugalitate reditus.* 6. *Nam studia, quibus plurimum praestat, ad uoluptatem tantum et gloriam exercet. Grauis est ei uel minima iactura, quia reparare quod amiseris grauius.* 7. *Exime hunc illi, exime hunc mihi scrupulum: sine me suauitate eius, sine leporibus perfrui. Neque enim possum tristem uidere, cuius hilaritas me tristem esse non patitur.* 8. *In summa nosti facetias hominis; quas uelim attendas, ne in bilem et amaritudinem uertat iniuria. Quam uim habeat offensus, crede ei quam in amore habet. Non feret magnum et liberum ingenium cum contumelia damnum.* 9. *Verum, ut ferat ille, ego meum damnum meam contumeliam iudicabo, sed non tamquam pro mea (hoc est, grauius) irascar. Quamquam quid denuntiationibus et quasi minis ago? Quin potius, ut coeperam, rogo oro des operam, ne ille se (quod ualdissime uereor) a me, ego me neglectum a te putem. Dabis autem, si hoc perinde curae est tibi quam illud mihi. Vale.*

Nóvio Máximo; ver II, 14; ou então é Quintílio Valério Máximo, destinatário da epístola VI, 34. Outra possibilidade é que seja Quintílio Valério Máximo de Alexandria Tróade, mencionado na VIII, 24. 7. POR PRAZER E POR DESEJO DE GLÓRIA: *ad uoluptatem tantum et gloriam*. Atílio não

estimo, mas de quem tu és mais próximo. **5.** Por isso, peço, até exijo, em nome do direito de amizade, que cuides não apenas que se preserve o capital de meu Atílio, mas também os juros de muitos anos. É pessoa desapegadíssima dos bens alheios, cuidadosa dos próprios; não tira sustento de negócios, mas só tem os rendimentos da própria frugalidade, **6.** pois aos estudos, em que obtém o maior destaque, dedica-se só por prazer e por desejo de glória[7]. Até mesmo os menores gastos pesam-lhe, pois é mais difícil recuperar o que se perde.

7. Põe fim a esta ansiedade que ele sente, põe-lhe fim, que também a sinto. Deixa-me usufruir sua doçura, deixa-me usufruir sua graça. Não posso ver triste alguém cuja alegria não me deixa ficar triste. **8.** Conheces mais que ninguém suas brincadeiras, às quais gostaria que atentasses que ele não as transforme em bile e amargura por causa de uma injustiça. A violência do ressentimento dele podes avaliar por aquela que ele tem no amor. Um caráter grande e livre não tolerará o prejuízo junto com a ofensa. **9.** Entretanto, ainda que seja ele quem tolere, vou considerar meu o prejuízo, a mim a ofensa, mas não vou irar-me como se fossem dirigidos a mim: farei pior. Então, por que lanço declarações, quase ameaças? Antes, na verdade, como estava dizendo, peço, suplico que te empenhes para que ele não pense (é o que mais temo) que foi esquecido por mim, e eu não pense que fui por ti. E hás de te empenhar, se este meu pensamento for para ti motivo da mesma preocupação que o dele é para mim. Adeus.

recebe pagamento pelos seus escritos (ver v, 13, 8) ou limita-se à suasória, exercício na formação retórica que consistia em fazer que o aluno, assumindo a voz de uma personagem histórica, pronunciasse um discurso sobre uma questão importante.

EPISTULA IX

Ad Tacitum de Iulio Nasone candidato

GAIUS PLINIUS

TACITO SUO SALUTEM

1. Commendas mihi Iulium Nasonem candidatum. Nasonem mihi? Quid si me ipsum? Fero tamen et ignosco. Eundem enim commendassem tibi, si te Romae morante ipse afuissem. Habet hoc sollicitudo, quod omnia necessaria putat. 2. Tu tamen censeo alios roges; ego precum tuarum minister, adiutor, particeps ero. Vale.

EPÍSTOLA 9

A Tácito sobre a candidatura de Júlio Nasão

CAIO PLÍNIO
A SEU QUERIDO TÁCITO[1], SAUDAÇÕES

1. Tu me recomendas Júlio Nasão[2], que é candidato. Recomendas Nasão? Justo para mim? É como se eu me recomendasse a mim mesmo! Não me importo e te perdôo, porque eu o teria recomendado a ti, se tu estivesses em Roma e eu fora. A preocupação tem esse poder: crê que tudo parece indispensável. 2. Mas acho que deves requestar outros, e de minha parte serei assistente, ajudante, parceiro[3] nos teus pedidos. Adeus.

VI, 9. Data: Esta é uma das epístolas eleitorais; ver II, 9, nota introdutória.
1. TÁCITO: o historiógrafo Públio Cornélio Tácito; ver I, 6. 2. JÚLIO NASÃO: irmão de Júlio Avito, questor, cuja morte prematura, mencionada por Plínio em V, 21, permite a Nasão candidatar-se ao cargo. 3. ASSISTENTE, AJUDANTE, PARCEIRO: *minister, adiutor, particeps*. Notar a gradação.

EPISTULA X

Monimentum Rufi Vergini

GAIUS PLINIUS

ALBINO SUO SALUTEM

1. *Cum uenissem in socrus meae uillam Alsiensem, quae aliquamdiu Rufi Vergini fuit, ipse mihi locus optimi illius et maximi uiri desiderium non sine dolore renouauit. Hunc enim colere secessum atque etiam senectutis suae nidulum uocare consueuerat.* 2. *Quocumque me contulissem, illum animus illum oculi requirebant. Libuit etiam monimentum eius uidere, et uidisse paenituit.* 3. *Est enim adhuc imperfectum, nec difficultas operis in causa, modici ac potius exigui, sed inertia eius cui cura mandata est. Subit indignatio cum miseratione, post decimum mortis annum reliquias neglectumque cinerem sine titulo sine nomine iacere, cuius memoria orbem terrarum gloria peruagetur.* 4. *At ille mandauerat caueratque, ut diuinum illud et immortale factum uersibus inscriberetur:*

HIC SITUS EST RUFUS, PULSO QUI VINDICE QUONDAM IMPERIUM
ADSERUIT NON SIBI SED PATRIAE.

VI, 10. Data: junho-setembro (verão no hemisfério norte) de 107 d.C.

1. ALBINO: provavelmente o advogado hispânico Luceio Albino; ver III, 9, 7. 2. MINHA SOGRA: *socrus meae*. É Pompeia Celerina; ver I, 4. 3. VERGÍNIO RUFO: ver II, 1, 1. 4. INSCRITO EM VERSO: *uersibus inscriberetur*. Trata-se de dístico elegíaco. 5. JÚLIO VÍNDICE: ver II, 1, 1.

EPÍSTOLA 10

O túmulo de Vergínio Rufo

CAIO PLÍNIO

A SEU QUERIDO ALBINO[1], SAUDAÇÕES

1. Tendo ido à vila de Álsio, hoje de minha sogra[2], mas durante algum tempo pertencente a Rufo Vergínio[3], o próprio local renovou em mim, não sem dor, as saudades daquele homem excelente e nobilíssimo. Costumava cultuar aquele retiro e chamá-lo "o pequeno ninho de sua velhice". 2. Aonde quer que eu me dirigisse, minha mente o procurava, meus olhos o procuravam. Deu-me vontade até de ver o túmulo dele, e me arrependi de ter visto. 3. Pois ainda hoje está inacabado, e não por causa da dificuldade do trabalho, que é mediano, ou pequeno até, mas por inércia do encarregado. Sente-se um misto de indignação e dó: após dez anos da morte de Rufo Vergínio, os restos e as cinzas jazem sem inscrição, sem o nome dele, embora sua memória gloriosa se espalhe pelo mundo inteiro! 4. No entanto, ele havia ordenado e tomado medidas para que aquele seu feito divino e imortal fosse inscrito em verso[4]:

AQUI JAZ RUFO: A VÍNDICE[5] VENCEU E O IMPÉRIO CONSERVOU,
NÃO P'RA SI, MAS PARA A PÁTRIA.

5. *Tam rara in amicitiis fides, tam parata obliuio mortuorum, ut ipsi nobis debeamus etiam conditoria exstruere omniaque heredum officia praesumere.* **6.** *Nam cui non est uerendum, quod uidemus accidisse Verginio? Cuius iniuriam ut indigniorem, sic etiam notiorem ipsius claritas facit. Vale.*

5. É tão rara entre amigos a fidelidade, é tão rápido esquecer os mortos, que é preciso construirmos nós mesmos nosso jazigo e assumirmos antecipadamente todos os deveres de herdeiros. **6.** Ora, quem não deve temer que aconteça o que vimos acontecer com Vergínio? Essa injúria a notoriedade dele a torna mais indigna e ainda mais conhecida. Adeus.

EPISTULA XI

Duo clarissimi iuuenes

GAIUS PLINIUS

MAXIMO SUO SALUTEM

1. *O diem laetum! Adhibitus in consilium a praefecto urbis audiui ex diuerso agentes summae spei summae indolis iuuenes, Fuscum Salinatorem et Ummidium Quadratum, egregium par nec modo temporibus nostris sed litteris ipsis ornamento futurum.* **2.** *Mira utrique probitas, constantia salua, decorus habitus, os Latinum, uox uirilis, tenax memoria, magnum ingenium, iudicium aequale; quae singula mihi uoluptati fuerunt, atque inter haec illud, quod et ipsi me ut rectorem, ut magistrum intuebantur, et iis qui audiebant me aemulari, meis instare uestigiis uidebantur.* **3.** *O diem (repetam enim) laetum notandumque mihi candidissimo calculo! Quid enim aut publice laetius quam clarissimos iuuenes*

vi, 11. Data: 107-107 d.C.

1. Máximo: possivelmente Nóvio Máximo, coetâneo de Plínio, também interessado em letras. Para as diversas pessoas de nome "Máximo", ver ii, 14. 2. Fusco Salinator: Gneu Pedânio Fusco Salinator, filho do homônimo cônsul sufecto de 83 ou 84 d.C. e neto do homônimo cônsul de 61 d.C. Foi colega de Plínio nos estudos de Direito (ver vi, 11, 1), casou-se com a sobrinha de Adriano (imperador entre 117 e 138 d.C.); dividiu com ele o consulado em 118 d.C. e tinha esperança de sucedê-lo. É endereçado em vii, 9; ix, 36 e ix, 40, e mencionado em vi, 26, 1 e x, 87, 3. 3. Umídio Quadrato: neto, talvez por adoção, de Umídia Quadratila (ver vii, 24) e neto de um cônsul homônimo do tempo de Nero. Protegido de Plínio, devia ter 23 anos em 107 d.C. e se tornaria cônsul sufecto em 118 d.C. Ele e Salinator estiveram nas graças de Adriano. Outro

EPÍSTOLA 11

Dois jovens notáveis

CAIO PLÍNIO

A SEU QUERIDO MÁXIMO[1], SAUDAÇÕES

1. Que dia venturoso! Convocado ao conselho pelo prefeito de Roma, ouvi, atuando em causas contrárias, jovens de grande futuro e grande caráter, Fusco Salinator[2] e Umídio Quadrato[3], notável par que há de ser motivo de distinção não só de nossa época, senão também das próprias letras. 2. Admirável num e noutro a probidade, a firmeza constante, a decorosa atitude, o puro latim, a voz viril, a memória tenaz, o engenho grandioso e o julgamento justo, qualidades que me foram, cada uma, causa de prazer, mas dentre elas máxime o fato de que não só os dois jovens, eles mesmos, me viam como guia, como mestre, senão também a quem ouvia pareceu que emulavam comigo, que seguiam meus passos[4]. 3. Que dia venturoso (pois digo outra vez), que devo marcar com a pedra mais branca[5]! Ora, o que na vida pública pode ser mais

homônimo, marido da irmã de Marco Aurélio (imperador de 161 a 180 d.C.), era talvez seu filho. É destinatário de VI, 29 e IX, 13 e mencionado em VII, 24, §§2-4; 6 e 9. 4. EMULAVAM COMIGO, SEGUIAM MEUS PASSOS: *me aemulari, meis instare uestigiis*. Plínio orgulha-se porque é o modelo (*exemplar*, §3) que os jovens imitam, mas, a despeito da vaidade, trata-se aqui da composição de discursos e poemas por imitação e emulação de modelos; ver VII, 9, 3 e I, 2, §§2-3. 5. A PEDRA MAIS BRANCA: *candidissimo calculo*. Segundo Plínio, o Velho (*História Natural*, 7, 40, 131), o costume teria origem com os trácios, que usavam pedras brancas para marcar dias favoráveis, e negras para desfavoráveis.

nomen et famam ex studiis petere, aut mihi optatius quam me ad recta tendentibus quasi exemplar esse propositum? 4. Quod gaudium ut perpetuo capiam deos oro; ab isdem teste te peto, ut omnes qui me imitari tanti putabunt meliores esse quam me uelint. Vale.

venturoso do que jovens brilhantíssimos buscarem renome e reputação por meio dos estudos, e para mim o que pode ser mais desejável do que ser tomado quase como modelo por quem busca o que é virtuoso? 4. Que eu possa para sempre sentir essa alegria rogo aos deuses; deles, tendo tu por testemunha, peço que todos que considerem proveitoso imitar-me desejem ser melhores do que eu. Adeus.

EPISTULA XII

Commendatio Bitti Prisci

GAIUS PLINIUS

FABATO PROSOCERO SUO SALUTEM

1. *Tu uero non debes suspensa manu commendare mihi quos tuendos putas. Nam et te decet multis prodesse et me suscipere quidquid ad curam tuam pertinet.* **2.** *Itaque Bittio Prisco quantum plurimum potuero praestabo, praesertim in harena mea, hoc est apud centumuiros.* **3.** *Epistularum, quas mihi ut ais "aperto pectore" scripsisti, obliuisci me iubes; at ego nullarum libentius memini. Ex illis enim uel praecipue sentio, quanto opere me diligas, cum sic exegeris mecum, ut solebas cum tuo filio.* **4.** *Nec dissimulo hoc mihi iucundiores eas fuisse, quod habebam bonam causam, cum summo studio curassem quod tu curari uolebas.* **5.** *Proinde etiam atque etiam rogo, ut mihi semper eadem simplicitate, quotiens cessare uidebor ("uidebor" dico, numquam enim cessabo), conuicium facias, quod et ego intellegam a summo amore proficisci, et tu non meruisse me gaudeas. Vale.*

VI, 12. Data: incerta.

1. Fabato: Lúcio Calpúrnio Fabato, era avô paterno de Calpúrnia, a Jovem, segunda ou terceira esposa de Plínio; ver IV, 1. 2. HESITAR: *suspensa manu*, literalmente "com mão vacilante"; em VII, 16, 5 faz Plínio censura semelhante a Fabato. 3. Bítio Prisco: talvez parente de Bítio Próculo, patrono da esposa de Plínio; ver IX, 13, 13. É mencionado apenas aqui. Para Ronald Syme (*Jour-*

EPÍSTOLA 12

Recomendação de Bítio Prisco

CAIO PLÍNIO

A SEU QUERIDO FABATO[1], AVÔ DE SUA ESPOSA, SAUDAÇÕES

1. Não precisas hesitar[2] quando me recomendas aqueles que em tua opinião devem ser protegidos, pois a ti te convém ser útil a muitos, e a mim me cabe assumir o que for necessário a tuas preocupações. **2.** Assim, a Bítio Prisco[3] hei de prestar a maior ajuda que puder, principalmente na minha arena[4], ou seja, entre os centúnviros. **3.** Ordenas que eu esqueça a epístola que me escreveste "de peito aberto": mas de nenhuma outra eu me recordo com mais prazer, pois nela é que mais percebo quanta amizade tens por mim, já que me trataste como costumas tratar teu filho[5]. **4.** E não escondo que para mim ela foi particularmente agradável porque a causa que eu tinha em mãos era boa, já que me cabia cuidar com o maior zelo do que desejavas que se cuidasse. **5.** Por isso, peço e repeço que, toda vez que eu pareça falhar (estou dizendo "pareça", pois nunca vou falhar), tu com a mesma franqueza me faças uma censura tal, que eu entenda dever-se a um amor enorme, e tu te alegres por eu não a merecer. Adeus.

nal of Roman Studies, n. 58, p. 138, 1968), o nome correto é *Vettius* ("Vétio"). **4.** MINHA ARENA: *harena mea*. Plínio foi presidente da Corte Centunviral; ver Introdução, I e V, 8, 8. **5.** TEU FILHO: é o sogro de Plínio, que em IV, 19, 1 e V, 11, 2 já tinha morrido.

EPISTULA XIII

Iterum de causa Bithynorum

GAIUS PLINIUS

URSO SUO SALUTEM

1. *Umquamne uidisti quemquam tam laboriosum et exercitum quam Varenum meum? Cui quod summa contentione impetrauerat defendendum et quasi rursus petendum fuit.* 2. *Bithyni senatus consultum apud consules carpere ac labefactare sunt ausi, atque etiam absenti principi criminari; ab illo ad senatum remissi non destiterunt. Egit Claudius Capito inreuerenter magis quam constanter, ut qui senatus consultum apud senatum accusaret.* 3. *Respondit Catius Fronto grauiter et firme. Senatus ipse mirificus; nam illi quoque qui prius negarant Vareno quae petebat, eadem danda postquam erant data censuerunt;* 4. *singulos enim integra re dissentire fas esse, peracta quod pluribus placuisset cunctis tuendum.* 5. *Acilius tantum Rufus et cum eo septem an octo, septem immo, in priore sententia perseuerarunt. Erant in hac paucitate non nulli, quorum temporaria grauitas uel potius grauitatis imitatio ridebatur.*

6. *Tu tamen aestima, quantum nos in ipsa pugna certaminis maneat, cuius quasi praelusio atque praecursio has contentiones excitauit. Vale.*

VI, 13. Data: quinze dias após a VI, 5, escrita no fim de 106 ou início de 107 d.C. A epístola é continuação da V, 20 e da VI, 5.

1. CORNÉLIO URSO: ver IV, 9. 2. VARENO: Vareno Rufo; ver V, 20, 2. 3. CÁTIO FRONTÃO: ver II, 11, 3. 4. UMA VEZ DECIDIDA: *re peracta*. Em VI, 5, 3 Licínio Nepos foi criticado pela mesma razão. 5. ACÍLIO RUFO: ver V, 20, 6.

EPÍSTOLA 13

Continuação do processo da Bitínia

CAIO PLÍNIO
A SEU QUERIDO URSO[1], SAUDAÇÕES

1. Viste alguma vez alguém tão vexado e perseguido quanto meu querido Vareno[2]? Aquilo que obtivera com o máximo esforço teve de defender e praticamente requisitar de novo. 2. Os cidadãos da Bitínia tiveram o desplante de adulterar e subverter junto aos cônsules uma decisão do Senado e de incriminar Vareno ao Imperador, que não estava presente. Enviados de volta ao Senado pelo Imperador, nem assim desistiram. Discursou Cláudio Capitão com mais irreverência do que coerência, porque atacava um senátus-consulto no Senado. 3. Respondeu Cátio Frontão[3] com gravidade e firmeza. O próprio Senado agiu de modo admirável, já que os mesmos que antes da decisão negaram as solicitações de Vareno julgaram que deviam ser concedidas depois de vitoriosas na votação. 4. É legítimo discordar individualmente, pensavam, sobre uma questão indecisa, mas, uma vez decidida[4], todos devem respeitar a escolha que aprouve à maioria. 5. Apenas Acílio Rufo[5] e com ele uns sete ou oito, na verdade sete, perseveraram na opinião anterior. Entre esses poucos havia alguns cuja temporária gravidade, ou antes, arremedo de gravidade, era objeto de riso. 6. Mas pondera quanto acirramento me aguarda nesta mesma disputa, cujos prelúdios, por assim dizer, e primeiras escaramuças já fizeram eclodir tais confrontos. Adeus.

EPISTULA XIV

Inuitatio ad Formianum

GAIUS PLINIUS

MAURICO SUO SALUTEM

1. Sollicitas me in Formianum. Veniam ea condicione, ne quid contra commodum tuum facias; qua pactione inuicem mihi caueo. Neque enim mare et litus, sed te, otium, libertatem sequor: alioqui satius est in urbe remanere. 2. Oportet enim omnia aut ad alienum arbitrium aut ad suum facere. Mei certe stomachi haec natura est, ut nihil nisi totum et merum uelit. Vale.

EPÍSTOLA 14

Convite à vila de Fórmias

CAIO PLÍNIO

A SEU QUERIDO MAURICO[1], SAUDAÇÕES

1. Insistes que eu vá a tua vila de Fórmias[2]. Irei com uma condição: que nada faças contra tuas conveniências; e por esse mesmo acordo, cuido também de meus interesses. E não busco mar e praia, mas busco a ti, o ócio e a liberdade: senão, é melhor permanecer em Roma, 2. pois em tudo é necessário escolher entre fazer a vontade alheia e fazer a própria. E minha inclinação natural é mesmo a seguinte: nada querer que não seja inteiro e genuíno. Adeus.

VI, 14. Data: junho-setembro (verão no hemisfério norte) de 107 d.C., que Plínio passa na Campânia para encontrar-se com a esposa Calpúrnia; ver VI, 28 e VI, 30.

1. MAURICO: ver I, 5, 10. 2. FÓRMIAS: *Formianum*. Fórmias é cidade do Lácio.

EPISTULA XV

Scurrilitas in recitatione

GAIUS PLINIUS

ROMANO SUO SALUTEM

1. *Mirificae rei non interfuisti; ne ego quidem, sed me recens fabula excepit. Passennus Paulus, splendidus eques Romanus et in primis eruditus, scribit elegos. Gentilicium hoc illi: est enim municeps Properti atque etiam inter maiores suos Propertium numerat.* **2.** *Is cum recitaret, ita coepit dicere: "Prisce, iubes... ". Ad hoc Iauolenus Priscus (aderat enim ut Paulo amicissimus): "Ego uero non iubeo". Cogita qui risus hominum, qui ioci.* **3.** *Est omnino Priscus dubiae sanitatis, interest tamen officiis, adhibetur consiliis atque etiam ius ciuile publice respondet: quo magis quod tunc fecit et ridiculum et notabile fuit.* **4.** *Interim Paulo aliena deliratio aliquantum frigoris attulit. Tam sollicite recitaturis prouidendum est, non solum ut sint ipsi sani uerum etiam ut sanos adhibeant. Vale.*

VI, 15. Data: incerta.

1. ROMANO: Caio Licínio Vocônio Romano; ver I, 5. 2. PASSENO PAULO: ver IX, 22. 3. CIDADE DE PROPÉRCIO: *Asisium*, atual Assis na região italiana da Úmbria, também terra de São Francisco.

EPÍSTOLA 15

Gracejo durante a recitação

CAIO PLÍNIO

A SEU QUERIDO ROMANO[1], SAUDAÇÕES

1. Perdeste uma cena incrível. Na verdade, também eu perdi, mas o caso chegou até mim ainda fresco. Passeno Paulo[2], notável cavaleiro romano e, acima de tudo, erudito, escreve elegias. A linhagem dele é a seguinte: é da mesma cidade de Propércio[3] e o inclui entre seus antepassados[4]. 2. Quando ia recitar, começou assim: "Ó Prisco, mandas-me... ". A estas palavras, Javoleno Prisco[5] (que estava presente, amicíssimo que é de Paulo) disse: "Eu não mando nada!" Imagina a risada das pessoas, as gozações! 3. É bem verdade que Prisco não tem muito juízo, mas desempenha cargos, assiste às deliberações e até presta assistência como especialista em direito civil; por isso, o que fez foi ainda mais surpreendente e ridículo. 4. Mas de pronto a tolice alheia tornou fria a audiência de Paulo. Quem recita não só deve ter todo cuidado de estar são ele mesmo, mas também de convidar quem seja são. Adeus.

4. SEUS ANTEPASSADOS: *maiores suos*. Numa inscrição votiva de Assis (*ILS*, 2925) constam nomes dos ascendentes de Passeno, entre os quais Propércio. 5. JAVOLENO PRISCO: Lúcio Javoleno Prisco; ver II, 13.

EPISTULA XVI

De Vesuui eruptione et exitu Plini Maioris

GAIUS PLINIUS

TACITO SUO SALUTEM

1. *Petis ut tibi auunculi mei exitum scribam, quo uerius tradere posteris possis. Gratias ago; nam uideo morti eius si celebretur a te immortalem gloriam esse propositam.* 2. *Quamuis enim pulcherrimarum clade terrarum, ut populi, ut urbes memorabili casu, quasi semper uicturus occiderit, quamuis ipse plurima opera et mansura condiderit, multum tamen perpetuitati eius scriptorum tuorum aeternitas addet.* 3. *Equidem beatos puto, quibus deorum munere datum est aut facere scribenda aut scribere legenda, beatissimos uero quibus utrumque. Horum in numero auunculus meus et suis libris et tuis erit. Quo libentius suscipio, deposco etiam quod iniungis.*

4. *Erat Miseni classemque imperio praesens regebat. Nonum Kal. Nouembres hora fere septima mater mea indicat ei apparere nubem inusitata*

VI, 16. Data: fim de 106, início de 107 d.C.

1. TÁCITO: o historiógrafo Públio Cornélio Tácito; ver I, 6. 2. FIM: *exitum. Exitus* é aqui a "espécie" historiográfica e também epistolográfica; ver Introdução, VIII, 5; ver ainda I, 17, 1; VIII, 12, 4 e a outra epístola vesuviana, VI, 20. 3. CIRCUSTÂNCIAS TÃO MEMORÁVEIS: *memorabili casu.* Para interesse de Plínio por fenômenos naturais, ver IV, 30 (fonte cujo fluxo é intermitente perto de Como); VI, 20 (também sobre a erupção do Vesúvio); VII, 27 (fantasmas); VIII, 8 (fontes de Clitumno), VIII, 20 (ilhas flutuantes no Lago de Vadimão) e IX, 33 (o golfinho de Hipona). 4. OBRAS NUMEROSAS E DURADOURAS: *plurima opera et mansura.*

EPÍSTOLA 16

Sobre a erupção do Vesúvio e a morte de Plínio, o Velho

CAIO PLÍNIO
A SEU QUERIDO TÁCITO[1], SAUDAÇÕES

1. Pedes que te escreva relatando o fim[2] de Plínio, meu tio, para que possas registrá-la aos pósteros com mais veracidade. Agradeço-te, pois se narrares a morte dele, creio que ela ganhará glória imortal, **2.** porque, embora tenha perecido em meio à destruição de regiões belíssimas, junto com as cidades e seus habitantes, em circunstâncias tão memoráveis[3] que lhe dão como que vida eterna; embora tenha escrito obras numerosas e duradouras[4], ainda assim a eternidade de teus escritos há de somar muito à perenidade dele. **3.** Com efeito, considero felizes aqueles a quem os deuses deram o dom ou de fazer o que merece ser escrito ou de escrever o que merece ser lido, e felicíssimos aqueles a quem deram um e outro. No rol de tais homens estará meu tio por causa dos livros dele e dos teus. Por isso, com mais alegria aceito e até chego a pedir-te aquilo mesmo que me impões.

4. Ele estava em Miseno[5] no comando de uma esquadra. No dia 24 de novembro[6], por volta das duas horas da tarde minha mãe lhe mos-

5. MISENO: ali ficava estacionada a frota do mar Tirreno, comandada por Plínio, o Velho. 6. DIA 24 DE NOVEMBRO: *Nonum Kal. Novembres*, segundo o *Codex Venetus* (século IX) e não *Septembres*, como traz o *Codex Laurentianus Mediceus* (século XV). O historiógrafo Díon Cássio (*c.* 155-*c.* 235) afirma (*História Romana*, 66, 21, 1) que o evento ocorreu no outono (κατ' αὐτὸ

et magnitudine et specie. **5.** *Usus ille sole, mox frigida, gustauerat iacens studebatque; poscit soleas, ascendit locum ex quo maxime miraculum illud conspici poterat. Nubes (incertum procul intuentibus ex quo monte; Vesuuium fuisse postea cognitum est) oriebatur, cuius similitudinem et formam non alia magis arbor quam pinus expresserit.* **6.** *Nam longissimo uelut trunco elata in altum quibusdam ramis diffundebatur, credo quia recenti spiritu euecta, dein senescente eo destituta aut etiam pondere suo uicta in latitudinem uanescebat, candida interdum, interdum sordida et maculosa prout terram cineremue sustulerat.*

7. *Magnum propiusque noscendum ut eruditissimo uiro uisum. Iubet liburnicam aptari; mihi si uenire una uellem facit copiam; respondi studere me malle, et forte ipse quod scriberem dederat.* **8.** *Egrediebatur domo, accipit codicillos Rectinae Casci imminenti periculo exterritae; nam uilla eius subiacebat, nec ulla nisi nauibus fuga: ut se tanto discrimini eriperet orabat.* **9.** *Vertit ille consilium et quod studioso animo incohauerat obit maximo. Deducit quadriremes, ascendit ipse non Rectinae modo sed multis (erat enim frequens amoenitas orae) laturus auxilium.* **10.** *Properat illuc unde alii fugiunt, rectumque cursum recta gubernacula in periculum tenet adeo solutus metu, ut omnes illius mali motus, omnes figuras ut deprenderat oculis dictaret enotaretque.*

τὸ φθινόπωρον). Por isso, a data tradicional de 24 de agosto foi questionada e também porque escavações recentes na região revelam a presença de elementos outonais (sementes de romã e corpos cujo traje pesado era impróprio ao verão) e principalmente uma inscrição feita com carvão que traz ela mesma a data de 17 de outubro: *XVI K Nov in[d]ulsit pro masumis esurit[ioni]*, "No décimo-sexto dia antes das calendas de novembro [isto é, 17 de outubro], sem moderação entregou-se à comida". A inscrição não poderia ter sido feita em outubro se a erupção tivesse ocorrido em 24 de agosto. Para estas e outras evidências (ver adiante §9 e nota), como a direção do vento, estudos geológicos, vulcanológicos etc., ver o mais importante artigo sobre o tema: Domenico M. Doronzo *et alii*, "The 79 CE Eruption of Vesuvius: A Lesson from the Past and the Need of a Multidisciplinary Approach for Developments in Volcanology", *Earth-Science Reviews*, n. 231, pp. 1-29, 2022. 7. TAMANHO E APARÊNCIA INCOMUNS: *inusitata et magnitudine et specie.* Esse tipo de erupção, descrito no parágrafo seguinte, é chamado "pliniano" na vulcanologia. 8. DESCER QUADRIRREMES: *deducit quadriremes. Deducere* significa "baixar", ou seja, "trazer para baixo até o mar", já que a nau estava mais acima, em seco. Em qualquer época do ano,

trou que surgia uma nuvem de tamanho e aparência incomuns[7]. **5.** Ele tinha tomado sol e em seguida banho frio; fizera rápida refeição e, deitado, estudava; exigiu as sandálias, subiu até um posto de onde pudesse observar da melhor maneira o prodígio. A nuvem crescia (para quem contemplava de longe não se sabia de que montanha provinha: soube-se depois que era do Vesúvio), assumindo a aparência e a forma não de qualquer árvore, mas de um pinheiro. **6.** Com efeito, alongada ao alto como um tronco altíssimo, dividia-se em ramos, creio, porque, sendo recente o sopro de ar, a nuvem se erguia e depois, enfraquecendo-se o sopro, ela era abandonada, ou então porque, vencida pelo próprio peso, a nuvem se dissipava para os lados, ora branca, ora suja e manchada quando carregava terra e cinza.

7. Um homem cultíssimo, como era meu tio, achou que um fenômeno tão grandioso merecia ser examinado mais de perto; mandou aparelhar uma liburna; deixou-me à vontade para ir com ele se eu quisesse; respondi que preferia ficar estudando, e por acaso fora ele que me dera uma tarefa escrita. **8.** Já saía de casa, quando recebeu um bilhete de Rectina, esposa de Casco, apavorada com o perigo iminente, pois a vila deles era no sopé do Vesúvio e não havia rota de fuga a não ser por mar: Rectina pedia-lhe que a tirasse de tão grande perigo. **9.** Meu tio então mudou o plano, e o que se iniciara com intuito de conhecimento findava com o de magnanimidade. Mandou descer quadrirremes[8] e ele mesmo embarcou, não só para levar socorro a Rectina, senão a muitos, pois a amenidade atraía muita gente àquele litoral. **10.** A toda pressa vai para o local de onde outros fogem: em via reta, ruma direto ao perigo com tal destemor, que ditava e registrava todos os movimentos daquele infortúnio, todas as formas que assumia.

sempre que não eram usadas, as naus ficavam em galpões (*naualia*) fora da água. Mas, como a partir do equinócio de outono, em 23 de setembro, e durante o inverno praticamente não se navegava (dizia-se que o "mar estava fechado", *mare clausum*), é mais provável que a nau de Plínio, o Velho, estivesse fora da água por esse motivo. Se foi o caso, isto significa que a erupção não pode ter ocorrido em agosto, quando ainda é verão na Europa e o mar estava aberto (*mare apertum*) à navegação.

11. *Iam nauibus cinis incidebat, quo propius accederent, calidior et densior; iam pumices etiam nigrique et ambusti et fracti igne lapides; iam uadum subitum ruinaque montis litora obstantia. Cunctatus paulum an retro flecteret, mox gubernatori ut ita faceret monenti "Fortes", inquit, "fortuna iuuat: Pomponianum pete".* **12.** *Stabiis erat diremptus sinu medio; nam sensim circumactis curuatisque litoribus mare infunditur; ibi quamquam nondum periculo appropinquante, conspicuo tamen et cum cresceret proximo, sarcinas contulerat in naues, certus fugae si contrarius uentus resedisset. Quo tunc auunculus meus secundissimo inuectus, complectitur trepidantem, consolatur, hortatur, utque timorem eius sua securitate leniret, deferri in balineum iubet; lotus accubat, cenat, aut hilaris aut, quod aeque magnum, similis hilari.*

13. *Interim e Vesuuio monte pluribus locis latissimae flammae altaque incendia relucebant, quorum fulgor et claritas tenebris noctis excitabatur. Ille agrestium trepidatione ignes relictos desertasque uillas per solitudinem ardere in remedium formidinis dictitabat. Tum se quieti dedit et quieuit uerissimo quidem somno; nam meatus animae, qui illi propter amplitudinem corporis grauior et sonantior erat, ab iis qui limini obuersabantur audiebatur.* **14.** *Sed area ex qua diaeta adibatur ita iam cinere mixtisque pumicibus oppleta surrexerat, ut si longior in cubiculo mora, exitus negaretur. Excitatus procedit, seque Pomponiano ceterisque qui peruigilauerant reddit.* **15.** *In commune consultant, intra tecta subsistant an in aperto uagentur. Nam crebris uastisque tremoribus tecta nutabant, et quasi emota sedibus suis nunc huc nunc illuc abire aut referri uidebantur.* **16.** *Sub dio rursus quamquam leuium exesorumque pumicum casus me-*

9. BANCO DE AREIA, A LAVA OBSTRUI A PRAIA: *uadum... ruina litora obstantia.* Isso deve-se aos tremores de terra; ver §15. 10. POMPONIANO: provavelmente Pompônio Segundo, filho do amigo de Plínio, o Velho; ver III, 5, 3. 11. ESTÁBIAS: cidade da Campânia perto de Pompeia. Corresponde à atual Castellammare di Stabia, situada no golfo de Nápoles, sul da Itália. 12. BANHO, JANTA: *balineum, cenat.* Esta atitude – banho e jantar antes de morrer – na verdade é tópica e radica em Catão de Útica (Plutarco, *Catão, o Jovem*, 66, 3-4), que na véspera do suicídio se banha e janta com os amigos. É tópico também o sono tranquilo, §13, como o de Sócrates no *Fédon* platônico antes da execução e o do mesmo Catão (70, 3). Para os dois Catões, ver I, 17, 3. 13. NÃO PODERIA SAIR DE LÁ: *exitus negaretur.* Isso explica a presença de corpos nas escavações arqueológicas das residências.

11. Já se precipitavam cinzas sobre as naus, tanto mais quentes e mais densas quanto mais perto os navios chegavam; já se precipitavam pedras-pomes e até mesmo rochas negras, chamuscadas e fendidas pelo fogo; súbito ergue-se um banco de areia e a lava do vulcão obstrui a praia[9]. Por um instante meu tio hesita se deve fazer meia volta, mas logo, dando instruções ao timoneiro, "Aos corajosos", lhe diz, "a sorte sempre ajuda: leva-me até Pomponiano[10]". 12. Pomponiano estava em Estábias[11], a meio caminho do lado oposto da baía (com efeito, o litoral dali é imperceptivelmente abaulado e curvo, onde o mar avança). Lá, embora o perigo não estivesse perto, era visível e, porque, crescendo, haveria de chegar, Pomponiano pusera sua bagagem nos navios, decidido a fugir assim que o vento contrário se acalmasse. Mas esse mesmo vento fora então muitíssimo propício a meu tio: assim que chega, abraça Pomponiano, que tremia, consola-o, exorta-o, e, para abrandar o medo do amigo, demonstra despreocupação: ordena ser levado ao banho; depois de banhado, põe-se à mesa, janta[12], sempre alegre ou – o que é igualmente grandioso – parecendo alegre.

13. Entrementes, de várias partes do monte Vesúvio reluziam larguíssimas chamas, altos fogos, cujo fulgor e claridade espantavam as trevas da noite. Meu tio, para tranquilizar os temores, ficava repetindo que só ardiam incêndios já deixados para trás, vilas evacuadas, largadas ao abandono por camponeses assustados. Então, foi dormir e dormiu um sono inquestionável, pois o ronco dele, que era bem forte e ruidoso mercê da corpulência, era ouvido por quem chegava à porta do quarto. 14. Mas no átrio que dava acesso ao aposento acumularam-se tantas cinzas e pedras-pomes, que, se ele tardasse um pouco mais no quarto, não poderia sair de lá[13]. Despertado, aparece e se dirige a Pomponiano e aos outros que tinham ficado acordados. 15. Entre si discutem se deviam ficar na casa ou vagar a céu aberto, pois a casa balançava com os tremores frequentes e intensos, e parecia deslocar-se, indo para lá e para cá, como se a tivessem removido dos alicerces. 16. Quanto a sair a céu aberto, temiam a queda de pedras-pomes por mais leves e porosas fossem, mas em comparação pareceu-lhes perigo menor: meu tio pe-

tuebatur, quod tamen periculorum collatio elegit; et apud illum quidem ratio rationem, apud alios timorem timor uicit. Ceruicalia capitibus imposita linteis constringunt; id munimentum aduersus incidentia fuit.

17. *Iam dies alibi, illic nox omnibus noctibus nigrior densiorque; quam tamen faces multae uariaque lumina soluebant. Placuit egredi in litus, et ex proximo adspicere, ecquid iam mare admitteret; quod adhuc uastum et aduersum permanebat.* **18.** *Ibi super abiectum linteum recubans semel atque iterum frigidam aquam poposcit hausitque. Deinde flammae flammarumque praenuntius odor sulpuris alios in fugam uertunt, excitant illum.* **19.** *Innitens seruolis duobus assurrexit et statim concidit, ut ego colligo, crassiore caligine spiritu obstructo, clausoque stomacho qui illi natura inualidus et angustus et frequenter aestuans erat.* **20.** *Ubi dies redditus (is ab eo quem nouissime uiderat tertius), corpus inuentum integrum, illaesum opertumque ut fuerat indutus: habitus corporis quiescenti quam defuncto similior.*

21. *Interim Miseni ego et mater... Sed nihil ad historiam, nec tu aliud quam de exitu eius scire uoluisti. Finem ergo faciam.* **22.** *Unum adiciam, omnia me quibus interfueram quaeque statim, cum maxime uera memorantur, audieram, persecutum. Tu potissima excerpes; aliud est enim epistulam aliud historiam, aliud amico aliud omnibus scribere. Vale.*

14. JÁ ERA DIA: *iam dies*. Era o dia seguinte, 25 de novembro de 79 d.C. **15.** FOGOS E LUZES: *faces, lumina*. São fogos emanados do Vesúvio; ver VI, 20, 9. **16.** QUANDO SE FEZ DIA CLARO: *ubi dies redditus*. É a manhã de 26 novembro. **17.** CORPO INTACTO SEM FERIMENTOS: *corpus integrum inlaesum*. Suetônio (*Sobre os Historiógrafos*, 6; ver I, 18) afirma que segundo certas fontes Plínio, o Velho, teria pedido que um escravo o matasse para abreviar-lhe o sofrimento. **18.** DURANTE ESSE TEMPO: *interim*. O que ocorria entrementes em Miseno é o que Plínio narra na epístola VI, 20, também dirigida a Tácito. **19.** OUVI: *audieram*. Foi de Pomponiano e seus escravos que Plínio recebeu a notícia da morte do tio em Miseno (ver VI, 20, 20). Sherwin-White diz que Plínio deve ter-se informado cuidadosamente com testemunhas a respeito dos fenômenos que descreve em detalhe do §11 ao §18. **20.** ESCREVER EPÍSTOLA É DIFERENTE DE ESCREVER HISTÓRIA: *aliud est enim epistulam aliud historiam*. É o que diz na epístola prefacial I, 1.

sou riscos, os outros pesaram medos. Amarram almofadas na cabeça com tiras de lençol: essa foi a proteção contra o que se precipitava.

17. Em outro lugar já era dia[14], mas ali era noite, mais negra e mais densa do que todas as noites, atenuada, porém, por muitos fogos e luzes[15] de todo tipo. Decidira ir até a praia e verificar de perto se o mar estava navegável, mas ainda estava bravo e adverso. **18.** Ali, deitado sobre uma vela de linho abandonada, meu tio uma, duas vezes pediu água fria e bebeu-a. Em seguida, as chamas e o cheiro de enxofre que prenunciava as chamas aos outros põem em fuga e despertam meu tio. **19.** Apoiado em dois jovens escravos, levantou-se e imediatamente caiu, segundo penso, por causa da espessa caligem, que lhe obstruiu a respiração e fechou a traqueia, frágil de nascença, estreita e amiúde inflamada. **20.** Quando se fez dia claro[16] (dois dias depois do último que ele vira), seu corpo foi achado intacto, sem ferimentos[17], com a mesma roupa que estava usando: a postura do corpo mais parecia de alguém que dormia do que de alguém que morrera.

21. Durante esse tempo, eu e minha mãe estávamos em Miseno...[18] mas isso não tem relação alguma com história nem queres tu saber outra coisa que não seja a morte de meu tio. Por isso, darei fim à epístola. **22.** Só mais isto acrescento: estive presente nos eventos que narrei ou ouvi-os[19] logo depois que ocorreram, quando são lembrados com a maior veracidade. Hás de escolher as partes mais importantes, pois escrever epístola é diferente de escrever história[20], e escrever a um amigo é diferente de escrever a todos. Adeus.

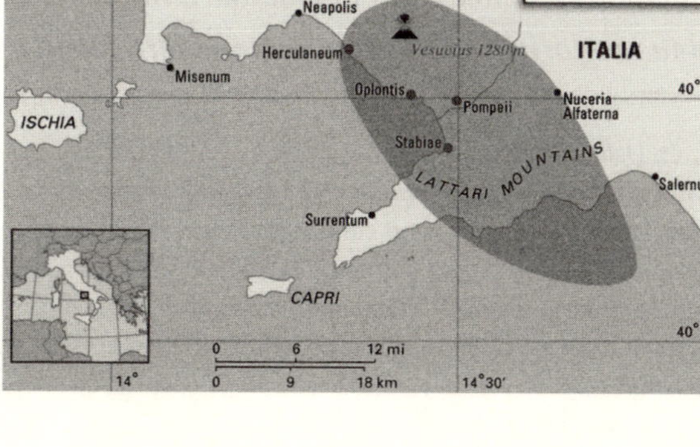

Mapa com detalhes da erupção do Vesúvio.

EPISTULA XVII

Adrogantia in studiis

GAIUS PLINIUS
RESTITUTO SUO SALUTEM

1. *Indignatiunculam, quam in cuiusdam amici auditorio cepi, non possum mihi temperare quo minus apud te, quia non contigit coram, per epistulam effundam.* 2. *Recitabatur liber absolutissimus. Hunc duo aut tres, ut sibi et paucis uidentur, diserti, surdis, mutisque similes audiebant. Non labra diduxerunt, non mouerunt manum, non denique adsurrexerunt saltem lassitudine sedendi.* 3. *Quae tanta grauitas? quae tanta sapientia? Quae immo pigritia, adrogantia, sinisteritas ac potius amentia, in hoc totum diem impendere ut offendas, ut inimicum relinquas ad quem tamquam amicissimum ueneris?* 4. *Disertior ipse es? Tanto magis ne inuideris; nam qui inuidet minor est. Denique siue plus siue minus siue idem praestas, lauda uel inferiorem uel superiorem uel parem: superiorem quia nisi laudandus ille non potes ipse laudari, inferiorem aut parem quia pertinet ad tuam gloriam quam maximum uideri, quem praecedis uel exaequas.*

VI, 17. Data: incerta.

1. RESTITUTO: Cláudio Restituto; ver III, 9, 16. 2. ELOQUENTE: *disertus*. O termo aqui não é depreciativo; ver acima, como em Catulo (49, v. 1) dirigindo-se a Cícero: *Disertissime Romuli nepotum*, "ó tu mais loquaz dos filhos de Rômulo", em que *disertus* é "loquaz" negativamente e se opõe ao virtuoso *eloquens*, "eloquente"; ver acima VI, 20, 5 distinção entre os termos; ver ainda V, 26, 2 e *OLD*, 1 e 2. 3. NÃO MOVIAM OS LÁBIOS, NÃO MEXIAM AS MÃOS: *non labra diduxerunt, non mouerunt manum*; ver IX, 34, 2. Não se trata de silêncio, que é respeitoso, mas de impassividade,

EPÍSTOLA 17

Arrogância nas letras

CAIO PLÍNIO

A SEU QUERIDO RESTITUTO[1], SAUDAÇÕES

1. A pequena indignação que senti durante a leitura feita por um amigo não posso deixar de desabafar contigo numa epístola, já que pessoalmente não é possível. 2. Lia-se um texto perfeitíssimo. Havia dois ou três sujeitos (eloquentes[2] na opinião deles mesmos e na de alguns) que pareciam surdos-mudos! Não moviam os lábios, não mexiam as mãos[3], não se levantaram[4] a não ser pelo cansaço de estar sentados. 3. Por que tanta gravidade? Por que tanta sabedoria? Ou antes, por que tanta má vontade, arrogância, grosseria e até mesmo insânia de empenhar um dia inteiro para ofender e, ao partir, deixar como a um inimigo uma pessoa que, quando chegaram, era como que o melhor amigo? 4. Escreves melhor?[5] Mais razão tens de não invejar, pois quem inveja é inferior. Se consegues fazer mais, se menos, ou se o mesmo, aplaude teu inferior, teu superior ou teu igual: ao superior porque, se ele não for digno de aplauso, tu também não serás; ao inferior e ao igual porque é do interesse de tua glória que pareça ser o melhor aquele que superas ou que igualas.

que é desrespeito. 4. NÃO SE LEVANTARAM: *non adsurrexerunt*. Em sinal de aprovação podia-se levantar e aplaudir mesmo durante a leitura. 5. ESCREVES MELHOR?: *disertior ipse es*? Plínio treplica a uma suposta justificação do grosseiro para a grosseria: "eu escrevo melhor do que este que agora recita".

5. *Equidem omnes qui aliquid in studiis faciunt uenerari etiam mirarique soleo; est enim res difficilis, ardua, fastidiosa, et quae eos a quibus contemnitur inuicem contemnat. Nisi forte aliud iudicas tu. Quamquam quis uno te reuerentior huius operis, quis benignior aestimator? Qua ratione ductus tibi potissimum indignationem meam prodidi, quem habere socium maxime poteram. Vale.*

5. De minha parte costumo honrar e até admirar todos aqueles que nas letras conseguem alguma coisa, pois é tarefa difícil, árdua, exigente, que despreza aqueles por quem foi desprezada. Talvez tenhas opinião diversa. Mas quem mais do que tu respeita este trabalho? Quem o avalia com mais benquerença? Por isso, fui levado a revelar minha indignação precisamente a ti, a quem pude considerar a pessoa mais solidária. Adeus.

EPISTULA XVIII

Causa Firmorum

GAIUS PLINIUS

SABINO SUO SALUTEM

1. *Rogas ut agam Firmanorum publicam causam; quod ego quamquam plurimis occupationibus distentus adnitar. Cupio enim et ornatissimam coloniam aduocationis officio, et te gratissimo tibi munere obstringere.* 2. *Nam cum familiaritatem nostram, ut soles praedicare, ad praesidium ornamentumque tibi sumpseris, nihil est quod negare debeam, praesertim pro patria petenti. Quid enim precibus aut honestius pii aut efficacius amantis?* 3. *Proinde Firmanis tuis ac iam potius nostris obliga fidem meam; quos labore et studio meo dignos cum splendor ipsorum tum hoc maxime pollicetur, quod credibile est optimos esse inter quos tu talis exstiteris. Vale.*

VI, 18. Data: incerta.

1. SABINO: Estácio Sabino; ver IV, 10. 2. FIRMO: ou Firmo Piceno (atual Fermo, região das Marcas, Itália) surgiu como colônia de direito latino (*ius Latinum*, uma espécie de meia cidadania) em 264 a.C.; tornou-se *municipium* em 90 a.C. e efetiva *colonia* no período dos Triun-

EPÍSTOLA 18

Causa dos cidadãos de Firmo

CAIO PLÍNIO

A SEU QUERIDO SABINO[1], SAUDAÇÕES

1. Pedes-me que assuma a defesa pública dos cidadãos de Firmo[2], o que eu, embora extenuado de tantos afazeres, aceitarei, pois desejo cativar aquela belíssima colônia, atuando como advogado, e também a ti, exercendo uma tarefa que te é muitíssimo grata. 2. Ora, uma vez que minha amizade, conforme proclamas alto e bom som, te é motivo de segurança e honra, nenhuma razão há para que eu deva negar, sobretudo porque pedes em prol de tua terra natal[3]. Ora, o que é mais respeitável do que os pedidos de quem é leal ou mais eficaz do que os pedidos de quem nos ama? 3. Por isso, dá minha palavra a teus concidadãos de Firmo, ou antes, aos nossos: que eles são dignos de meu esforço e dedicação prenunciam não só seu esplendor[4], mas principalmente o fato de que é de crer que sejam excelentes aqueles dentre os quais tu saíste, tal como és. Adeus.

viratos (60-53 e 43-32 a.C.). 3. TERRA NATAL: *patria*. Estácio deve ser patrono de Firmo, tal como Plínio é de Tiferno Tiberino; ver V, 6, 1. 4. ESPLENDOR: *splendor*. *Splendidus* e *splendissimus* no período imperial são epítetos de colônias e províncias.

EPISTULA XIX

De agrorum caritate

GAIUS PLINIUS

NEPOTI SUO SALUTEM

1. *Scis tu accessisse pretium agris, praecipue suburbanis? Causa subitae caritatis res multis agitata sermonibus. Proximis comitiis honestissimas uoces senatus expressit: "Candidati ne conuiuentur, ne mittant munera, ne pecunias deponant".* 2. *Ex quibus duo priora tam aperte quam immodice fiebant; hoc tertium, quamquam occultaretur, pro comperto habebatur.* 3. *Homullus deinde noster uigilanter usus hoc consensu senatus sententiae loco postulauit, ut consules desiderium uniuersorum notum principi facerent, peterentque sicut aliis uitiis huic quoque prouidentia sua occurreret.* 4. *Occurrit; nam sumptus candidatorum, foedos illos et infames, ambitus lege restrinxit; eosdem patrimonii tertiam partem conferre iussit in ea quae solo continerentur, deforme arbitratus*

vi, 19. Data: 107 d.C. Esta é uma das epístolas eleitorais; ver ii, 9.

1. Mecílio Nepos: ver ii, 3. **2.** comícios recentes: *proximis comitiis*; devem ser as eleições de janeiro de 107 d.C.; ver vi, 6, 9. **3.** dar dinheiro a intermediários: *pecunias deponant*. Trata-se de compra de votos. Está implícita na locução latina a presença do intermediário (*sequestrum*), que nas eleições recebia dinheiro de um candidato e o distribuía aos eleitores para que votassem nele. Os eleitores só recebiam em caso de vitória. **4.** transgressões: *uitiis* (§3). Eram violações das Leis sobre a Corrupção (Leges de Ambitu), como a Lei Cornélia, de 81 a.C., a Lei Calpúrnia, de 67 a.C., a Lei Túlia (promulgada por Cícero), de 63 a.C., a Lei Júlia, de 18 a.C. etc. **5.** Homulo: Marco Júnio Homulo; ver iv, 9, 15. A recorrência de leis com o mesmo

EPÍSTOLA 19

Sobre aumento do preço das terras

CAIO PLÍNIO

A SEU QUERIDO NEPOS[1], SAUDAÇÕES

1. Sabias que subiu o preço das terras, principalmente as que cercam Roma? A causa do súbito encarecimento foi uma decisão, objeto de muitos debates. Em comícios recentes[2] o Senado deu pareceres justíssimos: "Candidatos não podem participar de banquetes, não podem dar presentes, não podem dar dinheiro a intermediários"[3]. 2. Transgressões[4] dos dois primeiros pareceres ocorriam tão aberta quão imoderadamente; do terceiro, embora ocultas, eram sabidas de todos. 3. Por isso, nosso Homulo[5], sempre atento, em vez de exprimir a própria opinião, aproveitou este consenso do Senado e postulou que os cônsules informassem ao Príncipe a decisão de todos e lhe solicitassem que, assim como a outros vícios, tomasse providência também em relação a este. 4. Assim fez, pois os gastos dos candidatos, bem entendido, aqueles que eram vergonhosos e infames, o Príncipe[6] os restringiu com a lei sobre a corrupção. Ordenou que aplicassem um terço do patrimônio em bens imóveis[7], tendo julgado indigno (e era) que aspirantes a cargos

fim mostra que as transgressões eram difíceis de eliminar porque não era claro o limite entre o que era permitido e o que era proibido. 6. PRÍNCIPE: *principi*. É Trajano. 7. BENS IMÓVEIS: *ea quae solo continerentur*, literalmente "naqueles bens que estão retidos no solo". As propriedades deviam estar na Itália.

(et erat) honorem petituros urbem Italiamque non pro patria sed pro hospitio aut stabulo quasi peregrinantes habere. **5.** *Concursant ergo candidati; certatim quidquid uenale audiunt emptitant, quoque sint plura uenalia efficiunt.* **6.** *Proinde si paenitet te Italicorum praediorum, hoc uendendi tempus tam hercule quam in prouinciis comparandi, dum idem candidati illic uendunt ut hic emant. Vale.*

considerassem Roma e a Itália não sua pátria, mas hospedaria e estalagem[8], como se fossem viajantes. **5.** Por isso, os candidatos apressam-se e em disputa saem comprando tudo que ouvem dizer que está à venda e acabam por fazer aumentar a oferta de bens para vender. **6.** Então, se não estás contente com teus prédios na Itália, esta, por deus, é a hora de vendê-los, assim como é hora de comprar nas províncias, já que os candidatos que vendem ali são os mesmos compram aqui. Adeus.

8. NÃO SUA PÁTRIA, MAS HOSPEDARIA E ESTALAGEM: *non pro patria sed pro hospitio aut stabulo.* Como aumentava o número de senadores vindos das províncias ocidentais e do Oriente helenizado, foi necessário obrigá-los a residir em Roma a partir da época de Trajano (imperador entre 98 e 117 d.C.).

EPISTULA XX

Iterum de Vesuui eruptione

GAIUS PLINIUS

TACITO SUO SALUTEM

1. *Ais te adductum litteris quas exigenti tibi de morte auunculi mei scripsi, cupere cognoscere, quos ego Miseni relictus (id enim ingressus abruperam) non solum metus uerum etiam casus pertulerim. "Quamquam animus meminisse horret, ... incipiam".*

2. *Profecto auunculo ipse reliquum tempus studiis (ideo enim remanseram) impendi; mox balineum, cena, somnus inquietus et breuis.* 3. *Praecesserat per multos dies tremor terrae, minus formidolosus quia Campaniae solitus; illa uero nocte ita inualuit, ut non moueri omnia sed uerti crederentur.* 4. *Irrupit cubiculum meum mater; surgebam inuicem, si quiesceret excitaturus. Resedimus in area domus, quae mare a tectis modico spatio diuidebat.* 5. *Dubito, constantiam uocare an imprudentiam debeam (agebam enim duodeuicensimum annum): posco librum*

VI, 20. Data: fim de 106, início de 107 d.C. Esta é continuação da epístola VI, 16.

1. TÁCITO: o historiógrafo Públio Cornélio Tácito; ver I, 6. 2. EPÍSTOLA QUE TE ESCREVI: *litteris quas tibi scripsi*. É a VI, 16. 3. MORTE DE MEU TIO: *morte auunculi mei*. Para a espécie historiográfica e epistolográfica *exitus*, ver Introdução, VIII, 5 e também as epístolas I, 17, 1 e VIII, 12, 4. 4. EMBORA MEU ESPÍRITO... ... COMEÇAREI: *quamquam animus meminisse horret, ... incipiam*. É alusão à *Eneida*, 2, vv. 11- 12, em que Dido pede que Eneias narre o dia da destruição de Troia. Plínio, adiante, §§7; 12 e 15, de fato imitará a narração de Eneias/Virgílio. 5. TREMORES

EPÍSTOLA 20

Mais sobre a erupção do Vesúvio

CAIO PLÍNIO

A SEU QUERIDO TÁCITO[1], SAUDAÇÕES

1. Dizes que, estimulado pela epístola que te escrevi[2] sobre a morte de meu tio[3], desejas saber não só os temores mas também os incidentes que eu, deixado em Miseno, sofri, pois interrompi ali a narrativa. "Embora meu espírito tenha horror de lembrar, ... começarei"[4].

2. Após a partida de meu tio, dediquei o tempo restante aos estudos, pois fora por isso que lá permanecera; logo tomei banho, ceei, dormi um sono inquieto e curto. 3. Por muitos dias já vinham ocorrendo tremores de terra[5], menos assustadores porque na Campânia são comuns[6]; mas naquela mesma noite tornaram-se tão intensos, que não se pensava mais que tudo se movia, mas que tudo se revirava. 4. Minha mãe irrompe em meu quarto bem quando eu me levantava para ir despertá-la, se estivesse dormindo. Pusemo-nos no átrio da casa, que a separava do mar por curto espaço. 5. Não sei se devo chamar imprudência ou firmeza (pois eu só tinha dezessete anos): mandei buscar um livro de Tito Lívio[7] e, como se estivesse na maior tranquilidade, me pus a ler e transcrever passagens se-

DE TERRA: *tremor terrae*. Díon Cássio (*História Romana*, 66, 22, 3) confirma o fato. 6. NA CAMPÂNIA SÃO COMUNS: *Campaniae solitus*. Dezesseis anos antes, em 63 d.C., houve ali terremoto; ver Tácito (*Anais*, 15, 22, 2) e Sêneca, o Filósofo (*Questões Naturais*, 6, 1, 1-3). 7. TITO LÍVIO: o historiógrafo; ver II, 3, 8.

Titi Liui, et quasi per otium lego atque etiam ut coeperam excerpo. Ecce amicus auunculi qui nuper ad eum ex Hispania uenerat, ut me et matrem sedentes, me uero etiam legentem uidet, illius patientiam, securitatem meam corripit. Nihilo segnius ego intentus in librum.

6. *Iam hora diei prima, et adhuc dubius et quasi languidus dies. Iam quassatis circumiacentibus tectis, quamquam in aperto loco, angusto tamen, magnus et certus ruinae metus.* **7.** *Tum demum excedere oppido uisum; sequitur uulgus attonitum, quodque in pauore simile prudentiae, alienum consilium suo praefert, ingentique agmine abeuntes premit et impellit.* **8.** *Egressi tecta consistimus. Multa ibi miranda, multas formidines patimur. Nam uehicula quae produci iusseramus, quamquam in planissimo campo, in contrarias partes agebantur, ac ne lapidibus quidem fulta in eodem uestigio quiescebant.* **9.** *Praeterea mare in se resorberi et tremore terrae quasi repelli uidebamus. Certe processerat litus, multaque animalia maris siccis harenis detinebat. Ab altero latere nubes atra et horrenda, ignei spiritus tortis uibratisque discursibus rupta, in longas flammarum figuras dehiscebat; fulguribus illae et similes et maiores erant.*

10. *Tum uero idem ille ex Hispania amicus acrius et instantius "Si frater", inquit "tuus, tuus auunculus uiuit, uult esse uos saluos; si periit, superstites uoluit. Proinde quid cessatis euadere?" Respondimus non commissuros nos ut de salute illius incerti nostrae consuleremus.*

11. *Non moratus ultra proripit se effusoque cursu periculo aufertur. Nec multo post illa nubes descendere in terras, operire maria; cinxerat Capreas et absconderat, Miseni quod procurrit abstulerat.* **12.** *Tum mater orare, hortari, iubere, quoquo modo fugerem; posse*

8. PASSAGENS SELECIONADAS: *excerpo*. Assim fazia Plínio, o Velho; ver III, 5, §§10 e 17. **9.** CHEGADO DA HISPÂNIA: *ex Hispania uenerat*. Para relações de Plínio e o tio com a Hispânia, ver II, 13, 4; III, 4. 4 e III, 5, 17. **10.** SEGUE-NOS UMA MULTIDÃO: *sequitur uulgus*. Na *Eneida* (2, vv. 795-800) uma multidão segue Eneias. **11.** AQUELA NUVEM DESCE: *illa nubes descendere*. Esta deve ser a nuvem negra que matou o tio; ver VI, 16, §§17-19. **12.** MINHA MÃE COMEÇA A PEDIR: *mater orare*. A mãe de Plínio recusa-se a prosseguir, assim como na *Eneida* (2, vv. 635- 640) faz Anquises, pai de Eneias.

lecionadas[8], conforme já tinha começado a fazer. Eis que surge um amigo de meu tio, recém-chegado da Hispânia[9] para encontrá-lo: assim que me viu a mim e à minha mãe sentados, principalmente a mim, que ademais estava lendo, censurou a negligência dela e a minha despreocupação. Não menos atento continuei com meu livro.

6. Já eram seis horas da manhã e a luz ainda era dúbia, como que preguiçosa. Já se abalavam os edifícios ao redor e, embora estivéssemos em local aberto, era, porém, estreito, e grande era o medo que tínhamos do inevitável desabamento. **7.** Foi então que decidimos abandonar a cidade; segue-nos uma multidão[10] que, aterrorizada (atitude que na hora do pavor se assemelha à prudência), prefere a decisão alheia à própria, e em massa a turba nos pressiona e empurra para frente. **8.** Depois de deixar para trás as casas, paramos. Muitas coisas espantosas ali padecemos, muitos sustos: os veículos que ordenáramos nos acompanhassem, mesmo em um terreno inteiramente plano derrapavam para um lado e para o outro, e nem mesmo calçados com pedras ficavam no mesmo lugar. **9.** Além disso, víamos o mar recuar para dentro de si mesmo, como que impelido pelo tremor da terra. Mas o certo é que a praia avançara, prendendo muitos animais marinhos na areia seca. Do outro lado, uma nuvem negra e horrenda, rompendo-se em golfadas sinuosas e frisadas de ígnea fumaça, soltava chamas de forma alongada; pareciam raios, só que maiores.

10. Então, aquele mesmo amigo de meu tio vindo da Hispânia, mais acerbo e insistente, disse-nos: "Se teu irmão, se teu tio ainda está vivo, deseja que vos salveis; se morreu, queria que sobrevivêsseis. Então, por que parastes de caminhar?" Respondemos que, incertos quanto à salvação dele, não podíamos nos preocupar com a nossa. **11.** Sem mais tardar, saiu correndo e, desabalado, furtou-se ao perigo. Não muito tempo depois, aquela nuvem desce[11] à terra e cobre o mar: atinge Cápreas e envolve-a; impede-nos a visão do cabo de Miseno. **12.** Então minha mãe começa a pedir[12], implorar, ordenar que eu encontre um meio qualquer de escapar, pois eu, sendo jovem, conseguiria, mas ela por causa do peso dos anos e do corpo morreria bem, desde que não fosse ela a causa de minha morte. Eu respondi que só me salvaria junto dela; em seguida,

enim iuuenem, se et annis et corpore grauem bene morituram, si mihi causa mortis non fuisset. Ego contra saluum me nisi una non futurum; dein manum eius amplexus addere gradum cogo. Paret aegre incusatque se, quod me moretur. **13.** *Iam cinis, adhuc tamen rarus. Respicio: densa caligo tergis imminebat, quae nos torrentis modo infusa terrae sequebatur. "Deflectamus", inquam "dum uidemus, ne in uia strati comitantium turba in tenebris obteramur".* **14.** *Vix consideramus, et nox, non qualis illunis aut nubila, sed qualis in locis clausis lumine exstincto. Audires ululatus feminarum, infantum quiritatus, clamores uirorum; alii parentes alii liberos alii coniuges uocibus requirebant, uocibus noscitabant; hi suum casum, illi suorum miserabantur; erant qui metu mortis mortem precarentur;* **15.** *multi ad deos manus tollere, plures nusquam iam deos ullos aeternamque illam et nouissimam noctem mundo interpretabantur. Nec defuerunt qui fictis mentitisque terroribus uera pericula augerent. Aderant qui Miseni illud ruisse, illud ardere falso sed credentibus nuntiabant.* **16.** *Paulum reluxit, quod non dies nobis, sed aduentantis ignis indicium uidebatur. Et ignis quidem longius substitit; tenebrae rursus, cinis rursus, multus et grauis. Hunc identidem assurgentes excutiebamus; operti alioqui atque etiam oblisi pondere essemus.* **17.** *Possem gloriari non gemitum mihi, non uocem parum fortem in tantis periculis excidisse, nisi me cum omnibus, omnia mecum perire misero, magno tamen mortalitatis solacio credidissem.*

18. *Tandem illa caligo tenuata quasi in fumum nebulamue discessit; mox dies uerus; sol etiam effulsit, luridus tamen qualis esse cum deficit solet. Occursabant trepidantibus adhuc oculis mutata omnia altoque cinere tamquam niue obducta.* **19.** *Regressi Misenum curatis utcumque corporibus suspensam dubiamque noctem spe ac metu exegimus. Metus praeualebat; nam et tremor terrae perseuerabat, et plerique lymphati terrificis uaticinationibus et sua et aliena mala lu-*

13. NÃO HAVIA DEUSES EM PARTE ALGUMA: *nusquam iam deos ullos*. Outra alusão à *Eneida* (2, vv. 351-352): *excessere omnes di*, "fugiram todos os deuses".

segurando-a pelo braço, fiz que apertasse o passo. Ela obedece relutante e culpa-se por retardar-me. **13.** Já começam a cair cinzas, porém ainda esparsas. Olho para trás: a nossas costas ameaçava-nos uma caligem espessa, que nos perseguia como uma torrente espalhando-se pela terra. "Vamos ficar fora do caminho", eu disse, "enquanto conseguimos enxergar, para que, no escuro, se tombarmos na estrada, não sejamos esmagados pela multidão dos outros retirantes". **14.** Mal tínhamos nos sentado, faz-se noite, não como quando é sem lua ou nebulosa, mas como em um quarto fechado sem luz. Ouvia-se o gemido das mulheres, o choro das crianças, os gritos dos homens. Em voz alta, chamando, uns buscavam os pais, outros os filhos, outros os cônjuges. Reconheciam-se pela voz. Lamentavam uns os seus infortúnios; outros, os infortúnios dos seus. Havia quem, com medo de morrer, chamava pela morte. **15.** Eram muitos os que erguiam as mãos aos deuses, eram mais os que concluíam que já não havia deuses em parte alguma[13] e que aquela era uma noite eterna, a última no mundo. Nem faltou quem, com calamidades falsas e mentirosas, aumentasse os perigos verdadeiros. Houve quem anunciasse que em Miseno desabara certo prédio, que se incendiara qualquer outro: era falso, mas se dava crédito.

16. Clareou um pouco, e não nos pareceu o dia raiando, senão o indício do fogo que se aproximava. Mas o fogo deteve-se bem longe de nós. Voltou a fazer escuridão, voltaram a cair cinzas, fartas, densas. Nós nos levantávamos a toda hora para sacudi-las: de outra forma, seríamos cobertos e esmagados pelo peso. **17.** Poderia vangloriar-me de não ter soltado nenhum gemido, nenhuma palavra menos corajosa em meio a tamanhos perigos, se diante da morte eu não tivesse me apoiado num consolo infeliz, porém grande, de que eu morreria com todos e tudo morreria comigo.

18. Finalmente aquela caligem atenuou-se numa espécie de fumaça ou névoa. Logo raiou um verdadeiro dia; o sol até chegou a brilhar, pálido como costuma ser em um eclipse. Aos nossos olhos ainda temerosos tudo parecia transformado, coberto pelas cinzas acumuladas como neve. **19.** De regresso a Miseno, depois de restaurar como pudemos nossas forças, passamos uma noite angustiada e incerta, entre medo e

dificabantur. **20.** *Nobis tamen ne tunc quidem, quamquam et expertis periculum et exspectantibus, abeundi consilium, donec de auunculo nuntius.*

Haec nequaquam historia digna non scripturus leges et tibi scilicet qui requisisti imputabis, si digna ne epistula quidem uidebuntur. Vale.

esperança. Mas o medo era maior, pois os tremores de terra persistiam, e a maioria das pessoas, já fora de si, escarnecia das próprias desgraças e das alheias com previsões terríveis. **20.** A mim e a minha mãe, porém, nem mesmo naquela situação, tendo já passado e ainda esperando passar por mais perigos, não nos ocorreu partir dali antes de ter notícia de meu tio. Todos esses eventos, que não são em absoluto dignos da historiografia, hás de ler sem ter de lavrá-los por escrito, e deverás te responsabilizar a ti mesmo, que os exigiste, se não parecerem dignos nem mesmo de uma epístola. Adeus.

EPISTULA XXI

De Vergilio Romano, egregio comico

GAIUS PLINIUS

CANINIO SUO SALUTEM

1. *Sum ex iis qui mirer antiquos, non tamen, ut quidam, temporum nostrorum ingenia despicio. Neque enim quasi lassa et effeta natura nihil iam laudabile parit.* **2.** *Atque adeo nuper audiui Vergilium Romanum paucis legentem comoediam ad exemplar ueteris comoediae scriptam, tam bene ut esse quandoque possit exemplar.* **3.** *Nescio an noris hominem, quamquam nosse debes; est enim probitate morum, ingenii elegantia, operum uarietate monstrabilis.* **4.** *Scripsit mimiambos tenuiter, argute, uenuste, atque in hoc genere eloquentissime; nullum est enim genus quod absolutum non possit eloquentissimum dici. Scripsit comoedias Me-*

VI, 21. Data: incerta.

1. CANÍNIO: Canínio Rufo; ver III, 1. 2. NÃO DESPREZO OS HOMENS ENGENHOSOS DE NOSSO: *non tamen temporum nostrorum ingenia despicio*. Esta é uma questão: Messala (Tácito, *Diálogo dos Oradores*, 15) admira só o que é antigo, mas o próprio Tácito (*Anais*, 3, 55, 5) pensa como Plínio: *nec omnia priores meliora sed nostra quoque aetas multa laudis et artium imitanda posteris tulit*, "Não se pense que tudo fosse melhor nos antigos, mas também nosso tempo possui muitas virtudes e artes dignas de ser imitadas pelos pósteros"; ver V, 17, 6. 3. NATUREZA CANSADA E EXAURIDA: *lassa et effeta natura*. O conceito comparece em Lucrécio (*A Natureza das Coisas*, 2, v. 1150): *fracta est aetas, effetaque tellus*, "A vida está despedaçada e a terra, exaurida". 4. VIRGÍLIO ROMANO: desconhecido, mencionado apenas aqui. 5. SEGUNDO O MODELO: *ad exemplar*. Trata-se do método de composição poética ou oratória realizado por meio de imitação e emulação; ver I, 2, §§2-3. 6. COMÉDIA ANTIGA: *ueteris comoediae*. Hoje divide-se a comédia grega em *a*) comédia

EPÍSTOLA 21

Sobre Virgílio Romano, notável poeta cômico

CAIO PLÍNIO
A SEU QUERIDO CANÍNIO[1], SAUDAÇÕES

1. Sou um daqueles que admira os antigos, porém não desprezo, como alguns, os homens engenhosos de nosso tempo[2], pois não é verdade que a natureza, como se cansada e exaurida[3], já nada engendra de louvável. 2. Ao contrário, há pouco ouvi Virgílio Romano[4] ler para uns poucos uma comédia escrita segundo o modelo[5] da comédia antiga[6], tão bem composta, que logo ela mesma poderá ser modelo. 3. Não sei se o conheces, mas devias conhecê-lo; é notável pela probidade dos costumes, pela elegância do engenho e pela variedade dos gêneros que pratica. 4. Escreveu mimiambos[7] com delicadeza, argúcia, graça e neste gênero demonstrou máxima eloquência, pois não há gênero que, levado à perfeição, não se possa considerar eloquentíssimo. Escreveu comédias emulando Menandro e outros da mesma época,

antiga (século v a.C.), praticada por Aristófanes, cuja matéria é política; *b*) comédia média (400-320 a.C.), fragmentária; *c*) comédia nova (320-250 a.C.), praticada por Menandro, cuja matéria são tipos (o avarento, o severo, o pródigo etc.). Não está claro se Plínio se refere propriamente à comédia antiga e política, o que Sherwin-White (p. 381) considera improvável, ou à comédia média, anterior a Menandro. Nesse caso, *ueteris comoediae* significaria a "comédia que não é a nova" e designaria a comédia média. 7. MIMIAMBOS: *mimiambos*. São poemas jocosos; ver IV, 3, §§3-4. Plínio quer dizer que serem baixos quanto à matéria não impede que sejam tecnicamente perfeitos (*absolutum*) e expressivos (*eloquentissimum*).

nandrum aliosque aetatis eiusdem aemulatus; licet has inter Plautinas Terentianasque numeres. **5.** *Nunc primum se in uetere comoedia, sed non tamquam inciperet ostendit. Non illi uis, non granditas, non subtilitas, non amaritudo, non dulcedo, non lepos defuit: ornauit uirtutes, insectatus est uitia; fictis nominibus decenter, ueris usus est apte.* **6.** *Circa me tantum benignitate nimia modum excessit, nisi quod tamen poetis mentiri licet.* **7.** *In summa extorquebo ei librum legendumque, immo ediscendum mittam tibi; neque enim dubito futurum, ut non deponas si semel sumpseris. Vale.*

8. Plauto e Terêncio: *Plautinas Terentianasque.* Tito Mácio Plauto (*c.* 230-*c.* 180 a.C.) e Públio Terêncio Afro (*c.* 195/185-*c.* 159 a.C.) foram comediógrafos latinos, autores da comédia nova, seguidores de Menandro e outros autores do mesmo gênero; ver I, 16, 6. **9.** pseudônimos com decoro, nomes verdadeiros com adequação: *fictis nominibus decenter, ueris apte.* Assim Marcial declara fazer (*Epigramas*, 1, Prefácio): *[libelli] cum salua infirmarum quoque personarum reuerentia ludant; quae adeo antiquis auctoribus defuit ut nominibus non tantum ueris abusi sint, sed et magnis*, "Meus livrinhos gracejam mantendo sadia reverência até para com as

que podes equiparar às de Plauto e Terêncio[8]. **5.** Agora é a primeira vez que se exibe na comédia antiga, mas não como se fosse iniciante. Não lhe faltam força, elevação, agudeza, aspereza, doçura, graça: elogiou as virtudes, castigou os vícios, usando pseudônimos com decoro e os nomes verdadeiros com adequação[9]. **6.** Quanto a minha pessoa, ele só passou da medida pela excessiva benevolência, a não ser que o tenha feito porque aos poetas é permitido mentir[10]. **7.** Insistirei para que me dê o livro e te mandarei para que o leias, ou melhor, para que o aprendas de cor, pois não duvido que não vais largá-lo quando o tiveres em mãos. Adeus.

pessoas mais humildes, reverência que a tal ponto faltava nos antigos autores, que não só abusavam de nomes verdadeiros, como também de grandes". 10. AOS POETAS É PERMITIDO MENTIR: *poetis mentiri licet.* O tema é antigo, tocado entre outros por Horácio (*Arte Poética*, vv. 9-10): *Pictoribus atque poetis quidlibet audendi semper fuit aequa potestas*, "Pintores e poetas sempre tiveram igual poder de ousar o que quer que fosse"; ver IX, 33, 1.

EPISTULA XXII

Periculosa simplicitas

GAIUS PLINIUS

TIRONI SUO SALUTEM

1. *Magna res acta est omnium qui sunt prouinciis praefuturi, magna omnium qui se simpliciter credunt amicis.* 2. *Lustricius Bruttianus cum Montanium Atticinum comitem suum in multis flagitiis deprehendisset, Caesari scripsit. Atticinus flagitiis addidit, ut quem deceperat accusaret. Recepta cognitio est.*

Fui in consilio. Egit uterque pro se, egit autem carptim et κατὰ κεφάλαιον, quo genere ueritas statim ostenditur. 3. *Protulit Bruttianus testamentum suum, quod Atticini manu scriptum esse dicebat; hoc enim et arcana familiaritas et querendi de eo, quem sic amasset, necessitas indicabatur.* 4. *Enumerauit crimina foeda, manifesta; quae ille cum diluere non posset, ita regessit, ut dum defenditur turpis, dum accusat sceleratus probaretur. Corrupto enim scribae seruo interceperat commentarios intercideratque, ac per summum nefas utebatur aduersus amicum crimine suo.* 5. *Fecit pulcherrime Caesar: non enim de Bruttiano, sed statim de*

VI, 22. Data: entre outono de 106, quando Trajano retorna da Dácia, e abril de 107 d.C., quando os procônsules partiam para as províncias.

1. TIRÃO: Caléstrio Tirão; ver I, 12. 2. FUI UM DOS JUÍZES: *fui in consilio*; ver VI, 31, 1 e IV, 22. 3. SUMARIANDO OS ARGUMENTOS PRINCIPAIS: κατὰ κεφάλαιον (*katà kephálaion*). Para uso do grego, ver I, 2, 1.

EPÍSTOLA 22

A perigosa credulidade

CAIO PLÍNIO
A SEU QUERIDO TIRÃO[1], SAUDAÇÕES

1. Foi julgada uma ação de grande importância para todos que serão governadores de província e para todos que ingenuamente creem nos amigos. **2.** Lustrício Brutiano, tendo pilhado seu companheiro Montânio Aticino em muitos e flagrantes delitos, escreveu a Trajano, denunciando-o. Aticino aos delitos anteriores acrescentou mais um, acusar aquele mesmo que ele enganara. A queixa foi aceita, instaurou-se inquérito.

Fui um dos juízes[2]. Cada um sustentou a própria causa, e sustentou-a em partes, sumariando os argumentos principais[3], processo pelo qual a verdade se revela de imediato. **3.** Brutiano apresentou seu testamento, que alegou ter sido escrito de próprio punho por Aticino, pois com isso evidenciavam-se a antiga amizade com Aticino e a necessidade de prestar queixa mesmo contra aquele que fora seu amigo. **4.** Arrolou os crimes do outro, torpes e evidentes. Aticino, não podendo refutá-los, limitou-se a revidar e o fez de tal modo que, quando se defendia, se mostrava torpe e, quando acusava, se mostrava criminoso. Tendo corrompido o escravo de um escrivão, interceptara minutas e falsificara-as e como cúmulo da ignomínia acusava o amigo do crime que ele mesmo cometia. **5.** Trajano foi admirável, pois de imediato solicitou o veredicto

Atticino perrogauit. Damnatus et in insulam relegatus; Bruttiano iustissimum integritatis testimonium redditum, quem quidem etiam constantiae gloria secuta est. **6.** *Nam defensus expeditissime accusauit uehementer, nec minus acer quam bonus et sincerus adparuit.*

7. Quod tibi scripsi, ut te sortitum prouinciam praemonerem, plurimum tibi credas, nec cuiquam satis fidas, deinde scias si quis forte te (quod abominor) fallat, paratam ultionem. Qua tamen ne sit opus, etiam atque etiam attende; **8.** *neque enim tam iucundum est uindicari quam decipi miserum. Vale.*

não quanto a Brutiano, mas sim quanto a Aticino. Aticino foi condenado ao exílio numa ilha. A Brutiano concedeu-se o justíssimo testemunho de sua integridade, ao qual se seguiu também a fama de firmeza, **6.** pois, defendido com rapidez, acusou com veemência e mostrou-se não menos severo do que honesto e sincero.

7. Isto eu te escrevi, agora que te sortearam uma província[4], para aconselhar-te: dês crédito a ti mesmo, principalmente, sem confiar demais nos outros; e saibas, se acaso alguém te enganar (oxalá não aconteça), que tua vingança já está preparada. **8.** Mas, para que não seja necessária, fica atento, bem atento, pois não é tão agradável ser vingado quanto é infeliz ser enganado. Adeus.

4. PROVÍNCIA: é a Bética, na Hispânia, para onde partirá em VII, 16 e onde já está estabelecido em IX, 5.

EPISTULA XXIII

Initium iuuenis oratoris

GAIUS PLINIUS

TRIARIO SUO SALUTEM

1. *Impense petis ut agam causam pertinentem ad curam tuam, pulchram alioqui et famosam. Faciam, sed non gratis. "Qui fieri potest", inquis, "ut non gratis tu?" Potest: exigam enim mercedem honestiorem gratuito patrocinio.* 2. *Peto atque etiam paciscor ut simul agat Cremutius Ruso. Solitum hoc mihi et iam in pluribus claris adulescentibus factitatum; nam mire concupisco bonos iuuenes ostendere foro, assignare famae.* 3. *Quod si cui, praestare Rusoni meo debeo, uel propter natales ipsius uel propter eximiam mei caritatem; quem magni aestimo in isdem iudiciis, ex isdem etiam partibus conspici, audiri.* 4. *Obliga me, obliga ante quam dicat; nam cum dixerit gratias ages. Spondeo sollicitudini tuae, spei meae, magnitudini causae suffecturum. Est indolis optimae breui producturus alios, si interim prouectus fuerit a nobis.* 5. *Neque enim cuiquam tam clarum statim ingenium ut possit emergere, nisi illi materia, occasio, fautor etiam commendatorque contingat. Vale.*

VI, 23. Data: incerta.

1. TRIÁRIO: desconhecido, mencionado só aqui. 2. TU VAIS COBRAR?: *non gratis tu*? Plínio jamais cobra honorários; ver V, 13, §§8-9. 3. CREMÚCIO RUSÃO: desconhecido, endereçado em IX, 19. Pode descender de Cremúcio Cordo, historiógrafo do tempo de Augusto (imperador entre 27 a.C. e 14 d.C.), condenado ao suicídio sob Tibério (imperador entre 14 d.C. e 37 d.C.) por conspiração.

EPÍSTOLA 23

Estreia de um jovem orador

CAIO PLÍNIO

A SEU QUERIDO TRIÁRIO[1], SAUDAÇÕES

1. Com insistência me pedes para assumir uma causa que te preocupa, que, porém, é bela e famosa. Assumirei, mas não de graça. "Será possível", dizes, "que justamente tu vais cobrar?"[2] Sim, será possível: o pagamento que exijo é mais honesto que realizar a defesa sem honorários. 2. Peço e até estipulo que Cremúcio Rusão[3] me assista. É meu costume assim fazer, e é procedimento comum entre vários rapazes de boa família; desejo muito levar ao fórum jovens promissores e encaminhá-los à fama. 3. E se a alguém devo ser útil, é ao meu querido Rusão por seu nascimento e também pelo grande afeto que tem por mim; acho que lhe é de grande valia ser visto e ouvido nos mesmos julgamentos e até na mesma parte que eu. 4. Concedas-me isso, concedas-me antes que ele discurse, porque, depois que discursar, terás que me agradecer. Garanto que responderá à tua preocupação, às minhas esperanças e à grandeza da causa. É orador de muita qualidade e em breve há de revelar outros, se no momento receber nosso apoio. 5. Com efeito, em ninguém o engenho, grande que seja, se revela tão rapidamente quanto naquele que encontra um caso, uma oportunidade, e até mesmo um protetor e apoiador. Adeus.

EPISTULA XXIV

Voluntaria coniugum mors

GAIUS PLINIUS

MACRO SUO SALUTEM

1. *Quam multum interest quid a quoque fiat! Eadem enim facta claritate uel obscuritate facientium aut tolluntur altissime aut humillime deprimuntur.* 2. *Nauigabam per Larium nostrum, cum senior amicus ostendit mihi uillam, atque etiam cubiculum quod in lacum prominet: "Ex hoc", inquit "aliquando municeps nostra cum marito se praecipitauit".* 3. *Causam requisiui. Maritus ex diutino morbo circa uelanda corporis ulceribus putrescebat; uxor ut inspiceret exegit; neque enim quemquam fidelius indicaturum, possetne sanari.* 4. *Vidit desperauit hortata est ut moreretur, comesque ipsa mortis, dux immo et exemplum et necessitas fuit.* 5. *Nam se cum marito ligauit abiecitque in lacum. Quod factum ne mihi quidem, qui municeps, nisi proxime auditum est, non quia minus illo clarissimo Arriae facto, sed quia minor ipsa. Vale.*

VI, 24. Data: junho-setembro (verão no hemisfério norte) de 106 d.C.

1. MACRO: ou Bébio Macro (ver III, 5) ou Calpúrnio Macro (ver V, 18). 2. MEU LAGO LÁRIO NATAL: *Larium nostrum*; ver II, 8, 1. 3. ÁRRIA: Árria, a Mais Velha; ver III, 16.

EPÍSTOLA 24

O suicídio de um casal

CAIO PLÍNIO
A SEU QUEDRIDO MACRO[1], SAUDAÇÕES

1. Como é importante saber por quem uma ação é realizada! Os mesmos feitos, segundo a notoriedade ou a obscuridade de quem faz, ou são erguidos até as estrelas ou sob a terra são lançados. 2. Navegava pelo meu lago Lário[2] natal, quando um amigo mais velho me apontou uma vila e um aposento que avançava sobre o lago: "Dali", disse, "um dia uma nossa concidadã atirou-se junto com o marido". 3. Perguntei o motivo. O marido por causa de longa enfermidade tinha as partes pudendas cobertas de pútridas ulcerações; a esposa pediu para ver, pois não havia ninguém mais confiável para dizer-lhe se tinham cura. 4. Viu, perdeu a esperança e exortou-o a dar-se a morte, e foi ela mesma na morte aquela que o acompanhou, ou antes, aquela que o guiou, que lhe deu o exemplo e o obrigou, 5. pois amarrou-se ao marido e atirou-se no lago. Este feito, até mesmo eu, que sou da cidade, ouvi-o só recentemente, não porque seja menor do que aquele famosíssimo feito de Árria[3], mas porque esta esposa era menos conhecida. Adeus.

EPISTULA XXV

De equite Romano absenti

GAIUS PLINIUS

HISPANO SUO SALUTEM

1. *Scribis Robustum, splendidum equitem Romanum, cum Atilio Scauro amico meo Ocriculum usque commune iter peregisse, deinde nusquam comparuisse; petis ut Scaurus ueniat nosque, si potest, in aliqua inquisitionis uestigia inducat.* 2. *Veniet; uereor ne frustra. Suspicor enim tale nescio quid Robusto accidisse quale aliquando Metilio Crispo municipi meo.* 3. *Huic ego ordinem impetraueram atque etiam proficiscenti quadraginta milia nummum ad instruendum se ornandumque donaueram, nec postea aut epistulas eius aut aliquem de exitu nuntium accepi.* 4. *Interceptusne sit a suis an cum suis dubium: certe non ipse, non quisquam ex seruis eius adparuit, ut ne Robusti quidem.* 5. *Experiamur tamen, accersamus Scaurum; demus hoc tuis, demus optimi adulescentis honestissimis precibus, qui pietate mira mira etiam sagacitate patrem quaerit. Di faueant ut sic inueniat ipsum, quemadmodum iam cum quo fuisset inuenit! Vale.*

VI, 25. Data: incerta.

1. HISPANO: desconhecido; talvez seja o Bébio Hispano, destinatário da epístola I, 24. 2. ROBUSTO: desconhecido. 3. ATÍLIO ESCAURO: desconhecido. 4. OCRÍCULO: cidade da Úmbria, atual Otrícoli. 5. METÍLIO CRISPO: desconhecido. 6. PARTIA PARA ROMA: apenas *proficiscenti*. Todas as nomeações eram feitas em Roma. 7. EQUIPAR-SE: *ornandum*. O centurião devia pagar pelo próprio equipamento, que incluía itens como os anéis de ouro e a túnica branca. Metílio, que

EPÍSTOLA 25

Desaparecimento de um cavaleiro romano

CAIO PLÍNIO
A SEU QUERIDO HISPANO[1], SAUDAÇÕES

1. Escreves que Robusto[2], ilustre cavaleiro romano, viajou junto com meu amigo Atílio Escauro[3] até Ocrículo[4] e desde então não reapareceu em nenhum lugar; pedes que Escauro venha até aqui, se puder, e me traga algumas pistas para a busca. 2. Virá, mas temo que em vão, pois suspeito que tenha ocorrido a Robusto a mesma coisa, não sei exatamente o quê, que ocorrera a Metílio Crispo[5], meu querido concidadão. 3. Eu providenciara-lhe o comando de uma centúria e, quando ele partia para Roma[6], doara-lhe também quarenta mil sestércios para preparar-se e equipar-se[7], mas depois não recebi nenhuma epístola dele nem mensagem alguma sobre seu fim. 4. Não se sabe se foi emboscado pelos próprios companheiros[8] ou junto com eles: o certo é que nem ele nem nenhum dos escravos apareceu; aliás, nem os de Robusto. 5. Vamos tentar algo, porém, vamos trazer Escauro; vamos fazer isso por tuas preces, pelas preces honestíssimas de um jovem excelente, que com admiráveis piedade e até mesmo sagacidade procura o pai. Permitam os deuses que o encontre, assim como já encontrou aquele que o acompanhava. Adeus.

tinha escravos, não era pobre, o que indica que Plínio lhe proporcionava o melhor. 8. EMBOSCADO POR SEUS PRÓPRIOS COMPANHEIROS: *interceptusne sit a suis*; ver em III, 14, um senhor, Macedo, ser assassinado pelos próprios escravos.

EPISTULA XXVI

Gratulatio nuptiarum

GAIUS PLINIUS

SERVIANO SUO SALUTEM

1. *Gaudeo et gratulor, quod Fusco Salinatori filiam tuam destinasti. Domus patricia, pater honestissimus, mater pari laude; ipse studiosus, litteratus etiam disertus; puer simplicitate, comitate iuuenis, senex grauitate. Neque enim amore decipior.* 2. *Amo quidem effuse (ita officiis, ita reuerentia meruit), iudico tamen, et quidem tanto acrius quanto magis amo; tibique ut qui explorauerim spondeo, habiturum te generum quo melior fingi ne uoto quidem potuit.* 3. *Superest ut auum te quam maturissime similium sui faciat. Quam felix tempus illud quo mihi liberos illius nepotes tuos, ut meos uel liberos uel nepotes, ex uestro sinu sumere et quasi pari iure tenere contingет! Vale.*

VI, 26. Data:1076-107 d.C.

1. Júlio Urso Serviano: nascido por volta de 46 d.C., foi importante político, amigo de Trajano e Adriano, com cuja filha, Domícia Paulina, se casou. Chegou ao consulado em 90 d.C., em 102 d.C. e em 134 d.C. Em 136 d.C., nonagenário, tentou fazer imperador um neto seu, filho de Salinator, mas ele e o neto foram executados. É destinatário de III, 17 e é mencionado em VII, 6, 8; VIII, 23, 5 e X, 2, 1, em que Plínio reconhece que ganhou o direito dos três filhos (ver II, 13, 8) por

EPÍSTOLA 26

Felicitações por um matrimônio

CAIO PLÍNIO

A SEU QUERIDO SERVIANO[1], SAUDAÇÕES

1. Alegro-me e felicito-me que prometeste a tua filha a Fusco Salinator[2]: casa patrícia, pai honestíssimo e mãe digna de igual louvor! Quanto ao próprio Fusco, é estudioso, letrado e até eloquente: tem a simplicidade de um rapaz, a afabilidade de um adulto, a gravidade de um ancião. E não me deixo enganar pelo afeto. **2.** Amo-o sem moderação[3] (ele merece pelos obséquios e pelo respeito que demonstra), porém, não deixo de julgá-lo e o faço tanto mais agudamente, quanto mais o amo; e a ti, porque o observei a fundo, respondo que terás o genro do qual não se poderia nem mesmo imaginar nem desejar outro melhor. **3.** A ele só resta o mais rapidamente possível fazer-te avô de netos semelhantes a si. Que tempo feliz aquele em que me será possível apanhar de teu colo os filhos dele, teus netos, e segurá-los, por assim dizer, com o mesmo direito, como se fossem meus filhos ou meus netos! Adeus.

recomendação de Serviano a Trajano. **2.** FUSCO SALINATOR: Gneu Pedânio Fusco Salinator; ver VI, 11, 1. **3.** SEM MODERAÇÃO: *effuse* (OLD, 3). Não se trata só de afeto imenso, sentido que teria o cognato "efusivamente". A falta de moderação é vício até no afeto, mas Plínio aqui justifica-a para enaltecer o rapaz, como afirma em seguida entre parênteses.

EPISTULA XXVII

Cogitatio honoris Traiani

GAIUS PLINIUS

SEVERO SUO SALUTEM

1. *Rogas ut cogitem quid designatus consul in honorem principis censeas. Facilis inuentio, non facilis electio; est enim ex uirtutibus eius larga materia. Scribam tamen uel (quod malo) coram indicabo, si prius haesitationem meam ostendero. Dubito num idem tibi suadere quod mihi debeam.* 2. *Designatus ego consul omni hac, etsi non adulatione, specie tamen adulationis abstinui, non tamquam liber et constans, sed tamquam intellegens principis nostri, cuius uidebam hanc esse praecipuam laudem, si nihil quasi ex necessitate decernerem.* 3. *Recordabar etiam plurimos honores pessimo cuique delatos, a quibus hic optimus separari non alio magis poterat, quam diuersitate censendi; quod ipsum non dissimulatione et silentio praeterii, ne forte non iudicium illud meum sed obliuio uideretur.*

VI, 27. Data: início de 107 d.C.

1. SEVERO: Caio Vetênio Severo, cônsul sufecto entre maio e agosto de 107 d.C. (*FO*, *ILS*, 2002). 2. PRÍNCIPE: *principis*. É Trajano. 3. PIORES IMPERADORES: *pessimo cuique [principi]*. Trata-se de Nero e Domiciano, em cujos governos o elogio era obrigação, como Plínio relata no *Panegírico de Trajano* (55, 2): *necessitate priorum temporum*, "a obrigação imposta em tempos passados". 4. TIPO DIFERENTE DE DISCURSO: *diuersitate censendi*, literalmente, "com uma decisão diferente", que é relativa, porém, ao discurso que Plínio decidiu fazer, não querendo assemelhar-se aos aduladores de Nero e Domiciano. 5. NÃO DISSIMULEI NEM SILENCIEI: *dissimulatione et silentio*

EPÍSTOLA 27

Proposta de honraria a Trajano

CAIO PLÍNIO

A SEU QUERIDO SEVERO[1], SAUDAÇÕES

1. Pedes que eu pense sobre o que, na condição de cônsul designado, deves propor em honra do Príncipe[2]. É fácil achar, difícil é escolher, porque as virtudes dele oferecem matéria extensa. Escreverei ou, como prefiro, direi pessoalmente se antes puder mostrar-te aqui minha hesitação. Estou em dúvida se te devo aconselhar a fazer o mesmo que decidi eu fazer. 2. Cônsul designado, abstive-me de toda esta, não digo adulação, mas aparente adulação, não porque quis parecer independente e constante, mas porque, conhecendo nosso Príncipe, via que o maior elogio que podia receber era este: que eu nada fazia por obrigação. 3. Recordava-me até que muitas honrarias foram prestadas a todos os piores imperadores[3], dos quais este, que é o melhor, não poderia ser diferenciado senão por um tipo diferente de discurso[4], e esta decisão não dissimulei nem silenciei[5], para não parecer que fosse esquecimento e não minha decisão pensada. 4. E foi isto o que fiz então. Mas as mes-

praeterii. Plínio assim fez no *Panegírico de Trajano* (2, 2): *Equidem non consuli modo, sed omnibus ciuibus enitendum reor ne quid de principe nostro ita dicant, ut idem illud de alio dici potuisse uideatur,* "Em verdade, julgo que não apenas o cônsul, mas todos os cidadãos devem esforçar-se para não falar sobre nosso Príncipe de modo tal que pareça que as mesmas coisas se podiam falar sobre outro".

4. Hoc tunc ego; sed non omnibus eadem placent, nec conueniunt quidem. Praeterea faciendi aliquid non faciendiue ratio cum hominum ipsorum tum rerum etiam ac temporum condicione mutatur. 5. Nam recentia opera maximi principis praebent facultatem noua, magna, uera censendi. Quibus ex causis, ut supra scripsi, dubito an idem nunc tibi quod tunc mihi suadeam. Illud non dubito, debuisse me in parte consilii tui ponere, quid ipse fecissem. Vale.

mas coisas não agradam nem de fato convêm a todos. Ademais, o motivo de fazer ou não fazer alguma coisa muda segundo a condição das próprias pessoas, da situação ou dos tempos, **5.** pois as obras recentes do maior Príncipe oferecem a possibilidade de louvores novos, grandes, verdadeiros. Por estes motivos, conforme escrevi acima, tenho dúvidas se te devo aconselhar a fazer exatamente o que na época fiz. Mas disto não tenho dúvida: que, ao menos em parte, eu tinha de submeter à tua decisão aquilo que eu mesmo fiz. Adeus.

EPISTULA XXVIII

Largitio gratiarum

GAIUS PLINIUS

PONTIO SUO SALUTEM

1. *Scio quae tibi causa fuerit impedimento, quominus praecurrere aduentum meum in Campaniam posses. Sed quamquam absens totus huc migrasti: tantum mihi copiarum qua urbanarum, qua rusticarum nomine tuo oblatum est, quas omnes improbe, accepi tamen.*

2. *Nam me tui ut ita facerem rogabant, et uerebar ne et mihi et illis irascereris, si non fecissem. In posterum nisi adhibueritis modum ego adhibebo; et iam tuis denuntiaui, si rursus tam multa attulissent, omnia relaturos.* 3. *Dices oportere me tuis rebus ut meis uti. Etiam: sed perinde illis ac meis parco. Vale.*

VI, 28. Data: junho-setembro (verão no hemisfério norte) de 107 d.C., quando Plínio vai à Campânia encontrar a esposa Calpúrnia (ver VI, 4; VI, 7; VI, 30 e VII, 5).

1. PÔNCIO: Lúcio Pôncio Alifano; ver V, 14. 2. ESTAR PRESENTE QUANDO CHEGUEI: *praecurrere aduentum meum*. Pôncio, como anfitrião, deveria receber pessoalmente a Plínio, mas algo o impediu. 3. TANTAS FORAM AS DÁDIVAS: *tantum copiarum*; ver I, 4, 1. Guillemin (II, p. 29) acredita

EPÍSTOLA 28

Prodigalidade no agradecimento

CAIO PLÍNIO

A SEU QUERIDO PÔNCIO[1], SAUDAÇÕES

1. Sei o que te impediu de estar presente quando cheguei[2] à Campânia. Mas, embora estivesses bem longe, estavas aqui: tantas foram as dádivas[3] seja da cidade, seja do campo que em teu nome me foram ofertadas, que, embora descaradamente, aceitei, todas, 2. pois tua gente me pedia que o fizesse, e eu temia que te irasses comigo e com eles se eu não o fizesse. Na próxima vez, se não lhes puseres limite[4], porei eu; e já avisei a tua gente, se de novo trouxerem tantas coisas, levarão tudo de volta. 3. Dirás que devo servir-me de teus bens como se fossem meus. Seja, mas sou parco quanto a eles assim como quanto aos meus. Adeus.

que a presente epístola e a I, 4 foram escritas em circunstâncias semelhantes: Plínio, de passagem pela Campânia, foi hospedado na propriedade de um amigo. 4. NÃO LHES PUSERES LIMITE: *nisi adhibueritis modum*. A mesma Guillemin, em outro livro (1938, p. 80), registra que "esta epístola mostra que os agradecimentos, assim como as cartas de recomendação e muitas outras, eram regulados por um protocolo".

EPISTULA XXIX

Tres aduocandi causae

GAIUS PLINIUS
QUADRATO SUO SALUTEM

1. *Auidius Quietus, qui me unice dilexit et (quo non minus gaudeo) probauit, ut multa alia Thraseae (fuit enim familiaris) ita hoc saepe referebat, praecipere solitum suscipiendas esse causas aut amicorum aut destitutas aut ad exemplum pertinentes.* 2. *Cur amicorum, non eget interpretatione. Cur destitutas? Quod in illis maxime et constantia agentis et humanitas cerneretur. Cur pertinentes ad exemplum? Quia plurimum referret, bonum an malum induceretur.* 3. *Ad haec ego genera causarum ambitiose fortasse, addam tamen claras et inlustres. Aequum est enim agere non numquam gloriae et famae, id est suam causam. Hos terminos, quia me consuluisti, dignitati ac uerecundiae tuae statuo.*

4. *Nec me praeterit usum et esse et haberi optimum dicendi magistrum; uideo etiam multos paruo ingenio, litteris nullis, ut bene age-*

VI, 29. Data:106-107 d.C.

1. QUADRATO: Umídio Quadrato; ver VI, 11. 1. 2. AVÍDIO QUIETO: procônsul na Acaia sob Domiciano e legado na Britânia em 98 d.C. Avídio e o irmão Nigrino provavelmente são os irmãos a quem Plutarco dedicou os tratados *Sobre o Amor Fraterno* e *Sobre a Demora da Justiça Divina*. Outra possibilidade é que o Avídio Quieto mencionado por Plutarco seja filho deste. 3. TRÁSEA: Públio Clódio Trásea Peto, cônsul em 56 d.C., e senador, cuja família abastada era de Patávio (atual Pádua), foi educado no estoicismo e, republicano, tornou público o descontentamento

EPÍSTOLA 29

Três motivos para advogar

CAIO PLÍNIO
A SEU QUERIDO QUADRATO[1], SAUDAÇÕES

1. Avídio Quieto[2], que me estimava de modo particular e – motivo de não menor prazer para mim – me aprovava, além de muitos outros casos a respeito de Trásea[3], pois era amigo íntimo dele, contava sempre este: que ele costumava preceituar que certas causas devíamos sempre assumir: as dos amigos, as que ninguém quer e as que estabelecem precedente.

2. Por que assumir causas dos amigos dispensa justificação. Mas as causas que ninguém quer, porque revelam ao máximo a firmeza e a humanidade do advogado. E as que estabelecem precedente porque se se está induzindo ao bem ou ao mal é de suma importância. **3.** A estes gêneros de causas, ainda que pretensiosamente, eu acrescentaria as que trazem reputação e notoriedade, pois é justo advogar vez ou outra para obter glória e fama, ou seja, advogar em causa própria. Estes limites, já que me consultaste, estabeleço para alguém com tua posição e decoro.

4. E não me escapa que a prática é considerada e de fato é a melhor mestra do discursar; vejo até mesmo muitas pessoas de reduzido inte-

com o regime imperial sob Nero. Foi condenado a suicidar-se em 66 d.C. Fora amigo de Vespasiano e do satirista Pérsio; ver I, 5, 3, HERÊNIO SENECIÃO; VII, 19, §§4-6; IX, 13, 5, e Tácito, *Vida de Agrícola*, 45.

rent agendo consecutos. **5.** *Sed et illud, quod uel Pollionis uel tamquam Pollionis accepi, uerissimum experior: "Commode agendo factum est ut saepe agerem, saepe agendo ut minus commode", quia scilicet adsiduitate nimia facilitas magis quam facultas, nec fiducia sed temeritas paratur.* **6.** *Nec uero Isocrati quo minus haberetur summus orator offecit, quod infirmitate uocis, mollitia frontis ne in publico diceret impediebatur. Proinde multum lege scribe meditare, ut possis cum uoles dicere: dices cum uelle debebis.*

7. *Hoc fere temperamentum ipse seruaui; non numquam necessitati quae pars rationis est parui. Egi enim quasdam a senatu iussus, quo tamen in numero fuerunt ex illa Thraseae diuisione, hoc est ad exemplum pertinentes.* **8.** *Adfui Baeticis contra Baebium Massam: quaesitum est, an danda esset inquisitio; data est. Adfui rursus isdem querentibus de Caecilio Classico: quaesitum est, an prouinciales ut socios ministrosque proconsulis plecti oporteret; poenas luerunt.* **9.** *Accusaui Marium Priscum, qui lege repetundarum damnatus utebatur clementia legis, cuius seueritatem immanitate criminum excesserat; relegatus est.* **10.** *Tuitus sum Iulium Bassum, ut incustoditum nimis et incautum, ita minime malum; iudicibus acceptis in senatu remansit.* **11.** *Dixi proxime pro Vareno postulante, ut sibi inuicem euocare testes liceret; impetratum est. In posterum opto ut ea potissimum iubear, quae me deceat uel sponte fecisse. Vale.*

4. MUITAS PESSOAS DE REDUZIDO INTELECTO, SEM NENHUMA INSTRUÇÃO: *multos paruo ingenio, litteris nullis.* Trata-se de Régulo; ver IV, 7, §§3-5. 5. POLIÃO: Caio Asínio Polião; ver I, 20, 4. 6. FRAQUEZA DA VOZ, TIMIDEZ NA POSTURA: *infirmitate uocis, mollitia frontis.* É o que informa Dionísio de Halicarnasso (*Isócrates*, 1, 15-18): σπουδὴν μὲν ἐποιεῖτο πράττειν τε καὶ λέγειν τὰ πολιτικά, ὡς δὲ ἡ φύσις ἠναντιοῦτο, τὰ πρῶτα καὶ κυριώτατα τοῦ ῥήτορος ἀφελομένη, τόλμαν τε καὶ φωνῆς μέγεθος, ὧν χωρὶς οὐχ οἷόν τε ἦν ἐν ὄχλῳ λέγειν, "Concebeu o desejo de participar da política e discursar, mas sua constituição física o impediu: carecia da primeira e mais importante virtude do orador, autoconfiança e uma voz poderosa, sem as quais é impossível falar à multi-

lecto, sem nenhuma instrução[4], que, de tanto falar, vieram a falar bem. **5.** Por outro lado, também o seguinte ensinamento de Polião[5] ou atribuído a ele percebi por experiência ser o mais verdadeiro: "Advogar bem leva a advogar muito; advogar muito leva a advogar menos bem", porque, como é evidente, pela continuidade obtém-se mais facilidade do que competência, e ademais não se obtém confiança, mas só presunção. **6.** Mas nem mesmo Isócrates deixou de ser considerado sumo orador porque a fraqueza da voz e a timidez na postura[6] o impediam de falar em público. Por isso, deves ler, escrever, refletir muito para que possas discursar quando quiseres: discursarás quando for obrigatório querer.

7. Foi esse o equilíbrio que em geral mantive. Por vezes submeti-me à necessidade, que é parte da razão[7], pois por ordem do Senado assumi algumas causas, entre as quais, porém, havia algumas pertencentes ao terceiro gênero de Trásea, o das causas que estabelecem precedente. **8.** Representei os cidadãos da Bética contra Bébio Massa[8] e questionou-se se era caso de instaurar inquérito: foi instaurado. Representei-os de novo, que dessa vez apresentavam queixa contra Cecílio Clássico[9], e questionou-se se convinha que os cidadãos da província fossem punidos como cúmplices e esbirros do procônsul: foram condenados. **9.** Acusei Mário Prisco[10], que, condenado por peculato, se serviu da clemência da lei, cuja severidade ficava aquém da gravidade de seus crimes: foi exilado. **10.** Defendi Júlio Basso, alegando que era pessoa mais imprudente e incauta do que má: foi julgado por um tribunal ordinário e permaneceu no Senado. **11.** Há pouco defendi Vareno[11], que pleiteava permissão de também ele convocar testemunhas: obteve-a. No futuro, desejo que, mais que tudo, me ordenem que eu faça aquilo que bem me conviria fazer de livre vontade. Adeus.

dão". 7. PARTE DA RAZÃO: *pars rationis*; ver Cícero (*Epístolas aos Familiares*, 4, 9, 2): *necessitati parere semper sapientis est habitum*, "Submeter-se à necessidade sempre foi considerado próprio do sábio". Em I, 12, 3 a própria razão assume o lugar da necessidade. 8. BÉBIO MASSA: ver principalmente VII, 33, §§4, 7 e 8; e III, 4, 4. 9. CECÍLIO CLÁSSICO: desconhecido, mencionado em III, 4, 2 e III, 9, *passim*. 10. MÁRIO PRISCO: ver II, 2, 2. 11. VARENO: Vareno Rufo; ver V, 20, 2.

EPISTULA XXX

Conquisitio uilici

GAIUS PLINIUS

FABATO PROSOCERO SUO SALUTEM

1. *Debemus mehercule natales tuos perinde ac nostros celebrare, cum laetitia nostrorum ex tuis pendeat, cuius diligentia et cura hic hilares istic securi sumus.* 2. *Villa Camilliana, quam in Campania possides, est quidem uetustate uexata; et tamen, quae sunt pretiosiora, aut integra manent aut leuissime laesa sunt. Attendimus ergo, ut quam saluberrime reficiantur.* 3. *Ego uideor habere multos amicos, sed huius generis, cuius et tu quaeris et res exigit, prope neminem.* 4. *Sunt enim omnes togati et urbani; rusticorum autem praediorum administratio poscit durum aliquem et agrestem, cui nec labor ille grauis nec cura sordida nec tristis solitudo uideatur.* 5. *Tu de Rufo honestissime cogitas; fuit enim filio tuo familiaris. Quid tamen nobis ibi praestare possit ignoro, uelle plurimum credo. Vale.*

VI, 30. Data: junho a agosto de 107 d.C. (verão no hemisfério norte), que Plínio passa na Campânia.

1. FABATO: Lúcio Calpúrnio Fabato; ver IV, 1. 2. VILA CAMILIANA: ver VI, 4, 1 e também VIII, 20, 3, em que Plínio inspeciona a propriedade de Fabato em Améria, antiga cidade da Úmbria.

EPÍSTOLA 30

Busca de um feitor

CAIO PLÍNIO
A SEU QUERIDO FABATO[1], AVÔ DE SUA ESPOSA, SAUDAÇÕES

1. Devemos, por deus, celebrar teu aniversário, assim como o meu, porque a alegria do meu depende do teu: graças à tua responsabilidade e preocupação posso estar alegre aqui em Roma, e sossegado aí em Como.

2. A vila camiliana[2], que possuis na Campânia, está de fato deteriorada pelo tempo, mas o que tem mais valor ou está inteiro ou pouquíssimo estragado. 3. Cuidemos, então, que seja restaurada o melhor possível. Pareço ter muitos amigos, mas do tipo que pedes e a situação exige, quase ninguém, 4. pois todos são togados e urbanos, e a manutenção de casas rústicas exige alguém duro e agreste, que não considere pesado aquele trabalho, nem baixo o tipo de preocupação, nem triste o isolamento. 5. Tu muito justamente pensas em Rufo[3]; foi, sim, próximo de teu filho, porém em quê pode nos ser útil não sei, mas que ele quer fazer o melhor é bem o que penso. Adeus

3. Rufo: não se sabe se é Canínio Rufo (I, 3; II, 8; III, 7; VI, 21; VII, 18; VIII, 4 e IX, 33) ou Calvísio Rufo (III, 1; III, 19 e V, 7) ou Otávio Rufo (I, 7) ou, menos provável, Semprônio Rufo (IV, 22). Há ainda um Rufo mencionado em IX, 38.

EPISTULA XXXI

Adulterium Gallittae

GAIUS PLINIUS

CORNELIANO SUO SALUTEM

1. Euocatus in consilium a Caesare nostro ad Centum Cellas (hoc loco nomen), magnam cepi uoluptatem. 2. Quid enim iucundius quam principis iustitiam, grauitatem, comitatem in secessu quoque ubi maxime recluduntur inspicere? Fuerunt uariae cognitiones et quae uirtutes iudicis per plures species experirentur.

3. Dixit causam Claudius Aristion princeps Ephesiorum, homo munificus et innoxie popularis; inde inuidia et a dissimillimis delator immissus, itaque absolutus uindicatusque est.

4. Sequenti die audita est Gallitta adulterii rea. Nupta haec tribuno militum honores petituro, et suam et mariti dignitatem centurionis amore maculauerat. Maritus legato consulari, ille Caesari scripserat.

VI, 31. Data: meados de 107 d.C.

1. CORNELIANO: lição duvidosa; talvez seja Cornélio Miniciano destinatário da epístola III, 9. 2. CONVOCADO POR NOSSO QUERIDO IMPERADOR AO: *euocatus in consilium a Caesare nostro.* Segundo Sherwin-White (p. 391), a epístola contém a maior e mais detalhada descrição da atividade judiciária do Conselho do Imperador sob Trajano; ver IV, 12, 3; IV, 22, 1 e VI, 22, 2. 3. CENTUNCELAS: *Centum Cellas*, de *Centum Cellae*, atual Civitavecchia, na costa tirrena da Itália. 4. JUIZ: *iudicis*. É o imperador Trajano. 5. CLÁUDIO ARISTIÃO: inscrições de Éfeso (*PIR*, 2 C 788; *Année Épigraphique*, 1898, 66; 1906, 28-29) mostram que foi asiarca (governador de província na Ásia) e presidente do conselho provincial entre 90 e 95 d.C. e depois por volta de 110 d.C.

EPÍSTOLA 31

Adultério de Galita

CAIO PLÍNIO

A SEU QUERIDO CORNELIANO[1], SAUDAÇÕES

1. Tendo sido convocado por nosso querido Imperador ao Conselho[2] em Centuncelas[3] (este é o nome do lugar), tive grande contentamento. **2.** Ora, o que é mais alegre do que contemplar a equidade, a gravidade, a brandura do Príncipe no retiro, quando melhor elas se mostram? Tratou-se de várias causas, de modo que as virtudes do juiz[4] foram observadas de muitos modos.

3. Falou em defesa própria Cláudio Aristião[5], o primeiro dos efésios, homem generoso e de inofensiva popularidade[6]; daí surgiu a inveja e um delator enviado por gente muitíssimo diferente de Cláudio. Foi assim absolvido e reabilitado.

4. No dia seguinte, houve a audiência de Galita, acusada de adultério. Era esposa de um tribuno militar que desejava fazer carreira, mas ela havia maculado a própria dignidade e a do marido envolvendo-se amorosamente com um centurião. O marido escrevera a um legado mi-

Mencionado apenas aqui. **6.** GENEROSO E DE INOFENSIVA POPULARIDADE: *munificus et innoxie popularis*. Os romanos muitas vezes desconfiavam de benfeitores populares, como exemplifica Tito Lívio (*História de Roma desde Sua Fundação*, 4, 12-16) com o caso de Espúrio Mélio, que, tendo distribuído trigo em época de carestia, acabou morto em 439 a.C. como aspirante a rei.

5. *Caesar excussis probationibus centurionem exauctorauit atque etiam relegauit. Supererat crimini, quod nisi duorum esse non poterat, reliqua pars ultionis; sed maritum non sine aliqua reprehensione patientiae amor uxoris retardabat, quam quidem etiam post delatum adulterium domi habuerat quasi contentus aemulum remouisse.* **6.** *Admonitus ut perageret accusationem, peregit inuitus. Sed illam damnari etiam inuito accusatore necesse erat: damnata et Iuliae legis poenis relicta est. Caesar et nomen centurionis et commemorationem disciplinae militaris sententiae adiecit, ne omnes eius modi causas reuocare ad se uideretur.*

7. *Tertio die inducta cognitio est multis sermonibus et uario rumore iactata, Iuli Tironis codicilli, quos ex parte ueros esse constabat, ex parte falsi dicebantur.* **8.** *Substituebantur crimini Sempronius Senecio eques Romanus et Eurythmus Caesaris libertus et procurator. Heredes, cum Caesar esset in Dacia, communiter epistula scripta, petierant ut susciperet cognitionem.* **9.** *Susceperat; reuersus diem dederat, et cum ex heredibus quidam quasi reuerentia Eurythmi omitterent accusationem, pulcherrime dixerat: "Nec ille Polyclitus est nec ego Nero". Indulserat tamen petentibus dilationem, cuius tempore exacto consederat auditurus.* **10.** *A parte heredum intrauerunt duo omnino; postulauerunt, omnes heredes agere cogerentur, cum detulissent omnes, aut sibi quoque desistere permitteretur.* **11.** *Locutus est Caesar summa grauitate summa moderatione, cumque aduocatus Senecionis et Eurythmi dixisset suspicionibus relinqui reos, nisi audirentur, "Non curo", inquit, "an isti suspicionibus*

7. ESPOSA... EM CASA: *uxoris... domi.* Segundo a *LEX IULIA DE ADULTERIIS ET DE PUDICITIA* (LEI JÚLIA SOBRE ADULTÉRIO E A PUDICÍA, ver §6), o marido devia tirar a esposa do domicílio conjugal e denunciá-la à magistratura. Nos primeiros sessenta dias o direito de acusar cabia ao marido ou ao pai da esposa; depois, podia ser exercido por qualquer cidadão. O marido que descobrisse o adultério e não apresentasse acusação podia ser acusado de lenocínio. 8. LEI JÚLIA: segundo a lei, a esposa julgada culpada perdia metade do dote mais um terço dos bens, era banida para uma ilha, não necessariamente por toda a vida, perdia o direito a outro casamento e não podia usar a estola (*stola*), reservada às matronas. 9. CODICILO: *codicilli.* Escrito em que sem as formalidades de um testamento o testador declara a última vontade. 10. POLICLITO: famoso liberto de Nero, que acumulou tanto poder, que foi morto a mando de Galba; ver Tácito (*Anais*, 14, 59) e Díon

litar, e este ao Imperador. **5.** O Imperador, depois de examinar as provas, destituiu o centurião e também o relegou. Restava, em um delito que só pode ser cometido por duas pessoas, uma parte impune. Mas o marido, não sem alguma pecha de excessiva condescendência, se via preso pelo amor que sentia pela esposa, a quem mantinha em casa[7] mesmo após a denúncia de adultério, como se já estivesse satisfeito por ter afastado o rival. **6.** Advertido que devia levar a cabo a acusação, ele o fez de má vontade. Contudo, a condenação era inevitável a despeito da má vontade do acusador: Galita foi condenada às penas prescritas pela Lei Júlia[8]. O Imperador juntou à sentença o nome do centurião, mencionando a disciplina militar, para deixar claro que não desejava que nenhuma causa semelhante lhe fosse apresentada.

7. No terceiro dia tratou-se de um caso que despertou muita discussão e contrárias opiniões: o codicilo[9] de Júlio Tirão, do qual, uma parte dizia-se que era verdadeira, a outra, falsa. **8.** Foram acusados Semprônio Senecião, cavaleiro romano, e Euritmo, liberto de Trajano e seu procurador. Os herdeiros, mediante carta escrita em comum a Trajano, que estava na Dácia, requeriam-lhe que tratasse pessoalmente do caso. **9.** Assim fez. De volta a Roma, marcou o dia da audiência e, como alguns dos herdeiros, como que receosos de acusar Euritmo, já desistiam da acusação, o Imperador falou belissimamente assim: "Nem ele é Policlito[10], nem eu sou Nero[11]". Concedeu, porém, o adiamento que lhe pediram e, esgotado o prazo, recebeu-os para ouvi-los. **10.** Da parte dos herdeiros apresentaram-se apenas dois: solicitaram que todos os coerdeiros fossem obrigados a sustentar a acusação, já que estavam no processo, ou então que também a si lhes fosse permitido desistir da causa. **11.** Falou o Imperador com a máxima gravidade, com a máxima moderação e, tendo o advogado de Senecião e Euritmo afirmado que os réus ficariam sob suspeição se não fossem ouvidos, "Não me incomo-

Cássio (*História Romana*, 63, 12, 3). Plínio (*Panegírico de Trajano*, 88) elogia o Imperador por ter limitado o excessivo poder dos libertos. 11. NERO: Nero Cláudio César Augusto Gêrmanico (37-68 d.C.), imperador de 54 a 68 d.C., último da dinastia Júlio-Cláudia; ver I, 5, 1 e V, 3, 6.

relinquantur, ego relinquor". **12.** *Dein conuersus ad nos: "Quid facere debeamus; isti enim queri uolunt quod sibi licuerit non accusari". Tum ex consilii sententia iussit denuntiari heredibus omnibus, aut agerent aut singuli adprobarent causas non agendi; alioqui se uel de calumnia pronuntiaturum.*

13. *Vides quam honesti, quam seueri dies; quos iucundissimae remissiones sequebantur. Adhibebamur cotidie cenae; erat modica, si principem cogitares. Interdum acroamata audiebamus, interdum iucundissimis sermonibus nox ducebatur.* **14.** *Summo die abeuntibus nobis (tam diligens in Caesare humanitas) xenia sunt missa. Sed mihi ut grauitas cognitionum, consilii honor, suauitas simplicitasque conuictus, ita locus ipse periucundus fuit.*

15. *Villa pulcherrima cingitur uiridissimis agris, imminet litori, cuius in sinu fit cum maxime portus. Huius sinistrum brachium firmissimo opere munitum est, dextrum elaboratur.* **16.** *In ore portus insula adsurgit, quae inlatum uento mare obiacens frangat, tutumque ab utroque latere decursum nauibus praestet. Adsurgit autem arte uisenda: ingentia saxa latissima nauis prouehit contra; haec alia super alia deiecta ipso pondere manent ac sensim quodam uelut aggere construuntur.* **17.** *Eminet iam et adparet saxeum dorsum impactosque fluctus in immensum elidit et tollit; uastus illic fragor canumque circa mare. Saxis deinde pilae adicientur quae procedente tempore enatam insulam imitentur. Habebit hic portus, et iam habet nomen auctoris, eritque uel maxime salutaris; nam per longissimum spatium litus importuosum hoc receptaculo utetur. Vale.*

12. XÊNIAS: *xenia*. Eram presentes oferecidos aos hóspedes após a refeição. 13. PEDRAS... PARECER ILHA NATURAL: *saxis... immitentur enatam insulam*. A passagem é obscura. Talvez os molhes ocultem as pedras artificialmente sobrepostas, de modo que o conjunto pareça uma ilha qualquer que veio a possuir atracadouro. 14. NOME DO FUNDADOR: *nomen auctoris*. Talvez *Portus Traiani*, "Porto de Trajano".

da", disse, "que eles fiquem sob suspeição, mas sim que eu fique". **12.** Em seguida, dirigindo-se a nós: "O que devemos fazer? Ora, estes herdeiros querem reclamar porque lhes foi permitido não ser acusados". Então, ouvido o parecer do Conselho, ordenou que todos os herdeiros fossem intimados: ou viessem a juízo ou apresentassem as razões de não vir. Caso contrário, seriam condenados por crime de calúnia.

13. Vês quanta correção, quanta seriedade houve naqueles dias, a que se seguiram agradabilíssimos divertimentos! Éramos convidados todo dia à ceia. Era módica, levando-se em conta tratar-se do Príncipe. E ora ouvíamos música, ora a noite transcorria em meio às mais agradáveis conversas. **14.** No último dia, quando estávamos de partida (tão diligente é a cortesia de César!), ganhamos xênias[12]. Para mim, não só a seriedade das audiências, a honra de ser conselheiro, a suavidade e simplicidade do convívio, mas o próprio lugar foi motivo de grande prazer.

15. A vila, belíssima, é cingida pelos campos mais verdejantes e sobranceia uma orla em cuja enseada ora se constrói um porto. O lado esquerdo, obra imponentíssima, já está concluído; o direito está em andamento. **16.** Na entrada do porto se está erguendo uma ilha, para que, situada de intermédio, corte as ondas do mar trazidas pelo vento e ofereça de ambos os lados trajeto seguro aos navios. A ilha vai se erguendo mediante uma técnica digna de ver: uma larguíssima embarcação carrega pedras enormes para diante do porto; lançadas umas sobre as outras, permanecem imóveis pelo próprio peso e, empilhadas, gradativamente vão formando como que um dique. **17.** A ilha já está alta, sendo visível o dorso de pedra, que quebra e lança à imensa altura as ondas que o golpeiam; é intenso ali o fragor, e o mar em torno se embranquece. Mais tarde às pedras serão sobrepostos molhes que, com o passar do tempo, farão parecer que a ilha é natural[13]. Este porto terá, aliás já tem agora, o nome do fundador[14] e será muitíssimo importante, pois o litoral, que por longa extensão não tem porto algum, disporá deste refúgio. Adeus.

EPISTULA XXXII

Munusculum nuptiarum

GAIUS PLINIUS

SUO QUINTILIANO SALUTEM

1. Quamuis et ipse sis continentissimus, et filiam tuam ita institueris ut decebat tuam filiam, Tutili neptem, cum tamen sit nuptura honestissimo uiro Nonio Celeri, cui ratio ciuilium officiorum necessitatem quandam nitoris imponit, debet secundum condicionem mariti ueste, comitatu, quibus non quidem augetur dignitas, ornatur tamen et instruitur. 2. Te porro animo beatissimum, modicum facultatibus scio. Itaque partem oneris tui mihi uindico, et tamquam parens alter puellae nostrae confero quinquaginta milia nummum plus collaturus, nisi a uerecundia tua sola mediocritate munusculi impetrari posse confiderem, ne recusares. Vale.

VI, 32. Data: incerta.

1. QUINTILIANO: não se trata de Marco Fábio Quintiliano, professor de retórica, autor das *Instituições Oratórias*, que era rico e já não tinha filhos em 96 d.C., como informa no proêmio do livro 6. 2. TUTÍLIO: deve ser o mesmo mencionado por Marcial (*Epigramas*, 5, 56, v. 6) e Quintiliano (*Instituições Oratórias*, 3, 1, 21). 3. TEU ÔNUS: *oneris tui*. É o dote. Cícero, no tratado *Sobre os Deveres* (2, 16, 56), lembra que é parte da liberalidade para com os amigos colaborar no dote: *Omnino duo sunt genera largorum, quorum alteri prodigi, alteri liberales; prodigi, qui epulis et uisceratiоnibus et gladiatorum muneribus ludorum uenationumque apparatu pecunias profundunt in eas res, quarum memoriam aut breuem aut nullam omnino sint relicturi; liberales autem, qui*

EPÍSTOLA 32

Presentinho de casamento

CAIO PLÍNIO

A SEU QUERIDO QUINTILIANO[1], SAUDAÇÕES

1. Embora sejas pessoa muitíssimo contente com pouco e tenhas educado tua filha, neta de Tutílio[2], tal como convinha a ela, e como, porém, está para casar-se com um homem honradíssimo, Nônio Célere, a quem o rol dos cargos civis impõe certa obrigação de gala, ela deve, segundo a condição do marido, dispor de vestidos e de um séquito pelos quais sua dignidade seja, não digo aumentada, mas ornada e bem-vista. 2. Ora, sei que tu, pessoa riquíssima de bens espirituais, tens módicos recursos. Por isso, reivindico para mim parte de teu ônus[3] e, como se eu fosse um segundo pai, ofereço a nossa menina cinquenta mil sestércios e ofereceria mais se eu não pensasse que só a modéstia do presentinho é que pode obter de tua delicadeza que tu não o recuses. Adeus.

suis facultatibus aut captos a praedonibus redimunt, aut aes alienum suscipiunt amicorum aut in filiarum collocatione adiuuant aut opitulantur uel in re quaerenda uel augenda, "Há em geral dois tipos de pessoas largas, os pródigos e os generosos. Pródigos são os que gastam dinheiro em festas, distribuição de carne, jogos gladiatórios, espetáculos teatrais e caça, coisas de que é curta ou mesmo nenhuma a memória; generosos são os que empregam seus recursos para libertar quem está em poder de bandidos, assumir dívidas dos amigos, ajudar no dote das filhas e auxiliá-los a adquirir bens ou aumentar os que já possuem".

EPISTULA XXXIII

Plini laus sui orationis

GAIUS PLINIUS

ROMANO SUO SALUTEM

1. Tollite cuncta", inquit, coeptosque auferte labores!

Seu scribis aliquid, seu legis, tolli, auferri iube et accipe orationem meam ut illa arma diuinam (num superbius potui?), re uera ut inter meas pulchram; nam mihi satis est certare mecum.

2. Est haec pro Attia Viriola, et dignitate personae et exempli raritate et iudicii magnitudine insignis. Nam femina splendide nata, nupta praetorio uiro, exheredata ab octogenario patre intra undecim dies quam illi nouercam amore captus induxerat, quadruplici iudicio bona paterna repetebat. 3. Sedebant centum et octoginta iudices (tot enim quattuor consiliis colliguntur), ingens utrimque aduocatio et numerosa subsellia, praeterea densa circumstantium corona latissimum iudicium multiplici circulo ambibat. 4. Ad hoc stipatum tribunal, atque etiam ex superiore

VI, 33. Data: incerta. A epístola, junto com a V, 9, 2, é a principal fonte para compreender a administração da Corte Centunviral.

1. ROMANO: ver I, 5. 2. *Eneida*, 8, v. 439. Plínio justamente alude às palavras com que se inicia a écfrase do escudo de Eneias para dar início à écfrase do julgamento de Átia Viríola. 3. Em II, 14, 1, Plínio coerentemente queixa-se do contrário. Daqui até o §6, Plínio descreve o julgamento: trata-se de écfrase; ver adiante §7 e II, 17; III, 6; IV, 30, 10; V, 6, 44. 4. MADRASTA: *nouercam*. Esta madrasta é a segunda esposa do pai de Átia. 5. BASÍLICA: na Roma antiga era edifício público, retangular, coberto, com três naves separadas por colunas, que abrigava mercados, tribunais ou onde se reuniam comerciantes e gente ociosa.

EPÍSTOLA 33

Elogio de Plínio a seu próprio discurso

CAIO PLÍNIO
A SEU QUERIDO ROMANO[1], SAUDAÇÕES

1. "Parai tudo", diz Vulcano aos Ciclopes, "largai todos os trabalhos iniciados"[2].

Quer estejas escrevendo, quer estejas lendo alguma coisa, para, tu também; larga tudo e pega meu discurso, divino como aquelas armas (poderia eu falar com mais soberba?). Mas, em boa verdade, é um dos mais belos que escrevi; para mim basta-me disputar comigo mesmo.

2. O discurso é em defesa de Átia Viríola, e é notável pela dignidade da personagem, pela raridade do caso e pela grandeza do julgamento[3]: essa mulher, nascida em berço esplêndido, casada com um pretor, foi deserdada pelo pai, octogenário, menos de onze dias depois que ele, tomado de paixão, lhe pusera em casa uma madrasta[4]. Átia Viríola pleiteava diante dos quatro tribunais reaver os bens paternos. 3. Sentados, estavam ali presentes 180 juízes (este é o número que os quatro tribunais somam), e para cada parte havia inúmeros advogados, muitos assentos, além de uma massa de espectadores que em múltiplos círculos envolvia a tribuna dos juízes. 4. Na verdade, até no estrado dos juízes havia gente, e nas galerias superiores da basílica[5] penduravam-se de um lado mulheres, de outro homens, ansiosos para ouvir, o que era difícil, mas também para enxergar, o que era fácil. Grande era a expectativa

basilicae parte qua feminae qua uiri et audiendi, quod difficile, et, quod facile, uisendi studio imminebant. Magna exspectatio patrum, magna filiarum, magna etiam nouercarum. **5.** *Secutus est uarius euentus; nam duobus consiliis uicimus, totidem uicti sumus. Notabilis prorsus et mira eadem in causa, isdem iudicibus, isdem aduocatis, eodem tempore tanta diuersitas.* **6.** *Accidit casu, quod non casus uideretur: uicta est nouerca, ipsa heres ex parte sexta, uictus Suburanus, qui exheredatus a patre singulari impudentia alieni patris bona uindicabat, non ausus sui petere.*

7. *Haec tibi exposui, primum ut ex epistula scires, quae ex oratione non poteras, deinde (nam detegam artes) ut orationem libentius legeres, si non legere tibi sed interesse iudicio uidereris; quam, sit licet magna, non despero gratiam breuissimae impetraturam.* **8.** *Nam et copia rerum et arguta diuisione et narratiunculis pluribus et eloquendi uarietate renouatur. Sunt multa (non auderem nisi tibi dicere) elata, multa pugnacia, multa subtilia.* **9.** *Interuenit enim acribus illis et erectis frequens necessitas computandi ac paene calculos tabulamque poscendi, ut repente in priuati iudicii formam centumuirale uertatur.* **10.** *Dedimus uela indignationi, dedimus irae, dedimus dolori, et in amplissima causa quasi magno mari pluribus uentis sumus uecti.* **11.** *In summa solent quidam ex contubernalibus nostris existimare hanc orationem, iterum dicam ut inter meas Ὑπὲρ Κτησιφῶντος esse: an uere, tu facillime iudicabis, qui tam memoriter tenes omnes, ut conferre cum hac dum hanc solam legis possis. Vale.*

6. Suburano: Átio Suburano, desconhecido (ver I, 10), difícil de identificar com precisão. Não é irmão de Átia já que os pais são diferentes, o que dificulta pensar em *querella inofficiosi testamenti* (ver V, 1, 6). Não se sabe, assim, por que integrou a causa nem por que perdeu. **7.** PARECESSE QUE ESTIVESSES PRESENTE NO JULGAMENTO: *interesse iudicio uidereris*. Por meio da écfrase, Plínio agencia a *euidentia*, para pôr o julgamento diante dos olhos de Romano e dos atuais leitores; ver V, 6, 44. **8.** FAZER CONTAS: *computandi*. Eram complicadas as contas quando parte do testamento era invalidada. **9.** JUIZ ÚNICO: *priuati iudicii*. Assim traduzem Guillemin (II, p. 144) e

dos pais, grande a das filhas e grande até mesmo a das madrastas. **5.** O resultado foi incerto, pois vencemos em dois tribunais e em dois fomos vencidos. Foi notável e espantoso que na mesma causa, com os mesmos juízes, os mesmos advogados e na mesma sessão houvesse tanta divergência. Aconteceu por acaso o que não parecia acaso. **6.** Perdeu a madrasta, que herdou só a sexta parte; perdeu Suburano[6], que, deserdado pelo pai, reivindicava com singular impudência os bens do pai de outro, não ousando exigi-los do seu.

7. Expus-te estes fatos primeiro para que soubesses por uma epístola o que não poderias saber por um discurso; segundo (vou mostrar o artifício), para que a lesses com mais prazer se te parecesse não que lias, mas que estivesses presente no julgamento[7]. O discurso, embora longo, não deixo de esperar que obtenha o favor que obtêm os mais breves, **8.** pois pela abundância da matéria, pela divisão arguta, pela recorrência de narrações curtinhas e pela variedade da elocução, vai renovando o interesse. Muitas partes (só ouso dizê-lo para ti) são elevadas, muitas são combativas e muitas, despojadas, **9.** porque aos momentos mais agudos e solenes se impõe a necessidade constante de fazer contas[8] a ponto de mandar trazer as pedrinhas e a tábua de calcular, de modo que a Corte Centunviral súbito se transforma num julgamento de juiz único[9]. **10.** Dei velas à indignação, dei velas à ira, dei velas à dor, e a uma causa vastíssima fui levado como se em alto-mar por muitos ventos. **11.** Em suma, alguns amigos costumam considerar que este discurso – vou dizer outra vez – é minha *Defesa de Ctesifonte*[10]: se com razão, tu facilmente vais dizer, já que conheces todos de cor tão bem que és capaz de compará-los com este tendo apenas ele em mãos. Adeus.

Méthy (II, p.), "juge unique"; Trisoglio (I, p. 679) e Rusca (I, 523), "giudice único", ao passo que Radice (I, p. 479) traduz por "private case" e Walsh (p 161) por "private hearing", que equivaleria a "julgamento privado". **10.** *Defesa de Ctesifonte*: Ὑπὲρ Κτησιφῶντος. Também conhecido como *Sobre a Trierarquia da Coroa*, é o célebre discurso com que, em Atenas, Demóstenes absolveu Ctesifonte da acusação de Ésquines; ver I, 20, 4.

EPISTULA XXXIV

Gladiatorium munus uxoris memoriae

GAIUS PLINIUS

SUO MAXIMO SALUTEM

1. *Recte fecisti quod gladiatorium munus Veronensibus nostris promisisti, a quibus olim amaris, suspiceris, ornaris. Inde etiam uxorem carissimam tibi et probatissimam habuisti, cuius memoriae aut opus aliquod aut spectaculum atque hoc potissimum, quod maxime funeri, debebatur.* 2. *Praeterea tanto consensu rogabaris, ut negare non constans, sed durum uideretur. Illud quoque egregie, quod tam facilis, tam liberalis in edendo fuisti; nam per haec etiam magnus animus ostenditur.* 3. *Vellem Africanae, quas coemeras plurimas, ad praefinitum diem occurrissent: sed licet cessauerint illae tempestate detentae, tu tamen meruisti ut acceptum tibi fieret, quod quo minus exhiberes, non per te stetit. Vale.*

VI, 34. Data: 107 d.C.

1. MÁXIMO: talvez se trate de Quintílio Valério Máximo, jovem, senador pretoriano, por Plínio aconselhado aqui e em outras epístolas sobre sua carreira. Para as várias pessoas de nome "Máximo", ver II, 14; ver também VI, 8, 4. 2. COMBATES GLADIATÓRIOS: *gladiatorium munus*. Os combates gladiatórios começaram como sacrifício humano fúnebre, e, mesmo associados depois a disputas fatais, mantiveram caráter funerário. Foram chamados *munus*, termo que vincula as acepções de "dever" e "dádiva": as mortes eram dádiva sacrificial à divindade, a cuja pujança acrescentavam mais potência, a reverter-se depois em benefício humano, e eram assim dever de quem oficiava o ritual. Por isso, o combate "convém muitíssimo a uma homenagem fúnebre" (*maxime funeri debebatur*). Mercê do extraordinário favor do público, esses *munera gladiatoria*

EPÍSTOLA 34

Combate de gladiadores em memória da esposa

CAIO PLÍNIO
A SEU QUERIDO MÁXIMO[1], SAUDAÇÕES

1. Fizeste bem ao prometer um combate gladiatório[2] aos nossos concidadãos de Verona, pelos quais, há tempo, és amado, admirado, respeitado. Ademais, era de Verona tua esposa, tão querida e estimada, a cuja memória se devia ou um monumento ou um espetáculo, e sobretudo este que escolheste, que convém muitíssimo a uma homenagem fúnebre. **2.** Ademais, era a tal ponto consensual o pedido, que negar não pareceria prova de firmeza, mas de dureza. E agiste belamente quando concedeste com tanta prontidão e liberalidade[3], pois atitudes tais revelam também magnanimidade. **3.** Gostaria que as feras da África[4], de que compraste tantas, tivessem chegado no dia marcado: mas, ainda que, retidas pelo mau tempo, tenham se atrasado, tu, porém, mereceste o crédito, já que não foi por tua culpa que as deixaste de exibir. Adeus.

privados passaram à esfera pública em 105 a.C., quando se inauguraram combates gladiatórios organizados a expensas públicas; ver Jérôme Carcopino, *A Vida Quotidiana em Roma no Apogeu do Império*, cap. 3, "Os Espetáculos", tradução de António José Saraiva, Lisboa, Livros do Brasil, s. d., pp. 247-300. 3. PRONTIDÃO E LIBERALIDADE: *tam facilis, tam liberalis*. Para liberalidade, ver I, 8, 10 e V, 11, 3. 4. FERAS DA ÁFRICA: *Africanae*. São panteras. Sherwin-White (p. 401) aventa o possível paralelismo entre esta epístola e as que Cícero trocou com Célio (*Epístolas aos Familiares*, 2, 11, 2; 8, 8, 10 e 8, 9, 3) também sobre feras para os jogos relativos à edilidade.

Título	*Plínio, o Jovem – Epístolas Completas*
Tradução, Apresentação e Notas	João Angelo Oliva Neto
Leitura Crítica	Paulo Sérgio de Vasconcellos
Editor	Plinio Martins Filho
Produção Editorial	Carlos Gustavo Araújo do Carmo
Capa	Ateliê Editorial
Diagramação	Camyle Cosentino
Revisão	João Angelo Oliva Neto
Formato	16 x 23 cm
Tipologia	Minion Pro
Papel	Offset 180g/m² (capa)
	Chambril Avena 80g/m² (miolo)
Número de Páginas	328
Impressão e Acabamento	Lis Gráfica